郭宝昌 —— 著

都是大角色

生活·讀書·新知三联书店

Copyright © 2021 by SDX Joint Publishing Company.
All Rights Reserved.

本作品版权由生活·读书·新知三联书店所有。
未经许可，不得翻印。

图书在版编目（CIP）数据

都是大角色／郭宝昌著．—北京：生活·读书·新知三联书店，2021.6（2021.8 重印）
ISBN 978−7−108−07162−0

Ⅰ.①都⋯　Ⅱ.①郭⋯　Ⅲ.①传记文学－作品集－中国－当代　Ⅳ.① I25

中国版本图书馆 CIP 数据核字（2021）第 085346 号

特约编辑	刘净植	
责任编辑	卫　纯	
装帧设计	蔡立国	
责任校对	曹忠苓　曹秋月	
责任印制	董　欢	

出版发行　生活·讀書·新知 三联书店
　　　　　（北京市东城区美术馆东街 22 号 100010）
网　　址　www.sdxjpc.com
经　　销　新华书店
印　　刷　天津图文方嘉印刷有限公司
版　　次　2021 年 6 月北京第 1 版
　　　　　2021 年 8 月北京第 2 次印刷
开　　本　880 毫米 × 1230 毫米　1/32　印张 8
字　　数　170 千字　图 22 幅
印　　数　10,001−20,000 册
定　　价　59.00 元
（印装查询：01064002715；邮购查询：01084010542）

图书策划　活字文化 Movable Type

版权所有·侵权必究

自序

海中有条河

常看影视剧的朋友，大多有这样的体会，偶尔遇见在屏幕上常见到的演员，就指着鼻子："你你你……你不是……那什么……"只觉得脸儿熟，就是说不上名字来。其实他（她）是演过无数片子的主角儿了，具体演过什么，对不起，一个也想不起来，只弄了个脸儿熟。相反，有些小角色，就一场或一集戏，能让你记住十几年。电视剧《大宅门》中有个小得不能再小的角色，是个当铺的小伙计，由著名导演何群客串的，有句台词："写——虫吃鼠咬，光板儿没毛儿，破面儿烂袄一件——"此剧播出后，何群一上街，就有无数不相识的人大叫："嘿！光板儿没毛儿！"何群自嘲地说："我拍了几十年戏，没人认识我何群，演一小伙计，得，我满大街的改名儿叫'光板儿没毛儿'了。"

《大宅门》剧本第一次送某领导审阅时，他顺手翻了几页，当看到人物表时很不耐烦地说："七十多个角色？叫我看谁？叫编剧先把角色删去一半儿再拿给我看！"剧本就被枪毙了。

山不在高，有仙则名。角色不论大小，有魂则立！

这世上多的都是小人物。小人物只要能折射着时代风貌，表现出独特的个性，树立起鲜明的形象，让读者从这个小人物身上读解出万千思绪，小人物就站在中间，成为大角色。比如阿Q、祥林嫂、孔乙己……这当然很难。

我一辈子没结识过什么大人物，在小人物的河流中蹚来蹚去，随着年龄的老去，这些小人物却越来越清晰，在我心中的分量越来越重，并引动我一声声的叹息。读懂和发现小人物挺不容易的，因为他们太不起眼，没什么丰功伟绩，几乎没什么值得记载的事。像树叶子，"春风又绿江南岸"，这绿就是叶子，多气势！可你再霸道也是绿叶配红花，叶子是配角；"一叶落知天下秋"，多气派！可终归也只是个报信儿的；"无边落木萧萧下"，一个轮回就被大扫帚清理了，或深埋，或焚烧，命最好的落叶归了根。我幼时有收集叶子的爱好，夹在一个精装的大厚本子里，有时拿出来看看，挺好看。细细品味，每叶各有不同，颜色除西山红叶较绚烂热闹以外，都是各种不一样的绿，比花儿平和、漠然、不张扬，味道就略显孤寂苦涩了些，那叶脉、纹理、图案是文章，是历史，是林木大家族中的芸芸众生，是容易被忽视的真实的过去。我到过原始森林，落叶厚厚的，踩到上面软塌塌的，假如不是自然销蚀的话，早就把参天的大树掩埋了。

都知道陆地上的河流向海。但也都会觉得"海纳百川"是陆地上的事儿，陆地是海的边儿。一九六三年夏，我随渔民出海驾着渔船"赶溜子"——"溜子"，就是海中的河。这是我第一次知道海中还有河。陆地上的河无须辨认，明明白白地在那儿奔腾着，到了海上不行了，河的边界是海，那流动是隐秘的，那水的颜色却是不一样的。只有经年累月与大海生死与共的渔民汉子，才能辨识出来。赶上溜子，渔民们撒了几十里的大绳钩钓鱼，个个脱得精赤条条躺在船板上享受阳光，待鱼上钩。面对大海，人真小，不由得感叹，人哪，你算老几？！我唱起了京剧《空城计》里的"我本是卧龙岗散淡的人"，船老大蹲在船头，边拉屎边为我叫好，充满诗意。

海当然是大角色。海中的河呢？流向哪里？沿着这条河，逆流而上寻源头，顺流而下找归宿，一任上下求索，终是一头雾水，方知这"溜子"也不是小角色。渔船浮于海上，很突出，虽是一叶扁舟，倒也像是主要角色，可渔民汉子主宰着一叶孤舟，又似乎他们也是海上的主角。

说不清大海和溜子，孤舟与汉子，谁是大角色。

二〇二〇年十一月二十九日

目 录

自序：海中有条河……1

奶奶与我…………1

王师父与猴三儿…………26

女张飞与艮萝卜…………44

老花园子与琴人…………66

钱二爷与小伙计…………87

郑老屁与屁…………105

我们房头的两位小姐…………119

共产党人于华…………137

杜伯伯侧影…………150

干校糗事…………164

爱信不信…………195

大哥…………223

奶奶与我

奶奶与我的身世一直是个谜。从小懂事起，直到三十多岁，我才大概弄明白是怎么回事。我和奶奶一起生活了十年，从两岁到小学毕业那年。奶奶去世了，我一直都以为这是我亲奶奶，姓骆，嫁给了木匠郭绍臣，按中国老例儿便称郭骆氏。郭骆氏去世时是一九五二年六十岁，应该生于一八九二年（光绪十八年），老家是河北省深县贡家台，这也是我几十年填写履历表时的原籍地。奶奶小脚，有摇头风的毛病，也就是说除了睡觉时，您老人家的头总是不停地轻轻摇晃。有一次我试着用两手把住您的头，使其不晃。但不到一分钟您便头晕恶心，要吐，只有晃着头才不晕。您年轻时候什么样我就不清楚了。一九二七年河北农村大灾，郭绍臣携妻女逃亡进京，女儿十岁，住在南城金鱼池一带。两年后郭去世，女儿被卖进豪门乐家，为三老太太抱宠物狗"大顶子"。

一九四〇年，女儿二十三岁，嫁七十岁乐四老爷为妻。奶奶成了豪门老爷的丈母娘，可依然是个乡下穷老太太，一个人在外单过，住前外大蒋家胡同。女儿婚后无子，一九四二年买了个乞丐之

左二、三为姑妈、奶奶,这是奶奶唯一留下来的照片

子，李保常。那时的乐家家族中有规定，本家男子不得过继外姓人为后，李保常便被养在娘家，认骆氏为祖母，而不是外婆、姥姥。我管乐四老爷叫姑爹，管养母叫姑妈，一直到上中学，一九五三年以后才改叫妈，可仍管乐四老爷叫姑爹，改名郭宝昌，等于是她娘家哥哥之子，尽管根本没有哥哥这个人。

我又以为这位奶奶无论在血缘上还是亲朋关系上与我本无任何瓜葛，到一九六五年我才弄明白七拐八弯地有着千丝万缕的关系。怎么说？我都不知道从哪头儿说起好。

我的亲生母亲共有姐妹三人。大姐早年守寡，有四个儿子：老大去打日本鬼子跟了八路，她带着剩下的三个孩子无依无靠，穷得到处讨饭，讨了四年，一直熬到解放，分了田，有了家；二儿子打理田地；三儿子进了工厂；小儿子上了大学——一家子工农兵学全占齐了。

我母亲是老二。老三也就是我三姨，在北京嫁了一个营造厂的小老板，而这位小老板的母亲，是我这位奶奶的姐姐，我从小叫他姨奶奶。正是通过这种关系，我被我的亲三姨用二百大洋转手卖到了郭家。是有点绕脖子了，您听明白了吗？没有血缘，却都连着亲。为走动起来便利，奶奶迁居到了东兴隆街八十九号一个小四合院，与乐四老爷的大宅门斜对门，被府上人称为南院。我一直没问明白，我父亲做工伤残以后，穷困到沿街乞讨，冻饿死在珠市口大街的柳树井，我三姨为什么没有救助一把？却在他死后帮忙把我转卖给郭家。

女儿非常孝顺，可奶奶穷惯了。女儿嫁入豪门，奶奶的生活状况有了改变，可不习惯富裕生活，基本维持一般市民的小康生活，却肩负重任——没文化、大字不识的农村老妇女，要为豪门太太培养一个继承人，把一个乞丐的穷小子培养成少爷。可是您老人家连豪门少爷什么样都没见过，所以您一直按您心中想象的少爷那样来教育我。我始终感觉奶奶对于把女儿卖到豪门做丫头而且后来以相差四十七岁的年龄嫁给了四老爷，心中是有愧的。所以每当女儿回家探望，奶奶完全是个恭顺的仆人形象，毕恭毕敬，充满了对女儿的歉疚之情。唯一可以报答回馈的只有一项天大的事：教育孙子成人，顶门立户，成为做大事、挣大钱的富人。您的教育有两项十年不辍的方法，如刀刻斧凿一般深深留在我的记忆中。

一是，"好好念书"。从我七岁入小学到十二岁小学毕业的六年时间里，每天早晨和中午上学，走出大门时不早不晚，奶奶都要声嘶力竭地大吼一声："好好念书！"我也要呐喊一声："知道啦！"六年，每年三百六十五天，除去五十二个星期天和三个月的寒暑假，要有二百二十三天，每天喊两次，一年四百四十六次，六年合计两千六百七十六次，一次不落，这需要有多么虔诚的信仰、坚韧的毅力、奋进的精神和超人的耐心才能做得到。奶奶要求的最高标准是开银行。经常会问："长大了，是掏茅房还是开银行？"我必回答："开银行！"每次姑妈来时奶奶都要很郑重地问一次。每当我回答完毕，奶奶就十分满足和得意地看着女儿，意思是看我教育的孩子多么有志向。我那时才七八岁，根本不知道银行是什么东西，其实奶奶也不知道，只听说银行里堆得都是钱。

二是，奶奶坚信古训，"棒打出孝子""不打不成才""三天不打，上房揭瓦"。还好，奶奶是七天也就是一个星期打一次。关键是也不多打，常年保持七天一次，所以每次打完以后，三四天内，我是绝对有安全感的，便很可以放肆地闹几天。我在学校打架胡闹是出了名的。只有春节例外，春节不许打孩子，不吉利，我就可以敞开了胡闹了。奶奶顶多是虎着脸说，你知道我不敢打你，你闹吧，过了十五再说。因此正月十六就成了必打日。因为奶奶解放了，取得了合规合法的打孩子权力。每到十六这天一早起来，我就提心吊胆地瞄着奶奶的神色，尽量做到乖巧听话。奶奶已憋屈了十五天，不管我表现多好，这顿打是绝对躲不过的。一年五十二个星期，六年应为三百一十二次，但春节初一到十五不打，这就免去了两个星期。所以小学六年共挨打二百九十七次，一次不少。同时奶奶还有许多具体措施:（一）放学后直接回家，不得在外逗留;（二）回到家先做学校老师布置的作业;（三）作业完成后要写五篇大字;（四）未经奶奶允许不得迈出大门一步，界限是大门口的三层台阶。不许和别的孩子一起玩耍，星期天可以在院中与同院的孩子玩半天，剩下半天写大字。违反了哪一条都要挨打。

另外还有一门特殊的功课，为奶奶捶腿。这说来话长。奶奶每次打我是用一根一尺长的圆木棍，有手腕子粗细，是每天用来敲打奶奶的老寒腿用的。奶奶是老寒腿，终年酸痛不止，总有去不尽的寒气，所以冬天棉裤外面还要套皮套裤，夏天不管多热，也都穿着棉套裤。这种套裤当年在北方很流行，专门护腿的，只有两只裤腿，套在腿上后，用套筒边缘的吊带系在裤腰带上，套裤从腿部后面开了衩，把开衩左右一免(北京话，左右一包的意思)扎上腿带，密不透风，十分保暖。奶奶即使在盛夏骄阳似火时，也要在院子里穿着棉套裤，晒太阳，手里打把油布雨伞遮阳，只遮上半身。每天最大的享受就是叫人用两根木棍给您敲腿，一般要半个小时，太轻了太重了都不行。奶奶夸我说我敲得最好。有时姑妈或亲朋来了，赶上了，也主动要求敲过。这个差事我进行了五年，这也是十年里我为育我教我的辛辛苦苦的奶奶，尽的唯一孝道。每次捶完腿，奶奶都要非常惬意地长长地出一口气。这两根木棍已摩挲得油亮，每当奶奶打我的时候，这木棍就成了打我的工具。每当奶奶拿起木棍，我就知道要挨打了，立即号哭起来，边哭边很自觉地走到床前，褪下裤子，往床上一趴，奶奶走过来照着屁股上一顿揍，真揍，往往揍得青一块紫一块的。我于是像杀猪一样地号叫，其目的是呼救，闻声而来的街坊邻居，大婶子大妈们拥了进来，上前阻拦、劝解，越拦打得越狠，有时就打得失了方寸，腿上、肩上，隔着拉架的人逮哪儿打哪儿。有一次正经打到了我的头上，还正赶上姑妈来了，带了好吃的来看我。奶奶住手了，姑妈把我拉到怀里说：你看又惹奶奶生气了不是？又不听话了是吧？奶奶平日些微摇晃的头，由于运动量过大又生气，便剧烈地摇晃起来，气喘吁吁地说："问问他今儿都干什么了？在院里玩了一天，叫了三遍才进屋，这还了得！这么小就不听话，长大了还不去杀人放火！"姑妈忙说，好了，知道错了，然后一句句教我："说，奶奶我错了。"我抽抽噎噎地跟着说："奶奶我错了。""以后改了，再也不惹您生气了。""以后改了，再也不惹您生气了。"姑妈胡噜着我的脑袋说："行了，奶奶不生气了，我们以后改了。"忽然姑妈摸到了我头上起的大包："这脑袋上怎么一个大包?"奶奶气哼哼地说:"打的。""您怎么打脑袋?""谁叫他们瞎拦着?够不着,可不就逮哪儿打哪儿。"姑妈立即翻脸了:"怎么能打脑袋?脑袋是想事的,这要打傻了怎么办?"奶奶慌了忙说:"是打屁股来着,可他们拦着……"姑妈怒了:"拦着就别打了。"姑妈指着我的脑袋说:"这是屁股?瞧这大包。"奶奶惶恐得无言以对,姑妈突然站起来拉着我往外走:"走,咱们走!"愣把奶奶一个人扔那儿了,刚走到大门口,便传来奶奶在屋里号啕大哭的声音:"我把闺女气跑了……"

姑妈本是最孝顺母亲的,可这次连头都没回地拉着我走出大门,带我去了便宜坊烤鸭店,先上了一盘鸡丝拉皮,那叫好吃,我狼吞虎咽。姑妈说吃两口就行了,还有好多菜,还有鸭子,别照着一个菜傻吃。吃完饭又带我去劝业场买了好多文具,一支派克金笔,一瓶墨水,可后来我珍藏着舍不得用,一直保留到"十年浩劫"。那天姑妈很晚才把我送回家,也没进门,径自走了。睡觉前奶奶把我拉到跟前,边摸边揉着我头上的包说:"这么大包,这么大包,疼不?你姑妈都跟你说什么了?"说着说着突然又号啕大哭起来:"我对不起我闺女,我叫她生气了……"惹得街坊大婶又跑来劝,打这儿起奶奶接受或说是总结经验教训了,要打只打屁股,必须排除干扰,不能叫人来劝,再打的时候先把门关好,上了栓,再拿棍子。我也改变了程序,从一关门时就开始号哭。奶奶拿棍子的时候我已经褪了裤子趴床上了,可再怎么使劲哭也没用了。邻居大妈们只能在窗户外边敲边喊:"别打了,开门,老太太消消气,打两下子就行了。"这样当然就打不到脑袋上。奶奶一直打到手软,才剧烈地摇晃着头打开门。邻居们拥进来，照例叫我重复着那一套认错的话：奶奶别生气了，我错了，以后我改了。奶奶照例要抱着我心疼地号啕大哭一番。这种打法对我是非常有害的，养成了顺从挨打的习惯。小孩子在外是经常打架的，我基本上是抱着脑袋投降认怂，任人踢打，只要不打脑袋就行。直到上中学到了初三，我才开始自省，是看了很多的书以后而自省：这样的性格是没出息的，是难成大业的。于是自觉地逐渐开始改变了，还手，互殴，有时也难免打得鼻青脸肿。回家姑妈见了便问，这腮帮子怎么肿了？撒谎，说是打球时撞的。再后来就开始主动出击了。上了高中就很野了，三天不打架，浑身痒痒。我也有几个好哥们儿，实在耐不住了：今天找谁打一架？对面过来几个人，就故意走过去撞一膀子。对方喝问，干吗撞我？就撞你了！二话不说挥拳就打，打到双方都觉得没劲了，各走各的路。从一个极端走到另一个极端，同样也害了自己。在后来上大学后的政治运动中，这种野性子使我遭了大难。

我小学毕业那年，打春节以后奶奶的身体状况就不好了。特请了一位京城很有名的老中医，每隔个十天半月就来诊一次脉。老先生留着灰白的山羊胡，深度的近视镜，每次来都很郑重地穿一身崭新的长袍马褂，正襟危坐，不苟言笑。我要陪侍旁边，端茶倒水，铺纸研墨。他开完方子，都要认真嘱咐我煎药时注意些什么，极为细心。有一天他开完方子后，不及说话便匆匆而去。我一看方子，在上端的空白处有一行小字："此方如仍无出入，望另请高明。"我"呀"了一声，奶奶和姑姑忙问怎么了，我忙打谎说："今儿这方子怎么开了这么多味药？"就糊弄过去了。姑妈走时，我忙拿了方子跟了出来，告以实情。姑妈抚着我的头说："做得对，不能让奶奶知道。"她立即带我去老先生家拜望，说明给奶奶看病完全是一种心理安慰，早知道奶奶不行了，不指望会有什么奇迹出现，请老先生继续诊病，脉金照付，否则奶奶要起疑心了。老先生勉强答应了，并告诉姑妈，顶多再有一两个月，可以准备后事了。

奶奶直到去世前大概有一个多月躺在床上，不但打不动了，也喊不了"好好念书"了。咽气的前一刻，您拉着我的手，不住张嘴想说话，可出不来声，应该是想说"好好念书"。那些日子都在准备后事了，买了很多的金箔、银箔，大家围在桌前，叠金元宝、银元宝，装在一个一尺见方的大纸袋里，还有冥币，上面印着天堂银行十万二十万的票面，也和元宝一起装进大纸袋里，装了有几十个。纸袋上都写着"收款人郭骆氏"。那天下午我还在学校上课，已经放暑假了，为了考中学，学校办了补习班，应对升学考试。我当时特别希望奶奶能看到我考上中学，您从半年前就开始督促我了，好好念书，考上中学就是大人了。我报考了五个中学，其中有四个私立学校，一个市立学校。已经考过了三个，但都还没有发榜。奶奶若能多活十天，就可以知道我考上中学了，您没等到。那一天，我正在上课的时候，看见教室窗外我家的保姆来了，老师问什么事，说家里有事叫我立即回去。我奶奶病重，老师是早知道了的，便叫我赶快回家。我走到讲台前面的时候，老师摸了摸我的头说："可怜的孤儿。"我当时还不太懂，我还有姑妈，怎么就成了孤儿？

我心里知道奶奶不行了，等回家一看，院子里停了棺木，摆满了纸糊的车、马、童男、童女、金山银山、白幡纸柳什么的。进屋一看奶奶已然穿好了"装裹"（为逝去的人专门做的绣满福寿字的服装），但还没咽气，我已经哭得不行了。姑妈叫人帮我穿好孝衣，戴上孝帽。一直到夜里快十二点了，奶奶就是不咽气，我三姨三姨夫等亲戚都在床前喊叫老太太走吧，走吧！放心走吧，路上平平安安的，走吧。奶奶好像动了动手，姑妈忙叫我过来拉着奶奶的手，我拉起了奶奶有些僵硬的手，您老人家大概有感觉，张嘴要说什么，姑妈凑前大声说："妈，您要说什么？您孙子就在这听着。"您使尽力气张了张嘴，终于没说出声，拉着我的手走了。我三姨随即命令所有的人："哭！"屋里大概有八九个人，齐齐发出哭声。老太太就这么走了。大家全都跪地上磕着头呢，三姨站起来大叫："备车！"人们又全都拥到了院子里，把纸车、纸马、金童玉女、金山银山等，都拿到大街上，摆在街中间。突然起风了，所有这些纸活儿得有人摁着，否则全会飞起来，三姨大喊："快烧，老太太着急了！"三姨夫说："老太太着什么急？车来了，车来了，这就走。"又给我一把烧着明火的香，必须由我先点火。我点燃了纸马，接着一溜纸活儿都点着了，摁着的人一松手，风太大，吹得满街筒子都是烧着的纸片纸团。回到屋里要守灵，直到天亮都没睡。一大早吊丧的客人来了，我要跪在灵床旁，不管什么人鞠躬磕头，我都要磕头还礼。过了午时开始棺殓，从杠房请来了全套人马，里里外外站满了几十号人。棺木抬进屋，杠房有位主事的头儿，指挥一切，先喊"入殓"，将奶奶遗体抬入棺内。这棺木是两年前就准备好了寄在高庙的一个寺院里，奶奶亲自看过的，是杉木十三圆，很高档。主事的头儿喊一句:"棺盖,哪位亲人再看一眼?"于是姑妈拉我上前瞻仰遗容,棺盖盖上以后又喊:"下销!"下销就是棺盖与棺座有相通的小方形的孔,用木销将盖与座连在一起,就是卯榫。第一销必须是长子或长孙打一锤,榫楔早已嵌在棺盖上,露出半截,用锤打下去,与棺盖打平即可。主事的头儿把锤交给我,叫我打下第一锤,我已经哭得不行,拿锤子的手不住发抖,两锤都打偏了。这位头儿一看,觉得不是个事儿,便伸手握住我的手,又狠又准地砸下去,只一锤就把销砸下去了,不带任何感情色彩。我的任务完成了,他把锤夺过去,和另一个伙计,乒乒乓乓地迅速将一圈楔子砸完了。起棺要抬出屋到大街上,屋门及门框是早已拆掉了的,门道又窄,十几个大汉倒了几次手才抬到了大门口,下台阶,前面抬棺的要举得很高,保持棺木水平不倾斜。大街中央早已备好两条长凳,停好后上杠,我迎着棺木跪在了街当中,街道两旁围观看热闹的已经是人山人海,房顶上都是人。由于家中只有我一个男丁(女孩子是不行的),所以打幡、抱罐、摔盆全是我一个人的事,不可能同时完成,他们就想了个办法,让我腰间系根小带子,把幡儿插在后背上,像戏台上大武生的靠背旗,再在我胸前缝了个大布袋,把罐(此时罐内还是空的)放在口袋里,以便腾出两只手抱盆。看热闹的人吵吵嚷嚷地议论着,指手画脚地评论着:"这是老太太的孙子,老太太就一个孙子。""杉木十三圆,够阔的。"一切就绪,我跪在棺前要摔盆,地上放着一块青砖,姑妈在我耳边说:"摔盆,使劲摔,摔得越碎越好!"我将盆举起奋力摔下去,粉碎。随着摔盆一声脆响,所有送殡的人(有二三十几个),齐声号哭。吹鼓手们鼓乐齐鸣,我把幡儿从背后抽出拿在手中，我走在前面，出殡队伍开始行进。身后杠头儿手持两条木板，不时击打着，指挥着抬棺人的步伐，还有个人不时地撒纸钱。我脑子里是木的，叫我干什么我就干什么。一直走到崇文门附近一个庙宇前，想不起是什么庙了。灵柩停在一座大殿中，我依然跪在一旁守灵，不住地磕头还礼。此时已经没什么伤心痛苦了，只觉得又困又累，主要是困。院中搭了法台，许多的和尚在念经，好像打醮七天的时候"放焰口"，和尚们在院里撒了很多小面饽饽，是撒给饿鬼的。大概是入葬的前天晚上开了十几桌宴席，灵前单摆了一桌，菜肴十分丰盛。主位上放了我在起灵时怀里装的陶瓷罐，客人们在入席前先在灵前排上队，每人要选一样菜，夹一筷子菜放到罐中，我是第一个，母亲告诉我捡三样奶奶生前最喜欢吃的菜夹到罐子里。我夹完以后，后面的每人夹一筷子，最后的空余由母亲将罐子全部加满。于是有个僧人过来封口，不知念了些什么，用黄油纸黄绫绸子将罐口密封，这个罐子要在下葬时摆在灵柩的前面，一起入土，是荫及子孙后代满福满寿的意思。

　　第二天将灵柩抬到一辆大卡车上，我们都坐上一辆大轿子车，直奔了西郊"福田公墓"。到了墓地，姑妈拉着我的手，指认给我看，竟然是一溜墓地，可分五个穴，依次是爷爷、奶奶、姑妈、我，最后一个穴是我媳妇的，我十二岁已经连我媳妇的墓穴全都买下了。这才想起我升高小五年级的时候，我十岁，奶奶和姑妈张罗着给我找媳妇，要找一个比我大三岁的女子，初中毕业就结婚，早生子，早得济。那时《婚姻法》还没颁布，我听说要娶媳妇，犹如大难来临，奋起抗争，坚决不娶媳妇。这事儿很快传到同学耳朵里。

早晨上学一进教室，同学们拍着桌子起哄："郭宝昌要娶媳妇了，没羞又没臊，脸上挂个皮老道！"羞得我无地自容，回到家又哭又闹。奶奶说，又不是现在娶，先找个女子备下。新婚的房子也已经买好了，在草场四条，是两进的大四合院。而且结婚所用已全都备好，甚至我媳妇的聘礼、金银首饰、四季衣物，连枕头被褥也都置办好了。现在一看，包括墓地都准备好了。我现在的媳妇当年还没出生。

开始下葬，我才看见我爷爷的棺木也迁了来，也不知从何处迁来的。当初爷爷去世时家境贫寒，是买不起像样的墓地的。爷爷棺前也有一个大瓦罐装着满满一罐水，大家称颂"大吉大利"，这象征满福满寿。假如罐子裂了漏了，是不吉利的。棺木下到墓穴底，该填土了，我又是填土第一人，姑妈叫我抓一把土，先扬到棺木上。于是周围七八个大汉才挥舞铁锹，随着我扬出的一把土，很快将墓穴填满，并拍出一个大坟包，垒起一砖围子。立了碑，焚香叩头以后，全部仪式结束。这天晚上我住进了北院大宅门。

最令人痛心的是一九七八年我母亲去世，她生前曾郑重地向我表示过，希望去世后实行土葬，可那个年代北京市内已经全面实行火葬，遗体也不可能运出城去。我非常痛苦，不知如何应对。奇妙的是我居然从母亲的遗物中发现了那张三十年前母亲买下福田公墓五个墓穴的地契，上面还有标价是小米七百多斤，合人民币五十多元。我抱着一线希望去了福田公墓，想着有可能还可以祭奠一下爷爷奶奶。

我寻找记忆中的土坡，大松树、大枣树影儿都没了。公墓已是一片大果园，有一二十个男女工人在锄地、剪枝、浇水。再看流水的渠道，竟然由一个个墓碑连接用水泥勾缝砌成，哗哗地流着清水，水渠边沿结着冰碴。墓碑都是上好的大理石材料，躺倒在地成了沟渠，这水渠真够奢侈的！碑上镌刻的"父亲大人""慈母大人"等字清晰可见。公墓改果园了，我怅然地询问做工的男女工人们管理处在哪儿，工人们都呆愣愣地望着我，不予理睬。问了几个人都不说话，只是呆呆地瞪着我，我感到有些恐怖，便沿一条小路找去，终于在果园深处找到了一溜三间平房的管理处。我进门见到了一位三十几岁的男青年管理员，我拿出老地契给他看，他十分惊诧地望着我说，这都什么年月的事了？这坟地早就扒平改了果园了。我说我家祖坟在这儿，总得有个说法。他说您跟我说不着，您要找去找北京市民政局。我心想去民政局？我还戴着"反革命"帽子去民政局？不找死吗！那就是反动资本家进行反攻倒算，基本上属于"还乡团"胡汉三之类。临走时我又问你们这儿的人太不礼貌，怎么都不理人？他说这果园专门解决聋哑人就业问题，那些人既听不见您说什么，也开不了口说话。我放了心，因为我劳改四年，也是在果园劳动，我们遇见生人也是不许说话的——我原来以为都是犯人。

祖坟都被扒平了，土葬一事已无从谈起，我也从此再没有祭奠过奶奶、爷爷。母亲的遗体只能火化，我把母亲的骨灰盒带在身边，从北京到广西，再到深圳，直到一九九〇年出了一件诡异奇特的事后才在北京买了墓地，安葬了骨灰盒，又于二〇一三年迁进高级陵园。两平米的墓地六十三万元，比我买的住宅贵了十倍，这还不是买断，只有二十年使用的权利。二十年后要重新签约，再次购买。

我活不了二十年了，我死了，我儿子还会继续买吗？我问我儿子，他说会再买，谁知道呢！

在与奶奶相处的十年里，似乎没什么值得记载、描述的重大事件，都是小市民家庭太过平常的日子，奶奶更没做过什么惊天动地的事业，而且从我四五岁记事起，真正留下记忆的不过六七年，人活几十年，儿时和青年时的记忆最好，越往后越差。到了老年，经常昨天的事今天怎么也想不起来了。所以做家长的也往往在孩子童年和少年的时候给他们灌输大量的知识，不管你懂不懂，比如念书、背诗词、学英语、写大字、立规矩，背数学口诀、化学元素表。不懂没关系，先背下来再说，大了就懂了。等你全懂的时候再背，对不起，记性不行了，记不住了。奶奶知道儿时教育很重要，所以督促得特别紧。无知无识的农村老媪，要培养一个知识分子真不容易。奶奶是如何判断我学习的好坏而决定奖罚呢？每日课余要我写五篇大字。放学了，别家的孩子都在院子里玩，玩得吵翻了天。我一个人隔窗坐在那儿写大字，这是什么折磨？酷刑。写完了，写得好与不好，由不识字的奶奶鉴定，愿摇着头要一篇一篇看几遍，还经常倒着看，被我纠正。碰上奶奶心情好，比如打麻将赢了钱等，于是夸奖两句写得不错，掏出两分钱："去吧，喝碗豆汁。"我就欢欣鼓舞地举着两分钱跑到街上的豆汁摊喝上一碗，弄得院子里的小朋友都停住不玩了，羡慕嫉妒恨地望着我。有时赶上奶奶不高兴，比如输钱了，就会摇着头说："写的这是洪迈耶（什么呀），趴下！"少不得挨顿打。有一次奶奶去看戏了，我就趴在窗户上看小朋友们在院里玩耍打闹，忘了写大字，听奶奶回来了，忙把前几天得到奖励豆汁的几张大字拿出来，企图蒙混过关，反正奶奶不认字。可那天奶奶看的是一出苦情戏，一直为女主角的命运伤心落泪，心绪极坏，就摇着头看着几张大字喃喃地说："写的这是洪迈耶（什么呀），长胳膊拉腿，横一道子竖一道子，趴下！"得，又是一顿打，这就很冤。明明是奖励过豆汁的，怎么又长胳膊拉腿了呢？太冤了。

过去学习考试成绩按百分制计算，八门功课，把每一门考试得的分数加在一起，除八，这平均分就是总成绩分。按分数高低排名，并且张榜。每学期大考完毕，就把各班学习成绩写在一张大红纸上，贴到一进校门的大布告栏上，像科考发榜并按分数高低排列出名次。四年级大考后，我得了第二十八名，我们院儿与我同班的同学住南屋的二库第三名，东屋的文尧第八名。奶奶阴沉着脸问我："多少？你考了个多少？""二十八。""一共有多少？""五十一。""五十一你考了个二十八，你还有脸说，趴下！"在我记忆中这是我被打得最惨的一次。问题是奶奶很久很久都想不出怎么样把这悲催的事情告诉我姑妈，可是纸里包不住火，丑媳妇总要见公婆，您终于十分伤心地向女儿说了，说对不起女儿，没把孩子教好。谁知姑妈并不在意，说二十八就二十八，行了，后边还有二十多呢。我也闹不懂，这话是安慰我奶奶，还是安慰我。真心话，姑妈是位太了不起的妈！绝对大家风范，大宅门的气度。从小学毕业十二岁起跟姑妈（中学后已经叫妈了）生活到二十四岁大学毕业，她没有骂过我一句，更没打过我一下，也从未问过我的功课，只教我一样，应该如何当一个真正的爷。

我小时候非常闹，我们班上的同学全都入了少先队，只剩下了我一个人。奶奶很奇怪，问过几次别人都戴个红围脖，你为吗不戴？我说老师不批准，奶奶很不理解。后来老师找我约谈训诫，说：郭宝昌，你只要半个月不捣乱，不胡闹，没有人告你的状，我就批准你入队。我答应了。其实半个月也就两个礼拜，但对我来说还是挺艰难的。很痛苦地熬过来了，没有人告我的状，我终于戴上了红领巾，入了"中国少年先锋队"，成为"共产主义接班人"了。假如小学历程中我有什么重大历史事件的话，这应该算是一件。奶奶特别高兴。为了庆贺我成为接班人，重赏了一下。那天我喝了两碗豆汁，并且吃了三个焦圈。上到初中二年级才退队，我们七八十人退队，还举办了一个隆重的退队仪式，有的同学摘下红领巾时泪流满面。这叫我想起了我入团的经历。那是在北京电影学院四年级的时候，也是经过了千难万险，三年多的努力，终于在一九六三年春天入了团。批准入团当天，我也是欢欣鼓舞，跑回家，向母亲报喜。母亲一向以我的政治进步为荣，为她在各种社会活动中脸上增光，于是立即打电话，约了五六位政协的好朋友到丰泽园饭庄摆宴为我庆贺。这种庆贺基本上和我小学入队喝两碗豆汁，在性质上没多大区别。问题是来参加庆贺的朋友有好几位都是资本家的阔太太，是市政协统战的对象，这就埋下了祸根。在一九六四年春把我打成"反革命学生"以后，这次丰泽园庆贺宴变成了一次资产阶级向党发起进攻的"反革命"事件。专案组长宣布我的罪行时说：郭宝昌通过腐蚀、拉拢、威胁、利诱，终于打入（开始是混入，最后定性为打入，混与打有质的不同）共青团，并在当天由一群反动资

姑妈(母亲)年轻的时候

我入了少先队,奶奶特别高兴

本家太太在丰泽园大摆宴席，为郭宝昌打入团组织弹冠相庆。现在我宣布即日起将"反动学生"郭宝昌开除团籍。这时批斗会场上的一千多人，响起了风暴般的掌声和口号声。我入团还不到一年，就被开了。直到一九七九年，我的案子得以平反，才又宣布恢复团籍，以超龄退团处理。我都四十岁了，这青年团员当了十六年，也是团籍之最了。什么庆功宴？不就是小时候那两碗豆汁吗！

再说回我奶奶，我好像把奶奶形容成了一个心狠手狠又昏庸的暴君了。不是的，奶奶善良、慈祥、深明大义，您老人家只是在担一个根本担当不起的、太过沉重的责任，真的难为老人家了。

我那时虽还不大懂事，却一直能深切地感受到奶奶对女儿的一份沉沉的愧疚之心，毕竟是把她以五百大洋卖给豪门做了丫头，毕竟让她给掌门的三老太太抱了十一年的狗，毕竟女儿嫁给了一个大了四十多岁的老男人，即便有了吃喝穿戴、阔绰的生活，您并不认为这是幸福的。女儿做出了太大的牺牲。每次姑妈来，娘俩对坐谈心，我都笔管条直地站在姑妈身侧，她经常要拉着我的手，甚至个把小时不松开。奶奶很不像是与女儿聊天，总是带有一种莫名的拘谨和恭顺，尤其是姑妈与姑爹一起来的时候，大概每年都有那么十几次。姑爹人很随便，谈笑风生，而且赶上什么吃什么，半个窝头，一碗籴籴汤，一碟腌萝卜，一碗小米粥，很随意。奶奶却完全不像个长辈的丈母娘，愈发谦逊，执礼甚恭，这给我童年的心里留下阴影。分明是两个不同层面的人相对，一方是有钱的上等人，一方是不见世面的低人一等的乡下人。我要毕恭毕敬地在旁边站着，受上至少一个小时的罪。有一天姑妈过来坐，我照例站在一侧，娘俩说一些我听不懂也不大关心的事，说着说着忽然奶奶开始哽咽，姑妈突然对我说你出去玩，我连忙走出。没想到刚一关上门，身后便传来奶奶撕心裂肺的哭声，我回头忙透过门窗玻璃看，只见姑妈拉着奶奶的手，面无表情地呆望着，任由奶奶号哭，也不劝也不说话。这样撒开了放纵的哭是我第一次见，吓呆了。街坊邻居也都跑出来听，彼此交换着眼色。奶奶足足嚎了有十分钟，这样的哭法应该是很累的。哭声渐渐止住，只听姑妈在屋里叫："宝昌，进来。"我忙又进了屋，不知所措。姑妈叫我走到奶奶跟前，跪下，并教我说："奶奶我以后听话，好好念书，长大了给奶奶争气，奶奶别难过了。"然后让我磕三个头起身给奶奶拧个湿毛巾擦脸。我完全不知道奶奶为什么难过。

抑郁是可以叫人发疯的，奶奶做不了诗，写不了信，讲不了演，更无以向任何人倾诉，号哭是最佳宣泄渠道，压抑了太久的屈辱、愧疚、萎顿甚至愤怒的情感是需要尽情地宣泄的。我一生号哭过四次，我懂，这对于缓解绝望的精神，是有些用的，这是我懂事以后才渐渐明白的。

奶奶五十多岁了，牙口却特别好，尤其喜欢吃硬的食品，如铁蚕豆、挂拉枣、硬面饽饽。而且蒸好的馒头一定要拿出四五个来置于柜顶之上，要晾干风透直到硬得像砖头一样才吃。吃时要用屉布将馒头包好，用铁锤（我爷爷的木匠锤，爷爷是木匠，留下的唯一遗产是一箱子木匠工具）狠命地砸，砸成海棠大小的碎块，一嚼起来嘎嘣山响。这声音在院里都听得见，干嚼。我吃个三四块，两个太阳穴就蹦筋儿似的疼，还真是越嚼越香，连咸菜都不用就。

　　我小时候有尿床的毛病，也为此挨过打。姑妈说不要打了，这是病。于是找大夫开方子抓药，喝了不少药汤子，也不管用。后来奶奶每天半夜都叫醒我一次，强令撒尿，不完全管用。叫醒之前或尿了之后仍然会尿床。每尿了床第二天都要把褥子拿到院里晾晒，便有孩子们起哄，很丢人的。我一直尿到十岁。最糟糕的是那年春节，大年初一，刚刚换了全套的新棉被、新褥子、新枕头，居然又尿了。奶奶的脸色极不好，首先这就不吉利。我缩在床角，惊恐地望着，尽管是过年不打孩子，可这个错误太大，估计躲不过这顿打了。谁知道奶奶严格遵守过年不打孩子的规定，突然露出笑容，操着一口河北话说："木事木事（没事没事），过年了，快起来穿上新衣裳，过年了。"不但不打，而且还笑。也怪了，从此以后我再也没有尿过床。我憋尿的能力很差。有一天放学了，我和一个同学打架，被老师罚站。老师要回家了，所以叫我们俩自己估摸到了二十分钟就可以回家。从一开始我就憋了泡尿，又不知二十分钟是多久，一起罚站的也是憋了尿。两人不敢走，其实就是走了，也没人知道，很有些画地为牢的意思。终于憋到了极限。我大吼一声："不行了！"撒腿就往厕所跑。晚了，来不及了，等到了厕所我把裤子解开时一整泡已经尿完，全部尿在棉裤里。哭咧咧地回到家中，奶奶急了，拉着我要去学校找老师算账，亏了遇到姑妈正好进门拦住了，说这不怪老师，你不会先去厕所尿完了再回来罚站？奶奶猛醒，戳着我的脑门说："你傻，大白天尿裤子，你傻！"

　　奶奶喜欢打麻将、看戏。每次看戏回来，奶奶都要给我讲戏文，经常听得我云山雾罩，前面的没说完，把后面的先说了，来回一颠倒，就会接不上茬儿。有时讲到苦情戏，竟噼里啪啦地掉上了眼泪。我就要劝奶奶别难过了。说到最后，奶奶总要有一两句总结性的概括："听明白了吗？长大了不孝顺，天不容，要遭雷劈。""听见了吗？不听皇上的话，就砍脑袋，懂了吧？""一个人不义，那就要遭报应，要饭都没人给你。"对于孩子的启蒙教育，奶奶真是尽职尽责的。

奶奶喜欢听我唱戏。在这方面我还真是有天分，话匣子听两遍，我马上能学会。奶奶高兴了就叫我唱个"武家坡"，唱个"诸葛亮"，唱个"小女婿"，我一唱街坊四邻就有好多人跑来听，夸我聪明，唱得好。奶奶特别得意，骄傲。有时会打赏两分钱去喝碗豆汁。有一年忽然流行一首民歌："小白菜呀，地里黄呀，三两岁呀，没了娘呀，亲娘呀。"我一唱完，奶奶的脸色很不好了，摇着头说，这唱的是洪迈耶（什么呀）？真难听，不许唱了。大概是触动了我的身世，是犯大忌讳的。

奶奶喜欢热闹，总是想法子让家里的气氛欢乐融融的。那时候有什么可玩的？又没电脑，也打不了游戏。奶奶就招呼几个孩子来玩儿弹铁蚕豆，抓一把铁蚕豆，往桌上一撒，在两粒距离最近的蚕豆中间，用小手指头画一横杠，再用拇指弹动一粒，撞碰另一粒，碰到了就赢一粒，弹歪了碰不上，则失去了再弹的权利，换下家弹。弹到后来所剩无多，距离也越远，难度大了。奶奶经常在弹指以前先用拇指推，推近了再弹，这很不规矩，我们称之为"大努"。孩子们便喊："奶奶大努，奶奶大努！"奶奶则耍赖："谁大努了？谁大努了？别瞎说！"玩儿个铁蚕豆，奶奶比孩子还孩子，但那热闹景象欢快之极，不管赢多赢少，最后全掏出来，每个孩子装一兜，高高兴兴地散了。而且奶奶打麻将只要赢了钱，必定要给我买羊头肉、酱驴肉、花生瓜子什么的，所以我总是盼着奶奶赢钱，别以为能赢多少，也就三角两角。

有件最叫我伤心的事，就是一九四九年十月一日开国庆典，小学生要在天安门前组成花阵，坐在广场前观礼。游行完毕，还要涌向金水桥前，向领袖们欢呼。十几万人游行，那得多热闹，比起天桥逛庙会好玩多了。每个同学都欢欣鼓舞，有的特意做了新的白衬衫，换了绸子的红领巾，我也要做新衣服。奶奶竟关上门警告我说，不许去游行，十几万人挤丢了怎么办？叫拍花子（流动的人贩子）拍走了怎么办？美国飞机来轰炸怎么办？这要是扔俩原子弹，你往哪儿跑？把我问傻了，这都听谁说的？我闹，第一次公然顶撞奶奶，都没用。于是向姑妈求救，竟然也拗不过奶奶，只好说不去吧，听奶奶的。奶奶提前两天给我请了病假，看着游行队伍从门前过，我把眼睛都哭肿了。

奶奶最大的一个功绩就是拒绝给女儿缠足。民国初年，缠足之风还盛行着，特别在农村。爷爷很执着地每天为女儿缠足，女儿疼得天天哭，奶奶不忍心了。每到夜里都悄悄地给女儿放脚，坚持与爷爷斗争了一年，足终未缠成，我看姑妈的脚还有缠足的痕迹，但基本与常人一样。我想奶奶小脚一生，您老人家太知道裹小脚的痛苦了。北平解放以后，姑妈参加社会活动，参加了市政协，这要是一双小脚，得多难看！我还真没见哪位市政协委员是裹小脚的。

奶奶不会做饭,都是保姆做,奶奶在旁监督,往往由于保姆炒菜时油放多了,或酱油放多了(尽量放盐,酱油比盐贵),奶奶就不高兴了,觉得过日子怎么可以这么大手大脚?油是钱买的,不是白给的。您实在忍受不住了,就自己动手炒菜。一般情况下都不大好吃。买菜也是。刚上市的菜比较贵,您专门买过了时的快下市的菜。比如菠菜,要等长到一尺半,长得快成了菠树才买,便宜;比如黄瓜要等等长得跟擀面杖一样粗了,有点发黄了才买,便宜;比如茄子,买来时基本上一切开,里面是一兜籽儿,便宜。这样做的清汤寡水的菜,肯定不下饭。于是臭豆腐就成了饭桌上常备不懈的主打菜。无论吃馒头、窝头、米饭、面条,对胃口的刺激都是最有效的。保姆向姑妈反映情况,说少爷正长身体的时候,油水太小了不好。姑妈劝了两次,无效,奶奶说木事木事(没事没事),他身体长得挺好,他长得太快,去年做的衣服,今年就小得穿不了了。可奶奶做的西红柿茄子打卤面和菠菜豆腐熬粉条怎么那么好吃!至今难忘。后来我进了大宅门以后,精致的菜肴吃腻了,便提出要吃西红柿茄子打卤面。冯厨子精心制作,我一吃就不对,不是奶奶做的味儿,再做,西红柿烫完了去皮,嫩茄子也去了皮,用高汤五花肉片做,一吃还是不对。姑妈指着冯厨子训道:"真笨!怎么做个西红柿茄子卤都不会!"冯厨子委屈道:"少爷的口味也太刁了。"一九七二年我到一个穷得不能再穷的同学家里去玩,吃的也是西红柿茄子打卤面,一下子吃出了老味道,高兴得我手舞足蹈。他家六七口人瞪着眼睛奇怪地望着我,什么好东西?你乐成这样。我说吃到了当年奶奶做出的味道。后来我也多次自己琢磨着做,没有一次成功，认真总结了一下，主要是油放多了，肉放多了，再也买不到当年那种甜中带点酸、一咬一兜水的西红柿和比我还老的一兜籽儿的茄子了。嘻！令人怀念的奶奶粗制滥造的西红柿茄子打卤面！

我一直怀念奶奶，墓地已无法寻找，但那遗体、棺木、瓦罐应该仍在那里，大概早已化为泥土。现在连祭奠的可能都没有了。可童年温馨的市井生活的记忆仍保留着。我只保存了奶奶的一张照片，是三十年代末奶奶与母亲逛颐和园时的合影，弥足珍贵。奶奶走的时候六十岁，可如今的我，已经八十了。

王师父与猴三儿

日本鬼子投降那年，我五岁。家里便请一位老翰林教我古文，居然从《春秋左氏传》教起，还请了一位洋学生教我英文，开始A、B、C、D……同时把我带进大宅门里，在头厅院拜看家护院的武术名家、已七十二高龄的王金山为师。每天练功习武，也就学了一年多，我就上小学了。普励小学是我们宅门儿里四大房头共同筹资建的一所药行子弟学校，凡北平药行的子弟均优先录取。一上学，我的课外教育就三天打鱼两天晒网了。

今儿只说说教我武术的王师父。

这是一个充满传奇色彩的人物。清末民初的时候是威镇四海的镖师，武艺超群，各路镖都有他的踪迹，当年是走遍天下无敌手。可我眼前的王师父就是一个不起眼的糟老头儿：个头不高，剃一大光头——他爱剃头，脑瓜顶儿永远都锃光瓦亮；永远是乡下人的短打扮；走起路来腰板挺直却有些驼背，迈步微微有点儿外八字；在街上永远靠着路边，在胡同里永远贴着墙根儿走，而且永远低着头目不旁视，只看着眼巴前的路；脸上总是挂着一脸平和谦恭之气，眯着眼似笑非笑，那表情总像是对不起谁似的；见了熟人只打招呼，从不主动搭话也不看你，那感觉一拳就能把他打一跟头，真看不出他有什么功夫。

北京人形容厉害的人有句俗话：仰头老婆低头汉。说的是仰头走路的老娘儿们一定是蛮悍角色，总是低头走路的汉子一定不好惹，王师父就是"低头汉"那种。他走镖十几二十年，遇敌无数，但从来没伤过人，没杀过人，还没丢过镖，自己也没受过伤，这简直是个不可思议的奇迹。他有个原则，能不动手就不动手，非动手不可时能不伤人则不伤人，遇见凶狠的亡命之徒，宁可损失点儿银子，绝不伤人性命。有一次镖路上遇到一伙悍匪，死说活说也不让路，王师父也不急，说行，等我脱了汗褟儿再动手。王师父脱下汗褟儿四下望了望，连棵树都没有，没地儿挂，只见路边有块巨石。他举了举衣服说别叫风刮跑了，走到巨石前伸出右手，用食指和中指两个手指头抠住石头缝隙一用力，竟把足有千斤重的巨石掀了起来，然后把衣服往石下一塞，又轻轻放下巨石压住，起身说道："哪位先来？"那帮悍匪一见，知道遇见武林高手了，一哄而散。这就是王师父的"能不动手就不动手"。

说不清楚确切的年头儿了，大概是民国二十年左右，正是盗匪横行的时候，在走南路镖的路上，遇到一彪人马，为首的居然是个老道士，久闻王金山大名，一定要比个高下。王师父万般无奈只能交手了，最后竟然败下阵来，这老道士也不劫镖，率众匪扬长而去。自此王师父隐退江湖，回京城西山老家务农去了，至于后来怎么到了宅门儿里做了看家护院，未闻其详。

一九六四年初，我在北京电影学院导演系五年级学习时，被划为"反动学生"，几番马拉松式的批斗后等待处理（"处理"二字挺刺耳的，不太像说人，使人联想到废品收购站）。五九级学生四个系联合实习拍摄故事短片，我被指定做剧务，属于监督劳动。拍摄点在海淀的一个村子里，我的任务是每天骑着自行车，从城里接送一位小演员，送到现场拍上戏以后，我就没事了，只等拍完戏再送小演员回城，至少得两三个小时。这天，我等开拍以后，就骑上车奔了离这里只有二里之遥的六郎庄，六郎庄素以特产荸荠著称于京师，是当年供奉宫里的贡品。这里的荸荠个头儿并不大，中溜个儿，水头极大，又甜又脆，不光是脆，是酥！掉在地上能开裂，皮不是黑的，是浅黄褐色，薄到几乎透明，玲珑剔透煞是可爱。吃时，不用削皮，把芽嘴儿掐去，也不必去底脐儿，咬到嘴里如一兜荸荠汁儿一样，一丁点儿渣子都没有，沁人脾胃。我一次能吃两三斤。我骑上车到了庄口，就看见有三三两两摆着的小摊儿。我买了五斤，迫不及待地要吃，有泥，还是要用清水洗一洗。抬头看见了一个院落，门口挂着一个竖匾：六郎庄武术社。门大开着，院里有一口井，井台上立着一架辘轳。我提着一大兜荸荠进了院儿，院子里席棚下坐着五六个汉子在喝茶聊天，茶桌上也放着一大堆荸荠，我打了个招呼就到井边蹲下来洗荸荠。只听得那几个大汉在聊武术界的一些事儿，居然两三次提到了王师父，还提到了一个叫猴三儿的人。我一下子怔住了，便冒昧地问了一句：你们说的是王金山吧？几个大汉都愣住了，齐刷刷地把惊诧的目光投向了我，而且目光中带着一些不友好。我忙站了起来，有点儿不知所措。忽然其中一个满嘴胡楂子的赤红脸汉子站了起来，双手一抱拳：那是我师爷爷。旁边的几个汉子也都迅速地站了起来。我也忙抱拳：那是我师父。这群汉子更惊了，彼此交换着眼神，又上下打量着我，显然目光中带有敌意了。我连忙解释：诸位诸位，我年轻可我辈分大，你们说的猴三儿是我们府上小二房的三少爷吧？他是我堂房的侄子。赤脸汉子试探地问：请问您是——我简单说了几句自己的来历，几个汉子都放松下来，目光中仍带着疑问，并招手让我过去坐。我坐到席棚下的长凳上，说起了师父王金山，那可说的就多了。

王师父虽然在府上看家护院，但府中之人从未拿他当下人对待。老爷子也始终尊称他"王师父"，还帮他抚养他的孙子，从生活到上学（一直到大学毕业）全包了。他的儿媳也在府上当差，在厨房给南、北两个厨师打下手，人很精明又特能干，五六年间偷学厨艺，分家后竟然当了主厨。当宅门儿的主厨若没两下子你想都别想，她烧得一手好菜，南北通吃，把原来大厨的手艺又按府中人不同的口味宅门儿化了。宫保鸡丁不加花生米，却加菠萝丁和鲜笋丁，分明是糅进了咕咾肉的做法，口味独特；清蒸鸭点缀西洋菜嫩芽，那叫一个鲜；慢工熬制核桃酪不但加枣泥和山楂泥，还要加苦杏仁，无苦则不甜，让那些宾朋好友刁钻的吃客们赞不绝口；鸭汤煨的栗子烧发菜，我一人儿就能吃一大盘；最绝的是烹掐菜，用铁砧压制着生发的绿豆芽，有铜丝电线那么粗，掐去两头，从中间竖着开一条缝，填进细腻的肉糜，旺火大油一烹，临出勺淋上一勺花椒油一勺老陈醋，颠两下就出锅，不带一点儿汤水，那滋味，只能说"此菜只应天上有，人间哪得几回尝"。一九六二年老爷子去世以后至今六十载，不要说吃，连听都没听过了——你看，一说吃，我就忍不住地跑题儿了，她给我的最大启示就是不断创新。

王师父在府里其实没有更多的事儿干，除了教教孩子们练武以外，就是每天夜里十二点跟着老爷子拉了全院的电闸以后，把整个宅院巡查一番，护院工作就算完成了，十几年来没出过差错。白天基本在门房闲坐，门房里间是管大门的郑老屁住，一切迎来送往信件收发、扫门口大街和头厅院等都是他的事，厅里也有一张窄床，是王师父的，可从没见他在床上躺着睡过觉，平时只在一张很古旧的太师椅上五心朝天（脚心、手心、脑门心）地盘腿而坐，上了床也是这般姿势闭目养神，永远闹不清他睡着了没有，可院子内外发生什么事，他却一清二楚。

一九五二年夏有一天，王师父没吃午饭，一直盘腿坐在太师椅上像是僧人在打坐，我们一帮孩子出来进去打闹喊叫，他照睡不误一动不动一个下午。谁也没当回事，习以为常了，到了吃晚饭时才发现，老人家就那么坐着归天了。那年他七十九岁。

我特别伤心，因为几年来王师父对我特好。他看出来了，宅门儿里的少爷小姐都看不起我，玩儿不到一块儿，我只和他的孙子合得来。他就经常带我们去逛街，买大刀、花脸，逛天桥、喝面茶、剃头、洗澡。特别是洗澡，那真是澡堂子一景。当年鲜鱼口西口把口不远有个大香园澡堂子，每个月他都带着我和他孙子去洗一两次澡。在东兴隆街到鲜鱼口整条大街上，没人不知道王金山的大名，所以每次洗澡，在外面脱光了一走进浴池，正泡在池子里洗澡的老少爷们儿便都起身慢慢围拢来，请安问好之后就开始七嘴八舌地揎掇起哄："王师父，露一手！""露一手瞧瞧。""王师父，叫我们开开眼。"经常是盛情难却，只好露一手。在洗澡堂水池子旁常年摆着一条长凳，那是经年累月水泡透了的，有两米多长，凳面有两三寸厚，上面盖着一层又厚又糙的麻袋片。这凳子是专门为搓澡的人预备的，您在池里泡透了，往凳子上一趴，专门有搓澡的师傅给您搓身，必要搓得全身通红才过瘾，去火！这条大长凳水淋淋的足有两三百斤重，王师父上前躬下腰伸出右手把住长凳的一头，卡在拇指和四指之间，然后伸直臂膀不打弯儿，竟把长凳平直地端了起来，一下子让人联想到当年镖路上手抠巨石的景象。围观众人喝彩叫好。澡堂子是有回音儿的，"好"声中带着嗡嗡的水音儿。就说这一件事，武术社的汉子们便对我肃然起敬，没错儿！不是王师父近身的人，不可能知道这些事。临走的时候还送我一大兜荸荠，到了门口，几个大汉居然还抱拳拱手说道：师叔慢走！我回去接着当"反革命"。

一九四八年我上小学四年级的时候，国民党快完蛋了。各路溃退的残兵败将龟缩到北平城里，学校、寺庙、商会、会馆全被他们占了，好多门窗都被卸下来烧火取暖。解放军兵临城下，物资匮乏，要靠美国的空投救济物资支撑，据说大部分都投到了城外，便宜了围城的解放军。学校发放救济时，老师和学生一样要抓阄儿，每人一号。操场上把救济物按号分成堆儿，什么罐头食品、日用杂货，五花八门一堆儿一堆儿地摆了一操场，每个人按号领取。我那一号儿是一大罐奶粉和一件米黄色的连衣裙。奶粉可以吃，连衣裙做了拖把。整个北平市面萧条、人心惶惶，而且盗贼丛生防不胜防，护院的王师父就夜夜不得安生了。前面说过，宅门儿里有个规矩，每天十二点要拉掉电闸，老爷子要巡视一番。他走在前面，两旁两个下人提着灯笼，王师父右手拿把一米多长的鬼头刀，左手牵着狼狗大青儿，从头厅院到二厅三厅四厅厨房院上房院后花园全都走一遍，边走边喊："拉闸了，各屋点灯，小心火烛——"于是各屋没事的睡觉，有事的就点上蜡烛。那天我们都睡了，忽然被一阵吵闹声惊醒，电灯也都亮了，院子里一片通明，分明是电闸又合上了，出事了！我爬起来刚一跑出门，只听老爷子一声断喝："都不许出来！关上门！"我忙又缩了回来趴到窗户上向外看，院当中站着老爷子和王师父，两人手中都拿着一把鬼头刀，旁边四五个仆人手里也都拿着棍棒等各种家伙，狼狗大青儿"汪、汪"地吼叫着，隐约听到"当啷当啷"的小铜铃声，越来越近，所有人都抬着头望向了北屋屋脊。从东北方小跨院的房顶上窜过来一个哈着腰快步行走的黑影，一跃上了北屋上房的屋脊，铃铛声也大了起来，走到西北角，黑影子稍稍一停，向院子里的人微微鞠了一躬，突然老爷子大喊一声："赏！"只见一个仆人把一个装着大洋的小兜包递给了王师父，王师父将小兜包挂在了鬼头刀的刀尖儿上，向上用力一甩，那兜包甩向黑影，不偏不倚落在黑影举起的手上，黑影一矮身顺势在屋脊上磕了一个头，一缩身不见了，只听见隐隐的铃铛声远去。老爷子喊道，好了好了没事儿了，拉闸睡觉。王师父那一甩是百步飞镖的本领，功夫！

第二天王师父告诉我，那是个过路的贼，是借道儿，他知道这个宅子里有能人，不敢得罪，绝不入院行窃，在腰上挂个小铃铛，就是向这位高手打招呼致敬，过了这个宅院那铃铛就收起不用了，可见王师父确是盛名远播，威震四方。

说起王师父，就不能不说说猴三儿了。这是我们小二房的老大，大排行是老三，个儿不高也就一米七吧，精瘦，小分头永远打着发蜡，永远看不到一根跳丝儿。他近视，戴一副据说是纯金的金丝眼镜，硬领的白衬衣一天换两次，晚上若去跳舞或看电影还要换一次，笔挺的西裤，裤线总是直直的，上身套一件美国夹克。说不清他有多少鞋，大盖儿的，三接头的，米色网眼儿的，白色扣绊儿的，溜尖的捷克式，配不同的衣服裤子。他有洁癖，每天洗澡那可是宅门儿一景。四厅院里有个自来水管，他在水龙头上安了个水枪，一开能滋两米多高，每天中午他都脱得精光裸浴，还不停地在水花中练拳脚，冬夏不辍。冬天院子里有多冷啊，照洗不误，廊子上人来人往全然不顾，偶尔遇上女客，吓得人家吱哇乱叫，他跟没事人一样，这真是一门儿功夫啊！冬天他洗完澡，地上便结了一层冰。三九天他还独出心裁，把水龙头打开放满了一院子的水，一夜冰冻成了溜冰场，他穿上花式冰刀鞋就溜上冰了。还能在冰上打转，连老爷子都惊动了，也跑来看，他还得意地在上面打"冰出溜"，吓得大家伙儿都跑上去搀他，好家伙，这要是摔一下子还了得。我一向胆儿小不敢上冰，上了初二以后，猴三儿才带我去北海公园的冰场滑冰，我着实地摔了几个大跟头。我最好的成绩也只是小心翼翼地慢滑，连跑刀鞋都没敢穿。猴三儿厉害，正滑、倒滑，还能蹦起来转一圈单脚落地接着滑。不一会儿滑冰的人都聚拢来看他表演，他花样挺多，不时地有喝彩声。没多久冰场的大喇叭停了音乐，便传出管理人员的声音："请大家不要围观，不要聚拢扎堆儿，冰面承受力有限，请大家散开……"没人听，终于管理人员来干涉了，叫猴三儿停止表演，三儿振振有词："我滑我的，我没叫他们围观。"争执起来，围上来的人更多了，看热闹。忽然冰面有了"咔咔"的开裂声，不用劝阻，周围的人立即呼叫着如鸟兽散，四下奔逃。猴三儿开始跑大圈儿，很得意。

他有三辆自行车，一辆墨绿全链套的"凤头"，一辆黑"三枪"，还一辆塌把撅屁股的跑车，配置齐全：小电滚子的德国"博士"车头灯，英国的充气小喇叭，单支架的照后镜，骑在街上那回头率，倍儿高。顺着风骑能超过公共汽车，引得车上的人探出头来给他叫好！

猴三儿有个特别的嗜好，喜欢看漂亮妞儿。

我们在二厅的一间空屋子里支了一张乒乓球台，他打累了就坐在一旁的椅子上看我们打，他赤着身只穿一条短裤衩，是当时很时髦的裆上斜开门的三角裤，他把手伸进裤头里一边抚弄着自己的老二，一边感叹地说："'贝满'的女学生真美……'贝满'的女学生真美……"他当时在灯市口的育英中学（后来的北京市二十五中）上高中，那时还是男女分校，贝满女子中学离得很近，每到放学，他就到"贝满"校门口对面马路牙子上一戳，不下车，一脚踩着地，另一脚踏着脚蹬子，关注着走出校门的女孩子。看上一个漂亮的，人家一骑上车，他立即尾随而去，保持一定距离，有时故意超到前面，调一下照后镜看看人家正脸，再故意慢下来在后面跟着，直到人家到了家进了门，他才心满意足地骑车回家。遇见不骑车的女孩子等公共汽车，他立即把自行车在路边一锁，跟着人家上公共汽车，把人送到家门口再回来取自己的车回家。他还真没什么坏心眼想占便宜什么的，就是追着看，过眼瘾。一天追一个，他能编了号儿，开列出一连串的美女住址。

还是上初中的时候，他就入了拳击训练班，那是金鱼胡同东口把口的"基督教青年会"办的。他练得很刻苦，在东单崇文门一带小有名气，一般的流氓混混儿不敢惹他，在我们家那条街上也能震唬一大片。有时也教我们两手儿，动作轻盈敏捷，移步灵活，出拳神速，我们都没见过，不知这是什么路数，以为是齐天大圣的猴拳，于是给他起了个外号儿：猴三儿。

宅门儿里的孩子们放学以后都喜欢到门房里玩，那是每天唯一可以聚在一起的时间，各自聊着学校里各班的糗事，下棋打扑克，吵架骂仗甚至动手。王师父照旧盘腿坐在太师椅上，或看我们打架，或闭目养神。只有看门房的郑老屁忙着拉这个拽那个地呵斥劝架，还经常被孩子们嘲弄。直到各屋的老妈子们来叫，孩子们才各回各房吃饭。猴三儿回来了，把"凤头"车往门道里一支走进门房，车把上还挂着一副拳套。那天不知他吃错了什么药，径直走到王师父跟前，非要和王师父比拳脚，并扬言你要胜得过我的洋拳，我就拜你为师，他根本不相信这么一个糟老头有什么真功夫。王师父不理他，被他缠得起身要走，他忽然拦住摆出了拳击的架势，接连几拳都被王师父躲过了，要他别闹了，他不听，又连出几个快拳，全都打空。猴三儿有点儿急了，猛地来了一套快速的组合拳，直拳连击，左摆下钩，王师父只是躲闪，后退到了床边，谁也没看清是怎么回事，只听王师父说了句："歇歇儿吧少爷！"猴三儿被王师父掐着腰举起，转身扔到了床上。猴三儿整个儿一个懵噔了！他没闹明白怎么摔倒的。王师父忙上前扶他："没摔着吧少爷？"猴三儿非要王师父走趟拳看看，经不住他死缠硬磨，王师父只好脱了外边儿的大袄起了个势，平常看着总是无精打采的老头儿，突然两眼炯炯发光，身量也高大起来。屋子不小，却到处放着床柜桌椅、条案、火炉子、脸盆架，地下便显得很窄巴，他就在这仅有的空地儿上走了一趟"形意拳"，劈崩钻炮横，闪展腾挪，轻盈敏捷，哪里像是七十多岁的老人？练完了一收势又恢复了无精打采的老样儿。猴三儿彻底服了，央求着要拜师。王师父坚拒，猴三儿只好去求老爷子来说情，王师父说不行，少爷吃不了这苦。三儿起誓发愿地说什么苦都能吃，最后王师父说只教防身，不教杀招儿，正经地拜了师。

第一课基本功先耗胳膊腿。在后花园王师父给猴三儿摆了一个"骑马蹲裆"势，两腿弯曲如骑马状，两臂环抱胸前如勒缰状，王师父点燃一支香说香尽我还没来，你就可以收功歇了。王师父走了，快到香尽时王师父回来一看，猴三儿还保持原来的姿势一动未动，二话没说又点燃了一支香，接着来。不到半支香的功夫，王师父回来了，猴三儿已瘫倒在地上，王师父说这就对了，你早该瘫地上了，偷功，心不诚！三儿羞愧难当，承认第一支香偷了功，实在吃不住劲儿，在地上坐了好半天，王师父说算了吧少爷，我就说你吃不了这苦！可猴三儿硬是顶过来了，在我们一起习武的五六个孩子中，只有他一个人坚持住了。

王师父每日的晨功是跑路，天不亮四点钟起床，小腿儿上绑个沙袋，往卢沟桥跑一个来回。北京人常说"卢沟桥的狮子数不清"，是说每根桥栏的立柱顶上镌刻着不同数量的小狮子。王师父跑到桥头在桥栏上拿起大顶，沿着桥栏走一圈儿，我们小时候管这倒立行走叫"蝎子爬"，要把这每根柱头上的小狮子数一遍，然后跳下来才往回跑。我们七点半钟上学出门的时候，有时会碰见王师父进门，那是已经跑了一趟卢沟桥啦！猴三儿第一次咬牙跟着跑下来了，一到家就不行了，第二天浑身筋骨酸疼起不了床，上个台阶迈个门槛都疼得咧嘴。

轻功，草上飞，谁见过？谁信？王师父表演过走蜡丸儿。药场里铺上席子，码着十米长的蜡皮药丸，王师父一个箭步冲刺，从蜡丸上飞驰而过，蜡丸一个不碎。盛草药的大箩筐，就是竹篾编的一米多高直径一米多长的竹筐，王师父打个飞脚腾身而上，沿着筐边儿走一圈儿再跳下，竹筐不晃不翻。据说王师父可以踏着水皮儿过河，没见过。反正猴三儿后来练得可以在铺了三四米长的蜡丸上跑过而一个不碎。

铁砂掌。王师父找了一个木方蜡斗（这个斗是专门收集各屋点剩下的蜡烛头儿，每装满一斗就一起化开了再搓成蜡烛只供门房、下房、厨房用），在斗里装满铁砂，叫猴三儿只要没事就不停地把两只手向铁砂里戳。你看猴三儿的手指尖儿是方的，一层厚茧，有一次他叫我用两只手撅他一根食指，我用了蛮力也没撅动。只要他用力向您腰间一戳，您几根肋骨就算交代了，他曾经因为与人打架，戳折了人家两根肋骨被公安局拘留了好几天。

一九五二年，快七十岁的十二姑（老爷子的妹妹，大排行十二，当年与梅兰芳照片结婚，故无子嗣）要在族内子弟中选个财产继承人，过继到自己名下。那是一笔巨大的遗产，本族各房老少均使出浑身解数进行争夺。猴三儿本来是最佳人选，可他孤独一人四枝不靠，没人与他做主说话，最终选定的是小大房的老四。这个刺激太大了，他精神便恍惚起来，被送进了精神病医院，断断续续一年多，才慢慢恢复正常。那位继承了遗产的老四则更糟，这刺激也太大了，高兴过了头竟得了"羊角风"，比猴三儿还恍惚，还不到一年竟撒手人寰，走了。本来俩人都活得好好儿的，偏弄个遗产出来折腾人，继承的和没继承的都疯了，这不耽误事儿嘛！

猴三儿好了以后，依然坚持练武，功夫没有扔，只是精神有些抑郁。我母亲为了健身也习武，经常与三儿切磋，向他学了一套太极拳、一套太极剑，每天都要在院子里走一趟，三儿来了就先一起练推手，由平和而逐渐加力，直练到汗湿衣背。有一次几个同学来家看到了，就恳请猴三儿练趟拳开开眼，三儿起了个势，两眼立即炯炯发光，我一下子想起了王师父当年练武的情景。三儿走了一趟"形意拳"，看得出，他得了王师父的真传。

在宅子里，所有子弟均称我母亲为二太太，只有猴三儿每见面必恭恭敬敬地叫奶奶。老太太对他也是另眼相看，常说三儿为人忠厚，秉性善良，却缺失家人的关爱，尽管从小锦衣玉食，其实命挺苦的。他是二爷原配夫人所生，这位夫人是自杀死的，我们小时候都见过她，长得娇小玲珑，小脚儿两寸七，我们背后都叫她"凤里灯"（像蜡烛火苗摇摇摆摆一步三晃），据说被小老婆挤兑得跳了井。那口井在"马号"（圈骡子、马的院子，各房的马车、轿车、拉药材的货车都停在里面）大门的外面，临街，井水为药厂制药专用，水质特殊，此水制药，功效独特。为了保护这口井，特意打了铜帮铜壁铜井沿儿，乃北京城中唯一的一口铜井。她跳的就是这口井，从此这口井便废了。用青砖将井砌死了，正因此，猴三儿与小妈生的几个兄弟始终不和，仇人一般。为了争股息的份额，互不让步终于闹翻了。我在东厢房做功课，北屋上房不时传来他们的吵架声，后来母亲告诉我就差动手了，都知道猴三儿有功夫，人多的一方也没敢动手。一九五一年他父亲也死了，这才分了家，猴三儿在花枝胡同分到了一所一进的四合院。后来老爷子过世时又分了一次财物，我母亲很照顾他，有两天夜里他一个人过来整麻袋地往出扛东西，无非是古玩玉器锦缎字画之类，够吃个十年八年的了。

三年严重困难的日子来了，你有钱也买不到东西。一九六〇年的冬天，快过年了，我母亲不放心三儿，带着从黑市买来的小米、豆油、糖、肉罐头什么的去看他，进门一看，那可真是天下奇闻了。

堂屋中的炉子敞着口，烧的劈柴半死不活地冒着烟，从炉子里扒出的炉灰从炉子底口直堆到了屋门口，至少个把月没倒过了，进屋门两步就能踩到炉灰，屋里冰凉，猴三儿裹着一床棉被盘腿坐在床上，那是一张双人的大席梦思床，床上乱堆着衣服杂物，他正端着一个碗吃面，是一碗浇了三合油的挂面。更不可思议的是炉子旁堆放着一个个的报纸包，包得很规矩，很像药铺抓药时包的中草药包，而且一进院时就已发现，北屋一溜窗台上也整齐地码着一摞摞的小报纸包。一问才知道,家里的茅房(厕所)在院子的西南角儿,冬天冷,不愿意出去拉屎,就用头天的报纸(他居然还订了《北京日报》《北京晚报》两份报纸)铺在堂屋扒出的炉灰上,拉完了便包起来,放到屋外窗台上一冻,屋里的是还没来得及清理的。我母亲哭笑不得:"三儿,你这过的叫什么日子?你得娶个媳妇了。"

后来又听说他还是因为打架被公安部门收容教养了,我母亲去看过他一次,也是家中唯一去看过他的人。他本来要放出来了,可又因为打架,把一个劳教分子扔进了施工队烧石灰的池子里,差点儿没把人烧死,于是劳教又延长了。由于他练过武,对跌打损伤、揉骨松筋、推拿按摩很有一套,给管理人员治了不少病,还被介绍到某首长家做了一次贡献,于是名声大振,待遇也不一样了。这属于立功表现,不久就放出来了。

一九六四年夏天,我在电影学院"双反"运动中被定为"反革命"监管起来,特批了半天假叫我回家取换洗的衣服,正碰见来家里玩儿的猴三儿和他的老婆孩子。早知道他结了婚,从未见过他妻子。妻子姓方,确是落落大方,长得很漂亮,不知是哪府上的小姐,一副典型的宅门儿少奶奶的范儿。烫着很时髦的披肩大波浪头,一看就是"四联"师傅的手艺,化得很浓的妆,身上飘散着淡淡的法国香水的温馨气,抱着快两岁的小儿子,长得可爱,吸收了他们夫妻俩的全部优点。猴三儿穿一件罗布衬衣,派力斯的吊带西裤,皮鞋锃亮,小背头依然打着发蜡,两口子很般配。方少奶奶抱着儿子到我书房坐了一会儿,孩子叫大明,叫了我一声"大宝爷爷",我忙给了个二十元钱的红包。方少奶奶落泪了,说日子不好过,三儿把家里东西全卖光了,很不会过日子。其实猴三儿劳教放出来以后,就不断地有大小官员、干部子弟等请他治病,教练武艺,很忙了一阵,收入也还可以,精神也不再抑郁,正常开销度日应该没问题,我看这位少奶奶花起钱来也不是手紧的人,大概也属于不大会过日子的主儿。

八年以后,我经历了劳改四年又监管劳动四年的生生死死的岁月,从干校逃回了北京。初春四月的一个早上,我拿了个小竹笸箩,盖了块屉布,去高庙胡同口上的早点铺买早点,四个烧饼俩油饼俩牛舌饼。转身回家走到拐弯路口,忽听有人叫了一声"大宝爷",好久没有人这样称呼我了。我扭头一看,确确实实没认出来,眼前的人蓬头垢面,稀疏的胡子楂儿,一副白框的最廉价的赛璐珞眼镜,镜框边儿上缠着发了黑的白胶布,显然是眼镜腿儿折了又接上的,脏兮兮的白衬衣只剩了三个扣子,还上下系错了扣,左半边比右半边长出了一寸多,看不出什么颜色的布裤,一条裤腿儿还卷起来半截,塑胶凉鞋是那种蟹腿儿状的绊儿鞋,有两条儿断了向上翘着,有一只脚后跟没了成了拖鞋,头发稀疏花白,脑后一撮毛还翘着。我愣了半天才认出,这是猴三儿!四十岁出头的人像个六十岁的干巴老头儿。

"三少爷!"我惊愕万状地下意识伸出手。他也应该是好久没听到这样的称呼了。

"大宝爷!"他也伸出手,我用力地握了一下。

"还这么有劲。"看得出他想努力地笑一下。

"劳改队的功夫。"我笑了:"你还练吗?"

"您瞧瞧我这胳膊腿儿。"

我这才注意到他的左胳膊左腿僵着不能动。

"你这是?"

"打的,残了。"

"你也住这边儿?"

"早赶乡下去了,我来上访。"

"上访?"

"我都要了饭了,他们得给我落实政策。"

"老婆孩子呢?"

"乡下挣工分呢,她哪儿干得了农活呀。"

"家里人呢? 不管你?"

"什么人? 要饭要到我弟家门口,门都不叫我进。"

我的心直往下沉:"日子都不好过,谁也顾不上谁了。"

"奶奶呢? 她还……还……"

我知道他想问还活着吗? 没好意思问出口。我这一辈的族中子弟,活着的没几个了。

"活着,一直打听不到你的下落。"

"落实政策以后再说吧。"

"有希望吗?"

"有没有我也得告,我属于那'可教育好的子女',他们得管。"听见了吗,他还挺懂政策。

那时党有政策,凡没有劣迹的四类分子后代,均列为"可教育好的子女"。我就不是,我属于"现行反革命",是教育不好的,需专政制裁。

"来套烧饼油饼吧?"

我把小笸箩伸给他,他犹犹豫豫伸了伸手又缩了回去,说了一句我做梦都想不到的话。

"没……没洗手……"

这他妈还有天理吗?什么德行了?还洗手呢!洁癖!

要了饭,爷还是爷!

我无言以对。

"走了,上访的人多,得排大队。"

他转身走了,我脑子里一片乱七八糟的不知该想什么,走了几步我又站住回头看。

街东口刚刚升起的太阳通红通红地露出了半个脸,猴三儿的背影正叠在这半个太阳上,拖着一条腿,一瘸一拐的剪影蹒跚着渐渐远去。

女张飞与艮萝卜

常言道,不是冤家不聚头。这句话用在婚姻上真是再恰切不过了。窝囊的男人必娶个争强的老婆,洁癖的女人必嫁个邋遢的汉子,儒雅的丈夫必配个蛮悍的妻子,精细的婆娘必找个马虎的爷们儿……这我见过太多了,怎么也闹不明白,老天爷是怎么想起这么配对儿的,还真是,一物降一物,相生相克,对立统一,挺合理。有矛盾才有和谐,一个巴掌拍不响,两只手互相打击才拍得出响,就是鼓掌叫好,互打才能有好。当然,打过了头,手掌也是要红肿的,没有矛盾对立就好不成,那不叫和谐,叫顺拐!

一九四八年,二姐已经是三十多岁的老姑娘了,这么多年一直嫁不出去,因为她恶名远扬,出了名的泼辣蛮横。她是二娘生的,二娘生下她没多久就染病去世。怜其幼失母爱,家人都对她比较偏护,老爷子也总是宠着她,娇纵惯了就越来越没样儿了。

小时候喜欢赖床,早上不起,在被窝儿里吃早点,赖到下午两三点钟,才磨磨蹭蹭地起来吃午饭。养只波斯猫,在被窝里和猫一玩儿就俩钟头,谁也叫不动。直到有一次老爷子真火了,踹门而入,掀开被窝就一顿暴揍，老爷子一向手黑，几巴掌下去那小屁股就红肿起来，打得她两三天疼得没法坐。管用，以后只要叫不起，就说老爷子来了，立马一跃而起。不管跟谁，只要打起架来，拳打脚踢混不吝。打输了吃了亏，就满地撒泼打滚地闹，是真滚，躺在地上来回地滚。你不理她躲着她，不行，她死跟着你骂，从院里追到屋里，从屋里追到厕所，无论男女，你坐到马桶上，她就站在马桶前，指着你的鼻子骂，词儿也多，也不知道跟谁学的，一串儿一串儿不停歇地骂，连个逗点儿都不用。嗓门儿贼大，调门儿贼高，吵得里外各屋谁也甭想消停。上小学了，学校离家门口也就三四百米，宅中子弟都是走来走去，她要坐车。宅里有两辆自家的三轮车，一辆双人的，一辆挎斗的，常年雇着大麻子、二麻子两兄弟蹬车，她每天上学两个来回儿都要坐车，还必须是二麻子的挎斗三轮，摆小姐的谱儿。看见别人的衣服好看，她就要做，做好了又不穿，挂满了一柜子，差不多都没穿过，可看见别人衣服好，她还要做，样样不能落在别人后面。说起吃，更刁了。定好了去便宜坊吃烤鸭，她非要去吉士林吃西餐；全家都吃打卤面，她非要吃包子；全家都吃涮羊肉，她非要吃什锦火锅，还得菊花锅——那做起来是很麻烦的，白菜粉丝垫底，要码上炉肉、鸭条、猪肚、炸腐竹、小丸子、肚片儿、虾仁儿、豆腐泡等等，用高汤焖好了后，浮面撒一层黄白相间的菊花瓣儿。她倒从不护食，招呼大家一起吃。郑厨子经常叹气道：唉！光二小姐一个人儿我都伺候不过来。有一天，她的表哥、四房的老十二（京剧名票、著名琴师）带她去荀慧生先生（与梅兰芳齐名的四大名旦之一）家玩儿，还吃了顿饺子。回家后就闹着要吃掐菜烤鸭馅儿的饺子，郑厨子没听说过，只好跑到荀家找人家厨师请教。原来是用豆芽菜掐去两头儿，不切碎，再加一片全聚德的烤鸭，也不切碎，调以自制的酱汁做饺子馅儿，真是闻所未闻，怎么想出来的？！还别说，真他妈好吃，如邓丽君的歌中所唱，"叫我思念到如今"。

就这么一位小姐，谁敢娶？尽管门庭显赫，家财万贯，也没人愿意捅这个马蜂窝。大家给她起了个外号叫"女张飞"，她还很得意，经常在酒席上聚会中大喊大叫地耍活宝，说段子逗馊哏。叫她安静点儿，她就越发地张扬着耷着膀子举起双臂，做老虎扑食状吼道："我是鸭子呱呱呱，我是张飞哇呀呀，哇呀呀呀……"接着就冲着每个人的脸，学着京戏里大花脸张飞打"哇呀呀"。从小到大都这样，像个长不大的孩子，挺可爱的，性格烦人可生性诚实善良，直率天真，她表面是什么样儿，心里就什么样儿。不像宅门儿里太多的人表面斯文有礼，心里藏奸耍滑，她是透明的，想什么全说出来骂出来，不记仇不背后玩儿阴的。可这脾气就是不招人待见，好一阵子，人们都躲着她不理她，叫她很孤寂了些日子，没对手打架也是很失落的，可你倒是改改脾气呀，不改，也改不了。

令人奇怪的是，她还有两样特别的爱好与她的脾气特不合槽儿。一是酷爱京剧，会唱不少戏，谭派老生，嗓儿冲，没的说。一个嘎调能唱到 high C（高音 C），高亢嘹亮，韵味十足。她能守着留声机听一下午谭鑫培老板的《四郎探母》，全神贯注，心无旁骛，完全是个敏而好学的乖孩子形象。酒席宴上，她约我和她的表嫂顾三太太（程派青衣）三人一起唱过《二进宫》，我勉强能够上她的调门儿，还听她和她侄女雯姑娘唱过《武家坡》。她还有一个酷爱是弹古琴。老爷子痴迷古琴，收藏了几十张国宝级的名琴，在海淀花园子专门修了两层小楼的"十二琴馆"，还请名师教授族中子弟。二姐有两位师父，一是她的大姐，被称"中国第一女琴人"，一是驰名大江南北的古琴大师管平湖。二姐迷上了弹琴，而且府中的女眷几乎无一不喜琴，连老爷子大姨太的贴身丫头都弹得一手好琴。二姐只要弹起琴，则焕然两人，不但温文尔雅，在老师面前也毕恭毕敬，一副淑女的样子，人躁，是弹不了古琴的。中国传统器乐中，若论高雅，唯推古琴。母亲说，古琴是神乐，只要入我门中，就能显出人的真性情，也许吧。

"缘分"是个说不太清楚的词儿，特别在婚姻上，有包办的，有介绍的，有自由的，有持久拉锯战的，也有偶遇而一见钟情的，女张飞和艮萝卜的婚姻属于最后一种——一见钟情。艮萝卜是二姐夫的外号，形容此人干、艮、倔、藏，少人情味儿，无理，不留面子，没商量，少情趣，等等等等。这种人大多不合群儿，不可理喻，社交场合不受欢迎，叫人敬而远之，像半生的或长得过了头缺了水分的萝卜，就一个字儿：艮！他那张脸就艮，颧骨、腮帮子、下巴颏棱角分明，面色青灰，像无规则地削了几刀的青萝卜。毕业于黄埔军校，一直追随军校副校长、国民党革命委员会主席李济深先生麾下反蒋，曾一度任李主席的秘书。李主席与老爷子是故交，在一次宴会上，艮萝卜削了一个苹果给二姐，情感上十分孤寂的二姐备受感动，而且，穿上军装的艮萝卜很有些冷峻、挺拔的军人气质，平常走路都是咔咔的军人步伐，于是一见钟情，非他不嫁，并决定一九四八年秋举行婚礼。可就在这一年，中国政局发生了大变动，天津失守，北平成了孤岛，八路军（那会儿大家都这么叫）围城，还炮轰了南苑机场，站到房顶上能看得见南边半空里滚着团团的黑烟。出外打探消息的仆人郑老屁回来说，八路军那边有照妖镜，能照见北平城里的任何一个地方，照准了就开炮，一打一个准儿。家里人吓坏了，除了在门窗玻璃上都贴上纸条子外，还在堂屋里搬来三张大条案拼成一排，上边儿蒙上了厚厚的棉被棉褥子，大白天的钻到案子底下躲避，一旦炸得房倒屋塌，至少不被砸死。只有老爷子和二姐不钻，说宁可炸死也不受那罪。时间一久在案子底下就太过无聊，干脆，案子两头儿的被子支起来，点上两盏煤油灯，打麻将，连吃饭都叫老妈子送到案子底下吃。一打麻将，这世界立马儿全太平了，孩子们熬不住一个个全溜了，二姐却钻了进去，她不是怕炮弹，她有麻将瘾。也就那么三五天，忽然传来消息，八路军说了，要让北平老百姓踏踏实实地过个年，春节期间绝对不攻城，不打炮，这才都疑疑惑惑地钻了出来。偶尔还有炮声，说是八路军闲着没事打着玩儿的，说打两炮？打两炮。放的是空炮，没炮弹。说得有鼻子有眼儿的，八路军这叫什么玩儿法？就这架势还结哪门子婚哪，再说那艮萝卜姑爷也不知跑哪儿去了，小半年都没照面儿，二姐又孤寂起来。

　　没等到春节，傅作义与解放军和谈成功，解放军进城了。打探消息的郑老屁在前门大街竟看见了七八年前为逃婚而出走的孙少爷打着红旗走在解放军的队伍里，着实地叫老爷子吃了一惊，大宅门里出了共产党！这是另一篇文章了。

艮萝卜露面儿了。新政权要召开全国政治协商会议，并邀李济深主席参加，他陪李主席来到北平。老爷子在家中设宴招待。二姐很着意地打扮了一番。艮萝卜陪同李主席在府门口下了汽车，里里外外戒备森严，家里人都被禁在屋中，老爷子只带了二姐在府门口迎接。艮萝卜一身西装，派头十足，一直陪侍在李主席左右，很是风光。孩子们都关在屋里不许出门，不许吵闹，我是最不安分的，偏偏站在东廊子的门口边，想看看这位大人物什么样，老爷子走在最前面亲自引路，走到我跟前狠狠捅了我一下低声喝道：进去！我忙退回屋里。艮萝卜迈着军人的步伐咔咔地随李主席走过去了，二姐在最后。

中间还有个小插曲，宴会进行中间忽然停电了，这在当时可是常事，可能是供电不足，经常是分区停电。只见仆人们轻手轻脚地跑来跑去点廊子上院子里的灯笼，厅里的吊灯蜡烛也点亮了，有点儿混乱。这时艮萝卜给供电局打了个电话，口气很厉害，说李主席正在参加一个宴会，为什么停电了？！果然也就十几分钟吧，电来了。都说二姑爷神通广大，当然，二姐也面上有光，这样的男人，哪个姑娘不仰慕呢。孩子们都跑到大门外看停在门口的小汽车，这是我们第一次近距离看小汽车，想看看车里边什么样儿，一脸严肃的司机站在车旁，不许我们靠近。还听说为了安全，汽车身是通了电的，谁一摸就放电，打你一跟头。也只能远远地看着。

在这次宴会上定下了二姐婚礼的日期。北平的局势基本稳定下来了，只是听说上海解放以后，蒋介石的飞机仍去轰炸过，而且还扬言要空袭北平。所以北平市民还要有防空准备，一旦飞机来轰炸，事先会拉警报，赶紧躲起来就是，这闹的人心里还是不大踏实。

婚礼在南河沿的"欧美同学会"举行，当年大姐的婚礼也是在这里举办的。西式婚礼，很隆重，宾客满堂，西服革履长袍马褂什么打扮都有，还有很多记者举着相机窜来窜去地拍照。我被带到了一个角落，母亲忙里忙外顾不上我，一个花枝招展三四十岁的老女人负责招呼我。老爷子作为主婚人上台讲了话，不知怎么了，结结巴巴不知说了些什么，下面的人都嗤嗤地笑。直到用餐了，我才看到新郎新娘，两人缓缓走来，穿过各桌向客人们点头致谢。二姐的婚纱十分华丽，拉纱的少男少女是二房的两个孩子，艮萝卜穿着一身西服，挺帅的，只是铁青着脸，谁都不看，也不点头。侄子猴三儿提个装满各色电光纸碎片的大花篮，跑前跑后起着哄地往新郎新娘头上撒，婚纱上沾了好多五颜六色的碎片。宴席是西餐，也是我第一次吃西餐，看着桌上的刀子、叉子、勺子完全不知所措，老女人耐心地教我怎么用。乱乱哄哄吃得正来劲儿，忽然听见一个什么人大吼一声：空袭警报！美国飞机来轰炸啦！人们先是一个静场全愣了，接着便乱了营，高喊着："快跑！快跑！"我被老女人拉着跑了出去，一直把我推上三轮车送回了家。结果呢？根本就没什么空袭警报，虚惊一场，好好的一个婚礼被搅和了，第二天才知道，是艮萝卜得罪了一个小报的记者，就弄了这么一个损招儿。老爷子说："看见没有？这位姑爷整个儿一愣头青，不知深浅，宁可得罪大总统也不能得罪记者，记者都坏着呢！"二姐哭了一天。我母亲只是说不好，不好，太不吉利，长不了，长不了。意思是说这两个人婚姻长不了。其实，合府上下所有的人对这桩婚事都不看好。先不说这长相，二姐长得圆圆乎乎像麻将牌里的一饼，这位姑爷长得干瘦巴巴像麻将牌里的二条，这俩人搁到一块儿不是一副牌呀！再说二姐那脾气秉性，遇见这么个愣头青，还不得天天吵日日闹，早晚得吹。

可这段婚姻的发展，并没像大家预料的那样，这就得说说这位姑爷了。艮萝卜这个外号是大伙儿后来给他起的，他从未表示不满或异议，当面叫他他也不恼。二姐自从嫁给他几乎完全变成了另一个人。只要有艮萝卜在场，二姐一改粗喉咙大嗓门的习性，变得细气低声很儒雅的样子，有了口角也不骂街了，只是嘟囔嘟囔而已，更不用说撒泼打滚了。众人议论，出了什么事了？这不正常啊？当然也都愿意往好了想，和谐吧？直到有一天出了个不是事儿的事儿，才觉得不对了。艮萝卜行事一向不按常理出牌，比如，他从不和任何人打招呼，屋里不管就一个人还是一屋子人，他推门而进却视而不见，或找个地方坐下抽烟，或喝着啤酒来回走动。大家习惯了，也从不和他打招呼。他和你聊天，正聊到兴处，也不是个结点，他突然起身说："走了！"把你往那儿一扔，转身而去，弄得聊天的人一脸茫然，是哪句话得罪他了？没有啊！这种突然袭击让人无法预判。可是二姐不管是吃着饭，还是聊着天办着事，总有一只眼时时瞄着艮萝卜，只要听他一声"走了"，就立马儿停止一切活动抄起外衣小跑着跟了出去，根本来不及和任何人打招呼。开始大家都理解为是夫唱妇随，二姐改脾气了，可那天不对了。

二姐在西里间和老爷子的大姨太聊天，没看见艮萝卜走，等她不经意地往院子里看了一眼，竟发现艮萝卜正在走出垂花门，她像

我的二姐女张飞

弹簧一样地蹦了起来，抓起手提包向外奔，一路小跑追去，可不到一刻钟又匆匆忙忙地跑了回来，说紧赶慢赶到了公共汽车站差一步没上了车，艮萝卜先上车走了。一摸身上忘了带钱包，向母亲要了两毛钱，又匆匆地走了。母亲说四十几岁的人了，还这么马虎。保姆说，不是马虎，也不是忘了带钱包，是根本没钱，全身上下一分钱也没有，春节时还向她借了五元钱，到现在也没还。大家都惊了，怎么会呢？向保姆借钱？这是没好意思开口向娘家人要，钱都上哪儿去了？一张汽车票才四分钱啊！

这就要说说各房头的收入了，族中四大房头分四大股，每季股息下来，不管各房头多少人，都均分一股。三房老爷子这股往下再分七股，老爷子一股占二分之一，其余二分之一由二子二女二位妻子分成六股，每股人民币一千多元，这只是公中的，各房还有各房的私产，比公中的还要多，两三千都不止。这在二十世纪五六十年代的中国都是天文数字了，那时两口子过日子，每月有个六七十元工资就可以穿得衣冠楚楚，吃得满嘴流油了。那么二姐的钱都哪儿去了？

有一天放学回来，我到上房打招呼，一掀里屋门帘，只见二姐拉着母亲的手在哭，我忙退了出来。后来母亲告诉我，二姐自打结婚以后，每季发的股息，必须全部交给艮萝卜，而且一分零钱都不给她。母亲奇怪了，你找他要啊！不给，还骂人，急了还动手，二姐无力反抗，这还是当年的女张飞吗？！艮萝卜在一九五九年李济深先生去世后就没事干了，被安排到一国家单位的总务科做了庶务，其实就是管理勤杂工，每月工资那会儿都叫四百二十大毛，就是四十二元钱。都劝他别干了，太掉价儿，他不，他绝不吃软饭，只要有工作自己能挣钱，腰杆儿就硬，就是一家之主，一家之主首要的就是掌管财权。这是个硬道理，族中各房头均有吃软饭的姑爷，大多被姑奶奶管得严严实实；二姐还不如保姆，做饭买菜，日常杂用等，保姆手中总是得有些钱的，二姐没有。还有个最要紧的，大家最关注的就是二姐怎么一直不怀孕？原来这艮萝卜就是冰炭一块，浑身上下没一点儿热乎气儿，几乎没有夫妻生活，偶尔他心血来潮弄咕几下子，完事儿就完了，从不知什么叫亲热。母亲摇头叹气道毁了毁了，这哪儿叫两口子。也不敢跟老爷子说，一九五三年柜上公私合营以后，老爷子的精气神儿一下子就垮下来了，一阵一阵犯糊涂，刚吃完饭就又叫开饭，半夜三更醒了非要去逛王府井，这些个烂事你就是跟他说也没用。自那天以后母亲每月都给二姐一些零用钱，还帮她还了债务，还得瞒着艮萝卜。

说艮萝卜的艮，我倒觉得还不如说他怪。反正我这辈子见过的人中数他最怪。交往十几年我从未见他正儿八经地笑过。右嘴角向上一歪，从嗓子眼儿和鼻孔里短促地"哼哼"一下，这就算笑了，当然也还是有同意、不屑、轻蔑、得意、坏笑等之区分的，虽然都是"哼哼"。别想着他会"哈哈哈"地笑，从来没有。就这一"哼哼"也难得一见。还有吃饭，我一直也未留意，一次宴席上，有位爷悄悄跟我说，宝爷，你发现没有？那小子（指艮萝卜）从来不吃菜，每顿就吃一苹果。这以后我才注意，不管多大多好的宴会，他从来不动筷子，只吃一个苹果，然后就不停地喝啤酒，至少十几瓶，而且从不见他如厕撒尿。不吃饭？难道他修炼成仙了吗？不知道在他自己家里吃不吃，反正一过府来，进门儿先奔啤酒，他从不喝水，只喝啤酒。老式冰柜里常年备着双合盛的五星啤，他先倒一杯，一口气喝完，再倒一杯往桌上一放，就开始旁若无人地来回走绺儿，穿的是硬底皮鞋，走在花砖地上便咔咔作响，挺烦人的。有时也聊天，他喜欢书法，鉴定古字画也很有一套，常聊起书画界的烂事，什么张大千是风流色鬼，齐白石娶了小老婆之类，描绘得不堪入耳，赤裸裸的性表述比现在那些黄段子还过分，女眷们也不回避，也跟着哈哈大笑。书法上特别赞赏朱德总司令和董必武主席的字，认为笔力雄浑苍劲，说毛泽东郭沫若的字聪明花哨但欠功力，说北京市委邓拓是当代书法大家，信口雌黄，别人也插不上嘴。但从不谈国家大事，与政治沾边儿的话题，一概不参与。几瓶啤酒喝下去突然说一声"走了"，这就"咔咔"地走了，这"走了"完全不是向谁打招呼，像是自言自语给自己下个命令，很有些军人范儿，走就走吧，也没人理他。更怪的是，有时进了屋里直眉瞪眼地就奔了啤酒，只喝了一口突然说"走了"，"咔咔"地推门而去，谁也不知道他干什么来了。

他做事从来是随心所欲，他是农历四月的生日，府中有规矩，不管谁过生日，人人都要送份寿礼，并按例在丰泽园摆宴，谁过生日谁摆席，也都是从份子钱里出，两三桌的亲朋好友总是有的。艮萝卜也不例外，他过生日也不动筷子，还是一个苹果，不停地喝啤酒，耷拉着个脸很少说话，偶尔把嘴向上一歪"哼哼"一声，表示他也在听别人说话，一口菜没吃，这生日就算过了。到了五月节，家庭聚会，酒酣面热之际他忽然站起说："明天我生日，森隆！"说完把杯中啤酒一干，"咔咔"地走了。大家纳闷儿，他上个月不刚过完生日吗，怎么又过？没辙，每人又备一份寿礼，第二天到东安市场的森隆餐厅又吃一顿。等到了冬至他突然又宣布："明天我生日，五芳斋！"众人愕然，这小子一年过几个生日？得，再备一份寿礼，反正你请我就吃。最恶劣的是，正吃得兴起，他忽然起身说："走了！"大家猝不及防，也都站起身，他穿上风衣扬长而去，二姐手忙脚乱地跟着往出跑。大家也扫兴地呼啦呼啦全走了，那宴会才吃了一半儿。有过这么两回，大家积累经验了，干脆寿礼全免，就来吃，你爱走就走，我照吃不误，寿星不在，拜寿的人吃个尽欢而散。关键是没一个人猜得透，艮萝卜到底怎么想的，一年过三个生日这过的是什么瘾呢？你又一口不吃！有一次艮萝卜起身一走，二姐忙着起身跟着也要走，被六嫂一把拉住说："别走！艮萝卜你要走就快滚，二姐不走！"艮萝卜头也不回地"咔咔"走了。二姐有点儿激动，她一顿也是两瓶茅台的量，她像被解放了一样狂饮，说话声音逐渐大了起来，好久没这么放肆了，大喊大叫连唱带比画，还打起了"哇呀呀呀……"又复原了女张飞的模样。醉了，派了两个人把她送回了家，已经是深夜了。

  我行我素，想起一出是一出，艮萝卜从不考虑别人的感受和想法。一天，他忽然拿着一个金属圆盒的卷尺进了门，在客厅里转来转去量来量去，没人搭理他，也不知道他要干什么。没过几天，他突然带了两个工人扛着两个大包袱来了，也不和任何人打招呼，把厅里的落地窗帘、门帘全都换掉了，换完以后，很庄严地站在门口环视了一遍，转身而去。还有一天忽然带了两个电工来，把厅里吊线的电灯全拆掉，安上了两只他带来的长管儿的荧光管灯，老爷子很不受用，说这是阴曹地府的鬼火，是"阴光"。母亲很无奈说就这样吧，慢慢儿地就习惯了，来串门儿的十五爷见了说："没办法，天生勤杂工的命，一准儿是刚给他们科长装完剩下了两根儿。"够损的！

一九五五年，老爷子八十三岁大寿。摆家宴，请了丰泽园和萃华楼的两位大师傅来掌灶儿。那寿礼堆成了小山，厅里挂起了三幅名家贺寿的字画：齐白石的《庆有余》，画的是两条水中游鱼；陈半丁的《老少菊花》，题字曰"老来高兴处，摇荡菊花期"；康同璧的《青松图》，都是大师级的手笔。艮萝卜来了，拿着一卷他写的书法，在厅里打量了一番，没地儿挂了，于是搬张椅子蹬上去，把齐白石和陈半丁的两幅画摘下来扔到一边儿，挂上了他写的条幅，是他作的一首七律："八十三龄不老翁，东风昭见压西风，夔铄思腾千里马，峥嵘欲穿万丈松……"还有四句记不得了，一位书法造诣颇深的客人悄悄说："屁诗粪字，只可挂在茅厕里。"他用了"东风、西风"的典，在当时很时髦，是毛泽东在一次讲话中用了《红楼梦》中林黛玉的话"不是东风压倒西风，便是西风压倒东风"，社会上"东风"就刮了起来，后来就有了歌曲"东风吹，战鼓擂，现在世界上究竟谁怕谁……"，艮萝卜也赶时髦呢。

他还有个特别不好的毛病，喜欢吃女人的"豆腐"。平辈儿的女人差不多都被他骚扰过，只要坐到女人身边，手就不老实，女人狠狠地给他一巴掌，他嘴角向上一歪"哼哼"一声，这是坏笑。女人打牌，他站在身后，贴身弯腰一只手在桌上指指点点，另一只手则在桌下胡摸乱摸。于是经常听到女眷们的呵斥声："死萝卜你往哪儿摸！""把手拿开，你怎么这么讨厌！""臭萝卜回家摸你媳妇去！""二姐！你管管你们家孩子！"二姐敢管吗？只好打哈哈："我们家孩子还小呢，淘气，您凑合点儿吧。"顶多也就是假装威严地骂道："臭不要脸的这点儿出息！"艮萝卜呢？仍是嘴一歪"哼哼"一声，这是得意的那种笑。可有一回大姨太的丫头真哭了，跟我母亲说是摸了她不该摸的地方！这实在是叫人很恼火的，其实哪些地方又是该摸的呢？也难界定。问题在于他都是明火执仗的，还当着人家老公的面儿，连人家老公都不管，别人更插不上嘴。你说他流氓色鬼吧，可他这十多年在外也从无绯闻。六嫂说他倒想绯闻呢，谁跟他呀！谁都知道，宅子里好多爷们儿，表面都正人君子，外面都不老实，艮萝卜走明不走暗，比他们还强点儿。

　　三年困难时期的一九六一年，春节快到了，我母亲悄悄地跑去各家送吃的东西。那时候的两桶肉罐头可以换一金戒指，家家都无度荒的准备。最令人惊异的是，我母亲在一九五九年一入冬就说要闹饥荒了，备点儿吃的吧。可那会儿市面上一片繁荣，各种吃的用的应有尽有，怎么就闹饥荒了？从十二月起一直到一九六〇年一月，整整两个月，母亲大包小包地不停买回各种罐头食品和高级香烟，全部堆放在我的屋里，立柜里塞满了一两百条香烟，全是好烟哪，中华、牡丹、云烟、上海、红塔山……各种肉罐头：午餐肉、火腿肉、凤尾鱼、沙丁鱼……连我的床下都塞满了，我愤怒了，不要再买啦！社会主义怎么可能没饭吃？这是阶级敌人造谣，搞破坏！可母亲不听，一直到我屋里满坑满谷再也没地方放才罢手。谁也没想到啊，一九六〇年春节一过，市面上突然所有的商品都消失了，一切凭票供应了，连女人的卫生纸也凭票买，一月一张只发给女人。最抢手的商品是粮票，金子都不行，它不能吃。有粮票也很难吃到正经粮食，当时学院食堂的窝头，一个二两，其实用粮一两都不到，掺上白薯叶子先蒸一道，再用加了超声波的管子的蒸锅吹一道，蒸出的窝头比二两的还大出一圈，取名曰"双蒸窝头"。不能用手拿，要铲起来慢慢地往碗里顺，一拿就成碎末了。营养不良，人多犯浮肿病，俩人一照面看看脸浮肿了，便戏谑道：您也双蒸窝头啦？！我有时与一些年轻人说起这些情景忆苦思甜，叫他们知足吧，要珍惜当下，你们赶上好时代了，好多小青年不信，说哪儿跟哪儿的事呀，瞎编，别逗了您！哎呀，我逗你干什么？闲着没事儿了我！一九六一年四月，在北京体育馆举行二十六届世乒赛，不能叫外国人胡说八道，体育馆大厅里设立了点心专柜，凡看球的人可买一斤高级（价）点心，不要粮票，一斤五元，那时我们学院食堂一人一个月的伙食费才七元钱，我买了十天一张的套票，只看了两场决赛，买了两斤点心，其余场次均被朋友们、同学们抢着去了，主要为了去买那一斤不要粮票的点心。

出了什么情况了？通过学习讨论、听报告才知道是苏联修正主义搞的鬼，是苏修头子赫鲁晓夫那个秃驴搞的鬼！他居然说中印战争，是为了边境上一块不毛之地而战，我们愤怒地说，你赫鲁晓夫的脑瓜才是不毛之地！因为他头上大面积秃顶。我们勒紧裤带、发愤图强，誓与苏修决战到底！

可口号并不能填饱肚子。母亲节前悄悄叫了一辆三轮车,给各家去送罐头,很秘密的,那时候拿着一提包吃的满街跑,很危险的。二姐家冷冷清清。艮萝卜没下班,保姆走了,因为她是山东人,用的是地方粮票,北京不能用,养不起了,只好回了山东老家。看到母亲送的东西,二姐很感动,大大舒了一口气,总算可以凑合着过年了,她特别佩服我母亲的先见之明。手里有再多的钱,有什么用?我母亲的储备真的救了不少人,特别是那些穷亲戚朋友。我是第一次也是唯一的一次到二姐家,见她里里外外收拾得干干净净,没了保姆,还能这么整洁,难为这位姑奶奶了。母亲忽然发现二姐额头上有一大块青紫,挺显眼的,问她怎么弄的。天哪!这才知道十几年来,二姐一直忍受着艮萝卜凶残的家庭暴力,这块青紫是他用皮带抽的。母亲真怒了,说这次一定要等艮萝卜回来讨个说法。二姐慌了,说千万别,弄不好将给她招来更大的祸事,叫我们快走,三十晚上一定回娘家给老爷子辞岁。

回来的路上,母亲心绪极坏,说从小娇生惯养长大的千金小姐怎么如今落到了这个境地,这艮萝卜真该千刀万剐!可家里也有不同的声音,说二姑奶奶这种人就欠艮萝卜这样的厉害角色来治她。一物降一物,这都是老天爷安排好的,这也叫缘分!

尽管在族中艮萝卜的口碑不怎么样,他对我一直非常客气,有两件事我始终忘不了。

我上高中的时候,已经抽烟了,小孩子抽烟总是被人指责。在家里没人说我,来的客人还经常送我两包只有首长在内部才能买到的特供烟。有一天在院子里,艮萝卜来了正好遇见我,好像早预备好了，他"嗯"了一声把两匣吕宋雪茄塞到我手里，转身进了北屋，一句话也没有。我也没来得及说声谢谢，当然他也不需要。我回书房一看，真是两匣上佳的吕宋烟哪。匣外层包着一层玻璃纸，两个长方形的扁匣子是菲律宾木的，木质柔滑，有细细的黑色暗纹，封口是烫金的暗紫色商标，打开一看，里面分成五格，摆放着长短粗细不同的五种雪茄，每支烟腰上也都裹着一圈儿烫金的商标，美极了，一股优雅的高等雪茄烟叶的香味儿轻轻飘上来。这怎么舍得抽呢，我在书架上放了半年多，还经常拿下来看一看，嗅一嗅，分明是个可欣赏的艺术品。后来实在忍不住了，才在重要的场合拿出一支来点上摆谱儿，两个空匣子一直到八十年代大搬家时才丢失。到现在也闹不懂他为什么送我这两匣雪茄，在他的行为中这是很破格的。因为他从不送礼。

还有件事，就是三年困难时期，我经常带我的哥们儿弟兄和同学们到家里来吃饭，我们班的同学大概只有两三个人没来过。那真是一群饿狼啊！常年吃不饱，每次吃完走了以后，桌上便留下一大堆空罐头盒，大家都由衷地表示谢意。我心里很愧疚，大家都在挨饿，独我衣食无忧，三年饥荒我的肚子确实没受一点委屈。有一次艮萝卜看见了，突然对我说："不要叫同学到家里来，很麻烦的！"这么多年经常见面，他跟我一共也就说过十几句话，也都是随意打个招呼的常规套话，可这句话却叫我一怔，他说得很正式很正经很严肃。什么"麻烦"？能有什么麻烦？很奇怪的一句话，我没当回事儿。同学照来不误。直到一九六四年我被揪出成了"反革命"才恍然大悟。艮萝卜这个人虽然从不谈政治，但他的政治嗅觉相当灵敏。

整我的专案组令所有来我家吃过饭的人进行揭发,吃过几次?吃的是什么?大概可以折合多少钱(这份罪证材料我至今还保留着)?于是就有了一组数据,在全院师生的批斗大会上,专案组长宣布了我一系列罪行,其中重要的一条是:"反动学生郭宝昌,利用国家困难时期,以请客吃饭为名,拉拢革命同学,腐蚀工农子弟,花了一千多元,终于打入了团内,篡党夺权,妄图复辟资本主义,阶级敌人打响了筷子头上的枪声。"看到了吗?这就是"麻烦",这就是艮萝卜说的麻烦!我当初为什么就没往这上面想呢!

一九六九年初劳改队解散,我回学院等待处理,偷偷去几家探望了一下。大姐一家搬走了,情况不明;侄子猴三儿被赶去乡下;侄女大芹被赶到乡下生活无着嫁给了村儿里的生产队长;堂房二哥一家五口,打死了俩,二哥被打残后自杀,有个养女也造反跑了,只剩下小夫人一个人;六嫂家还好,都活着,四合院已被占领,一家六口挤在南屋的一间平房里,屋中搭了一个大通铺,六嫂苦笑着说成了集体宿舍了,又拿出一盒"大前门"烟给我说买不起好烟了,凑合抽一根吧。说起了运动,六哥还死撑面子说托毛主席的福,我没挨打。其实不是的,我有个老同学就住这个胡同口,说那天亲眼所见,这条街的人都来围观看热闹,六哥跪在街上被打得七荤八素,六嫂的化妆品全被砸碎,弄得满条街都是香水味儿。

来到二姐家,一进大门就觉着不对,这是大杂院儿了,院子里站着六七个穿着军棉大衣戴着红卫兵袖标的"革命小将",有俩人在生炉子,冒着浓烟。一个女孩子问我找谁,我说找谁谁,她顺口说道，他呀？早死了。我又问他爱人呢？她说搬走了，早不住这儿了。我又问她搬哪儿去了，女孩子的眼神立即变了，上下打量着我问，你是她什么人哪？我知道坏了，我刚从劳改队出来，太知道这其中的利害关系了，我要说是找二姐，我就甭想走了，立即会被揪斗，忙撒了个谎说我是天津来外调的。那是个外调满天飞的时代，揪出的反动分子太多，为了落实罪行真假就要去外面原产地调查取证，就叫"外调"。女红卫兵立即放松了，说她搬到了表姑家，在遂安伯胡同。我忙退了出来，松了口气，好险！直到一九七二年，我才从母亲口中知道了真实情况。运动一开始艮萝卜就被揪出来批斗了，被定性为历史反革命，国民党反动军官、反动资本家、国民党特务，被"小将"们用皮带（居然也是皮带）抽得体无完肤，终于不堪忍受从五楼跳了下去，摔死了。结论是"畏罪自杀，自绝于人民"。二姐被革命居委会作为"反革命家属"管制起来，总算全须全尾儿地保住了性命。

一九八〇年政府为被查抄过的人员落实政策，归还查抄财产，我母亲已去世，我当然是我母亲财产的唯一合法继承人。待我去落实政策办公室办继承人手续时，不行了，我已被起诉到法院了。太荒唐了，我们三房的小大房和小二房联合二姐一起在区法院把我告下来了，告我是外来户，是野种，没有任何养母子关系的证据，根本没有继承权。我太了解二姐的为人了，她绝不会带头儿起这个哄，一定是被小二房的人忽悠起来的，再加上她当时确实生活困难，一直寄人篱下，应该是半推半就上了贼船。可是二十多年来，我们一直保持和善亲切，情同姐弟，而且我母亲只比她大四岁，是母女关系，却情同手足、朋友一般，长期地关照她，她也明知我们母子关系是老爷子认定的，怎么好意思拉下脸来和我打官司？太没良心了吧？！我这个人又从来对财产视若粪土，以剥削二字为耻，公私合营前，母亲执意把财产过到我的名下，把股东身份换成我的名字，我坚决拒绝，很多人出面劝我说服我，我也毫不动摇。自食其力，凭本事挣钱，是我的不二信念，这真要感谢党多年对我的阶级教育。可我就纳闷儿，我这样一个坚定的无产阶级战士，后来怎么就被打成"反革命"了？有位朋友说刘少奇、彭德怀都"反革命"了，你他妈算老几呀！这话我心服口服。

　　一家人上法庭打这种财产的官司太丢人了，我提出把财产分成两半，我拿一半，其余一半分给他们，不行，他们要全拿，至于给我多少，要看他们高兴。我怒了，那就打官司吧！区法院的办案人员真是厉害，他们取证时，居然找到了一位八十多岁的老太太，她亲眼见证了我母亲买我的时候签下了过继文书。我胜诉，他们不服，又上诉到了中院。开庭那天，很冷，狂风大作，飞沙扬尘。在中院门口，与二姐相遇了，她穿件棉大衣，围着线围脖，裹得挺严实，眼中充满了忧郁和惶惑，对我说："宝昌，咱们一家子怎么跑到法院门口来了？从小到大咱们可没红过脸儿，怎么就打上官司了？你不是说分出一半吗，我同意了，咱们不进去了成不成？"我说："二姐，不成！晚啦，这官司是你们非要打的，这都到了法院门口，左脚都进去了，右脚也跟进去吧。"中院开庭也就是走个过场，二十几分钟就宣判了，维持区院原判。这是终审判决。

　　从法院出来，往东走不远就是新侨西餐厅，我请一直陪我打官司的几位哥们儿弟兄去吃西餐，餐厅里一个客人都没有，我们在最北头靠窗的一张餐桌前坐下了。真是巧了，不到五分钟，二姐他们一帮人也走进了餐厅，互相张望了一眼，二姐他们便默默转身坐到了最南头也是靠窗的桌前。不知怎么了，我心里特别特别地别扭，说不清道不明的，没有一丝一毫胜利者的心态。新侨西餐厅，曾是族中在五十年代各房吃西餐的大本营，我与二姐无数次地一起在这里吃过饭，如今竟成了陌路人。毕竟我们一起生活过二十多年，毕竟她的父亲就是我的养父，毕竟老爷子对我有二十四年的养育之恩，这结局，好吗？对吗？我忽然觉得我也挺没有良心的！

　　生活、命运，理不清，扯不断，闹不明白，不懂！我忽然想起马三立先生的一个相声段子：逗你玩儿。

老花园子与琴人

古琴，大雅，大雅中之大雅。由于它在艺术含量上的特殊品质，不宜大众化，很难推广。虽为国粹，但少为人知。问过很多人，对古琴本体几乎一无所知，且多以古筝错识之。但有两个与古琴相关的故事流传甚广，一是俞伯牙摔琴谢知音，一是嵇康绝世弹奏《广陵散》。怎么说古琴也是古代文人士大夫的雅好，与工农兵不太沾边儿，即便那位听"高山流水"的樵夫，其实也不是劳动人民，隐士而已。至于商人一向以俗人称之，在"士农工商"中，商也是垫底，不上文化档次，缺乏高雅情怀，顶多是附庸风雅，假装斯文而已。我由于家庭背景，出入商人家庭较多，结识大小商人也不少，感觉我们老爷子挺不一样的，他酷爱古琴至痴迷，收藏了几十张古琴，并在海淀的老花园子中修了一座二层小楼，是为琴楼，名曰"十二琴馆"。

初学琴者，多以《韦编三绝》一曲为始习奏，是否此曲适宜打基础，就像京戏演员多以《玉堂春》《二进宫》为开蒙戏一样，我不太懂。继而《沧海龙吟》，到《梅花三弄》《流水》时，那是要有相当的悟性了。"十二琴馆"中有十二张国宝级的古琴，老爷子不是为了居奇收藏，而是在早期延聘了古琴大师贾阔峰，后期又请了管平湖大师教授族中子弟习琴。二位大师阔而平，山而水，动静相宜，山水相依，峰湖相映，天然成趣。还有五十年代查阜西、溥雪斋、吴景略等大师也一起切磋传艺，培养了一批古琴精英，成了一九四九年以后北京古琴研究会的中坚力量。"十二琴馆"是老花园中最亮丽的一景。

老花园子里不只是亭台花木之美。有了琴声，一种典雅超世的文化气息缠绕着你，陪伴你走过童年、少年，这琴声不知不觉地浸入你的骨子里，你不再计较生活里的那些烦心事，眼里、心里都干净了许多。名师出高徒。大姐，老爷子的长女，脱颖而出，"十二琴馆"的首席，五六十年代被古琴界称为"第一女琴人"。也怪，族中习琴者多为女眷，我母亲以下，二姐、大嫂、大表姐、侄女，包括大姨太的贴身丫头，全都习琴。大姐成就最高，后来已经是这些女眷们的老师了。大概是男人都忙着做生意去了，女人大多赋闲在家，学琴是需要时间和耐心的。男人中只有大姐夫琴艺出众，可惜未曾听过。他是一位摄影师，曾在西单经营过一家照相馆。他拍了很多"十二琴馆"师徒们抚琴的照片，在"文革"浩劫中都被毁掉，我侥幸留下了几张，残存了一些珍贵的记忆。

大姐相貌并不出众，姿色平平，绝不属于美人儿那一类，但气质高贵，举止端庄，目光平和，谈吐文雅，一望便知是大家闺秀。她天赋条件极好，十指修长，手腕灵动且有力，聪颖过人，接受能力极强，几个人同时学琴，她总是学得最快最好，更主要的是老师

大姐姿色平平,但抚琴时真的很美

说她有"琴心",我理解应该是对琴与琴曲的认知和感悟吧。她的《醉渔唱晚》《沧海龙吟》《岳阳三醉》等都由中国唱片公司灌制过唱片。听大姐抚琴,无端地就会把你带入一种超凡脱俗的境界,或泄胸中之块垒,或抒心中之情思,是一种难以言喻的超美享受。看大姐抚琴,她那挥洒自如轻盈变换的手指,在微微颤动的琴弦中蒸腾着一股仙气,那消瘦的面庞便美了起来,真的很美,从骨子里透出的那么一种优雅之美。其实,从"十二琴馆"走出的女人都带着一股仙气。五十年代家中院子里,在一棵茂盛的二度梅树下,摆放着一张老花园子留下来的琴台,是用特制的镂空青砖砌筑而成,形如条案,案面有五六尺长,两尺多宽,四寸厚,中空,像个长条形的方匣子。案两头各有两个圆孔,浮面雕有梅兰竹菊的花纹,古朴雅致。于台上弹琴,其琴音幽然而空灵,有些淡淡的共鸣。我二十岁生日那天,亲朋散去后,我留住大姐,想听她弹一曲。我的生日是农历六月二十四,传说是关老爷磨青龙偃月刀的日子,磨刀需要淋水,这水滴洒下来,就成了人间的雨,所以每到这天就会下雨。确实,每年这一天下雨的时候居多。这天傍晚刚刚下过一阵雨,月亮马上就出来了,月光冷冷的,院子里的暑气全消,大姐将琴放在了琴台上,并叫我进屋里去隔窗听琴。我进了书房,把窗户全都打开,二度梅就在我的窗前,隔着纱窗可以看到二度梅树下抚琴的大姐。她弹了一曲《沧海龙吟》,听着听着我就热泪盈眶了,没什么理由,眼泪就是止不住……大姐走了,母亲见我擦泪,问我怎么了?我说大姐真美,母亲笑了说:"你入迷了。"那一年大姐五十六岁,神采奕奕。

提到这棵二度梅，也是有些神奇。一九五三年大宅门解体，我们随着老爷子搬迁到了这个四合院。这棵二度梅枝繁叶茂，生机勃勃，每年绽放，花开千朵，美不胜收。十年间，年年如此。一九六二年，忽然梅开二度，这二度开花不多，稀稀拉拉，大家觉得不吉利，挂了几条红绸以避邪。谁知二度花开以后不久，梅树便恹恹地死去了。冬天我们老爷子去世，你说是一种征兆吧，也有些道理的。

说回古琴。我总是觉得在国乐中古琴的地位相当于西乐中的钢琴。但钢琴可以与任何乐器合奏，古琴不行，不相容于任何乐器。箫还可以，我听过母亲与大表舅（吹箫）合奏过《渔樵问答》，和谐动听；也与笛子合奏过，虽也能听，毕竟略显轻浮了些。如此不合群儿的古琴几千年流传下来，实属不易。它坚毅地固守着本体，在与时俱进的潮流中从不与时代合拍，过于孤僻的个性，实实在在地成了"阳春白雪"，像个不食人间烟火的面壁老头子，可它的音律却令一代一代的人生发着千变万化、刻骨铭心的不同人生感受。一代一代的琴人顽强地孤守着寂寞，大姐是琴人中的佼佼者，她的琴心应永记于史册。

那是一九七二年，是一个摧残传统文化的年代。这位六十八岁的老琴人，在精神和肉体的双重折磨下已是重病缠身。她的大女儿——和我从小一起长大的一位如花似玉、相貌出众的美人儿，音乐天赋极佳，我在大姐家听她弹奏过琵琶曲《十面埋伏》，行云流水，雷霆激荡，大概是沿袭了母亲的基因吧。一九六四年我被劳改以后就再也没见过她。在一九七二年那个风声鹤唳的年代，她做了一件冒死而为的事，不为别的，就是怕古琴——这一国粹级的传统艺术就此流失，决心在她母亲一息尚存之际，以录音的方式将母亲弹奏的琴曲保留下来。这是信仰的力量，已将生死置之度外。她在崇文门的一家委托商行里买了一张古琴，我想这应该是流落民间的抄家物资。当年的抄家已经没了什么章法，一部分被砸得稀烂，一部分归了国家，一部分被顺手牵羊，古琴的价值还不被一般人所识，送到委托行换俩零花钱。据我母亲说她买回的还是一张明琴（潞王琴），她又千方百计弄来琴弦和一套录音设备，请了一位录音师，这一切都是秘密进行的。她把大姐接到自己家中，入夜，用被子褥子把门和窗堵得严严实实，录了四首大姐的代表作：《平沙落雁》《韦编三绝》《阳关三叠》《渔樵问答》，大姐是忍着病痛弹奏的，两年后大姐仙逝。这珍贵的录音在"文革"后期被翻成了磁带，流传至今。

在那个年代，她们这种举动，一旦被发现就有灭顶之灾，那琴声里流淌着琴人的血和泪，渗透着她们高贵的品德。为艺术而冒死前行的人我再也没见过，无论是大姐，还是她的女儿。女神！为信仰而战的女神！我们应该记住她们，还有那位不知名的录音师，像不像现在谍战剧里我党的地下工作者？

我是在琴声中长大的，无论是宅子里还是园子里，琴声终年不断，到现在我还能哼唱出很多琴曲的旋律，我有个最大的遗憾，就是从未走进花园子里的"十二琴馆"。

海淀的花园子是老爷子休闲的地方。夏天避暑那是当然的，可是每到冬天下雪他是必来住几天的。他在通县（今通州区）二闸还有一处别墅，我没去过。海淀花园子曾经是大清礼王爷的产业，亭台楼阁小桥流水修得很讲究，还有个大戏台，除了节庆堂会，族中子弟也常在此登台献艺，自娱自乐。花园子靠东修了一个鹿圈，供应柜上销售的鹿茸，孩子们最感兴趣的就是去看锯鹿。

每当春夏之交便是锯鹿时节，基本上成了府上少爷小姐们的节日，各房的大人们很少去。孩子们也不光是为了看锯鹿，更重要的是必有一餐烤鹿肉吃，那是野外烧烤，平日在家是享受不到的。天不亮，马号赶车的就把马车备好了，女孩子坐轿车，男孩子坐大平板车，上面铺了一层毡垫子。看门房的会挨屋去叫："少爷、小姐起来了，车到门口了。"于是孩子们穿戴整齐，由两个管外勤的仆人带领着上车，直奔海淀，到了花园子就天亮了。一进鹿圈就不能大声说话了，说梅花鹿胆子小，动静一大炸了圈了不得。我们被带到鹿圈旁边的大屋子前，是看圈的工人住的一溜平房，爬梯子上房顶，这个大屋子顶也是平的，围着一圈木栅栏，扶栏而站，东侧下面的鹿场尽收眼底，从鹿圈接出了一段狭窄的鹿道，出了道口就是面积不大的锯场。轻轻地引诱一只鹿走进鹿道门，立即关上，鹿只能向前走，一进锯场立即将鹿搬倒，几个大汉将鹿按住，两个锯鹿的伙计立即上前将鹿茸割下，并敷上药，一般都是两年的小鹿，刚刚两分叉，是软的，还没长成硬角，硬角是做别的药材用的。女孩子们来看锯鹿纯属瞎掰，只要一锯就吓得捂住脸，男孩子们很看不起地说："不敢看你来干什么？怕你别来呀！"管事的便低声吼着："别说话，小声儿！惊了鹿。"锯完鹿一松手，那鹿就蹿跳起来，到处撞，忙开门放出去。有一只鹿，几个人没按住，竟从一人多高的栅栏上蹿了出去，趁着天光薄雾狂奔起来，逆着光，像幅水墨画儿。差不多十点钟了，孩子们早耐不住地想吃鹿肉了，因为一大早起来谁也没吃东西，就等着这顿鹿肉呢。下梯子争抢着往前跑，管事的根本管不住，跑到小桥边大片的草坪上，只见老爷子早在那儿烤上了。分两堆火，是那种大炭火盆，支着铁架子，条案上放着切好腌好的鹿肉，孩子们都要自己动手烧烤，不吃现成的，那局面便有些乱哄哄的。不愿意吃鹿肉的孩子，便跑到厨房院去吃烤鸭。老爷子在院里专门修砌了两个挂炉烤鸭炉，鸭子用的是园子里稻花村天然喂养的北京鸭，说是比全聚德的人工填鸭好吃，也没吃出来。吃完以后要歇个晌儿才回城，没人歇。园子里有稻花村、歇雨亭、芍药圃、牡丹园、海棠仙馆、友石山房、长春馆、花神祠、柳泉修竹（都是老爷子起的名字）等好玩儿的地方，女孩子们大多围在一起掐了指甲草，用小石杵臼子捣烂了涂指甲玩儿，男孩子们则是上山下水地折腾一气。我有两次路过"十二琴馆"，门却上着锁，母亲告诉我里面都是古琴和琴谱，这里平常人是不可以随意进出的。我那时还小，哪懂得什么古琴的价值、内涵，也没想过要进去，只在童年的记忆中留下两层小楼一些模糊的印象。

一九四八年冬，解放军围了北平城，占了海淀花园子，据四房的二哥说是解放军的"延安保育院"迁了进去，是后来八一小学和八一中学的前身。一九四九年一月解放军进城后，军管会的叶剑英同志作为新政权的代表找我二哥谈了话，海淀花园子由政府收购，作价二十二匹白布（数字不确）。那时作为可以在市面上应用的解放区人民银行的货币还未流通，解放军的供给制都以布匹（本色白布）和粮食（小米）计算，那时物价一天三变涨落无序，以布匹、粮食的当日实价为准，才能保障老百姓的基本生活需求。二哥向老爷子汇报以后，老爷子无异议，当然不会有什么异议了。园中的物件怎么处理的，不知道，"十二琴馆"的琴，分给了各房的小姐、太太、姑奶奶们，我母亲抱回了她的宝贝琴"钧天雅奏"，唐代的吧。一九六六年抄家时被抄走了。"十二琴馆"不复存在了，只留下了琴音。

二〇〇〇年我筹备拍摄电视连续剧《大宅门》，在剧中写了好多海淀花园子的戏，这个景是摄制组搭不起的，就有了实地拍摄老花园子的念头。在中央电视台开了介绍信，与台里制片人、美工、副导演、剧务等一行人来到了花园子。园门紧闭，敲了敲门，从旁侧小门走出一位中年男子，大概是传达室的，我说明来意，他说不行，这里没有旅游局的介绍信不能参观。制片人拿出中央电视台的介绍信说不是参观是工作、采景，一点儿用都没有，他叫我们去局里开介绍信。我忙从背包里取出一个相册给他看，我告诉他，这园子当年曾是我们府上的别墅，这是二十世纪三四十年代家人在花园子拍的老照片。说起这些能保留至今的老照片，太过侥幸了。六十年代抄家的时候，几百本相册都被烧了，一九七七年时开始落实政策，最先是还我被查抄的两万多册书，一捆四十本堆成了小山，都不是我的书，那时还书只管数量，不管书主，在五六百捆书中，我发现竟有一捆是我的，就在这一捆中，夹着这本相册，里面竟有四十几张是老花园子的照片。我带着这本相册来就是想对照实景找回儿时的记忆,这位传达室的看着照片非常吃惊说是,没错儿,就是这儿!他叫我们等一会儿,然后就回身向里面跑去。不一会儿,他带着一位干部走了出来。这位干部就是这个园子管理处的主任,很客气地打了招呼,看着相册里的照片他很兴奋,忙请我们进去。在办公室我们说明了来意,主任说没问题,园子你们随便看,全力支持我们拍戏,并说会立即向旅游局打报告。最后他提出一个要求,说这些照片太珍贵了,能否送给他们珍藏到资料室,我说不行,这些照片对我来说也太珍贵了,我建议能不能翻拍下来你们留一套,他立即找人拿去翻拍了。主任陪我们一起去看园子。

半个世纪,整整五十年了,我已经是个老头子,旧地重游,故梦重温,心中五味杂陈。进园子一看,我立即目瞪口呆,只剩下喘粗气的份儿。一路走来颓垣断壁,满目荒凉。我拿着照片对照着找原来的旧景:"友石山房"只有后三面的墙还立着,前脸的门窗矮垣均坍塌在地;"海棠仙馆"已是一片瓦砾堆,草坪上盖满了一层层厚厚的干枯的落叶;大戏台已荡然无存,只留下石砌的台基;"芍药圃"荆棘丛生,杂草遍地;鹿圈更不知去向;稻花村踪迹全无且早已规划出去建了"八一中学"的新校舍;至于"十二琴馆",影儿都没了……这是怎么了?为什么呀?主任伤感而无奈地说,修不了,没钱!向旅游局申请过多次也就这俩字:没钱!

再往后园走,那景象更是惨不忍睹、触目惊心了,简直八级地震都不会叫我这么震动。眼前是一座青石、黄石、太湖石堆砌起的假山,类似故宫御花园的"堆秀",先是闻到一股臭气,我也没在意,转过山石一看,假山上下竟然堆满了各种生活垃圾,分明成了一座垃圾山，苍蝇乱飞，腐烂的臭气扑面而来，太吓人了。大家都捂着鼻子，急忙躲着向前走。一百米处有个三合院，院墙是一溜刷着绿漆的铁栅栏，栅门紧闭。院内花木扶疏，草坪中间一条石子砌的甬路，直通北屋。北屋是一溜五间大瓦房，门窗都已是铝合金的装修，窗下是一个大大的空调外机，我已经想不出是原来的哪栋房了。看着我呆愣的神情，主任忙说这是什么什么单位的一个大干部，这是园子里最后一家还没搬出去的住户，因为一直还没找到合适的搬迁房，这园子里没有清洁工，垃圾车也进不来，只好把垃圾倒在假山上。我这才闹明白，"文化大革命"开始不久，就有无数的住户闯进花园子造反，圈地占屋，这园子成了大杂院儿，这几年才下令迁出，可已毁得不成样子了。

　　这两三百年的老花园子，怎么说还是有一定的历史价值和文物价值吧，不管什么人住，你倒是好好住呀，干吗要这么糟蹋呢？以前这园子是私人的，一九四九年以后属于全体人民了，这人民怎么不管呢？！甭说了，这园子是废了，看得出，陪同我们的主任很想借我们拍片子的契机，把这园子修复一下，岂不知摄制组比他也富不了哪儿去，与其修复这个园子，还不如我们搭个花园子省钱，罢了！放弃吧！

　　十年以后，药厂的领导约我谈个有关影视的合作项目，总经理、书记和宣传部门的有关负责人，请我在老花园子吃饭。我很好奇，老花园子？什么样儿了？驱车前往，只见园子大门已修葺一新，汽车直开进前院内，一下车便有两个人殷勤引路，一路上张灯结彩，灯火辉煌，灯红酒绿，这里已是商业化的餐饮一条街，开了一系列的餐馆酒楼。在原来大戏台的台基上搭建了一个巨型的蒙古包,这是一家蒙古餐厅,服务员均着蒙装,以牛羊肉为主。一路多家真是气象万千,且都顾客盈门,从各家传出各具特色的乐声,当然没有古琴。当年那破败的样子,已一扫而光,说不出是喜是忧,什么是传统文化?吃也是传统文化呀!

走进就餐的大宅门餐厅,豪华,气派,规格高档,服务员着旗装,餐具是皇室风范,菜品精致讲究,居然也有鹿肉。席间专门请了药厂制药车间的一位职工敬酒,竟是族中后裔,盘起道来乃是第十七代传人,这也是唯一留在药厂工作的族中子弟了,他上前敬酒,我恍如隔世。世事轮回,天道使然,在历史的车轮面前,你少废话,跟着转就是。眼看他起朱楼,眼看他宴宾客,眼看他楼塌了,眼看他楼台再起,繁花似锦。

都写到这儿了,还有个重要的人物没写到,就是四十年代"十二琴馆"的总教习、大古琴家管平湖先生,前面只提了一笔,他是我心中的偶像,现如今可能知道的人已经不多了。美国第一艘宇宙飞船上天时,带着一盘金唱片,收录了世界各国的万首名曲,其中有中国的一曲,也是唯一的一曲,便是管平湖先生弹奏的古琴曲《高山流水》,就是那曲千年前晋国上大夫俞伯牙弹给樵夫钟子期听的《高山流水》,留下了知音难觅的千古佳话。这真是"此曲只应天上有,人间能得几回闻"了。

一九五八年,中华大地刮起了"大跃进"之风,那年初夏,在中山公园音乐堂举行了一场音乐晚会,其中有个节目是古琴合奏,

管平湖先生一身的大儒之气

八位女士，八张古琴，演奏了当时最流行的主流歌曲《大跃进的歌声震山河》。做梦也没想到，这几千年的老古董也被时代"跃进"了一下子，把这当年的主流歌曲谱成古琴曲的，是查阜西先生。他是古琴界极少的可以打谱子的古琴家，还有一位就是管平湖先生，他把已成绝响的《广陵散》《胡笳十八拍》《离骚》等古曲重新打谱、整理而重生，他的功绩已无人称颂，知道他大名的人已寥寥无几，像"十二琴馆"一样就这样默默地消逝，他的琴声只能回响在宇宙飞船的太空中……这一场音乐晚会，我是陪同管先生一起看的，因为台上的八位女士有四位是我们"十二琴馆"走出来的：我的母亲、大姐、二姐、侄女。这是我第一次近距离与管先生接触，管先生六十二岁，我差两个月十八岁，上高中二年级。

　　管先生个头不高，精瘦，那种特别有精气神的瘦，一身的大儒之气，举止潇洒，谈吐幽默，为人清高，没有几个他能看得上的人。我母亲说他臭名士派，这"臭"没有贬义，是说他旧文人的习性始终不改。看着他我充满了敬意。台上演奏完《大跃进的歌声震山河》以后，又接着演奏了一支古曲，好像是《梅花三弄》。"弄"字虽是个很俗的动词，在这里却是当作"章"或"篇"的意思，充满了无尽的游戏感。从古琴演奏开始后不久，观众席就不太安静了，有人小声聊天，有人说笑，越来越乱哄哄的。从后面传来说话声：这是什么东西？真没劲！很显然，观众不欣赏。管先生的脸色越来越不好，我悄悄说古琴不太适合这种场合演出吧？他两眼盯着台上也不搭话，我又说合奏这种形式也不太适合古琴。他仍不理，我不敢再说，演奏完毕，观众席响起了稀稀落落的掌声，也都是礼貌性地拍两下,管先生突然站起身说先走一步,铁青着脸走了,把我一人扔在那儿。直到下一个节目开始,场子里才渐渐静下来。我回家向母亲说这件事,母亲说他们不爱听,我还说他们不配听呢,管平湖就是一琴呆子,生那闲气!其实母亲对于能参加这样一个大型晚会的演出,还是很欣喜的。

大文化人好像都有癖好。管先生固然是个琴呆子,琴就是命,可他还有个命就是酒,嗜酒,酒量大得惊人,日日喝,顿顿喝,无酒则觉得人生索然无味,活着就没多大意思了,这是他亲口跟我说的。但我从未见他醉过或喝多了撒酒疯,喝多少酒都能保持仪态不失。我只知道他因嗜酒而一贫如洗,穷困潦倒。他在"十二琴馆"课徒授业,当然是有报酬的。那年冬天下雪了,只要下雪老爷子必到花园子来住几天赏雪景。在园子里遇见了刚下课的管先生,天寒地冻,他居然只穿一件夹袍,老爷子笑道:"怎么个意思?傻小子睡凉炕,全凭火力壮,大冷的天连棉袍都不穿!"管先生讪笑道:"喝了。"这意思是把棉袍当了喝了酒了。老爷子只当作笑话听,忙叫跟班儿的去取一件皮袍送给他,说别耍单儿了,再把您冻着。第二场雪时老爷子在园子里又遇见了管先生,发现他仍是一袭夹袍,冻得不住地搓手跺脚。老爷子奇怪地问:"冻上瘾来了?怎么不穿皮袍啊?"管先生依然讪笑说:"喝了。"还有一说是被儿子偷走了。哭笑不得之余,一细问才知道他真是穷得叮当乱响,可不管怎么穷,每天这口酒是一两都不能少的。老爷子立即叫跟班儿的:"去,再给管先生拿件皮袍。"

管先生没地方住的时候是大姐帮助了他。大姐住花枝胡同一号,这个两进的四合院是大姐当年结婚时的陪嫁。管先生搬了进去,大姐承担了全部衣食住行,当然也少不了酒。管先生还带了两个他的琴徒也搬了进去,且生儿育女。两年后管先生有了住房才搬走。不管他处境如何,行为举止仍是名士派。我在王世襄先生的文章里还看到管先生的一件雅事。他逛古旧市场,看见小摊儿上卖一蝈蝈,翅声雄厚松圆,要价五元,而且告诉他,这蝈蝈有病,顶多再活五天。那时管先生穷得吃饭都成问题,全部家当也就五元钱,居然就把蝈蝈买下了。朋友说就能活五天你也买?不值!他说一元钱听一天,能听五天还不值?

你说他活得有多么潇洒,多么精彩!

王世襄先生也是管先生琴友,大玩儿家,大收藏家,也是大古琴家,在管平湖先生指导下,专门制作了一种琴台。由于古琴的琴头有向下突出的琴轸,就是琴弦轴,一头高一头低。王先生曾创制的这一张琴台,在放置琴头的这边案面上,挖了一个长方形的孔,可把琴轸放下去,琴面则平,既避免了滑动,也利于抚琴。他和管先生一起修复了不少稀世古琴,挽救了一批国宝,功莫大焉。

一九六二年我在北京电影学院上三年级,这一年是默片实习课,这是我们导演系学生入学后第一次用胶片说话,要拍摄两部各三十分钟(三本片)的黑白影片,其中一部选用了我改编的剧本,鲁迅先生的《伤逝》。拍摄完成已是年底,要给全院师生观摩放映一次,我忽发奇想,何不配上音乐?当然不可能录到胶片上,是在放映现场配乐,无论从情绪、风格、内涵上,感觉以古琴曲为宜。对,古琴,管平湖!这想法得到了我们系主任田风教授的支持。

我回家灌了两瓶家藏的陈酿"史国公"，就奔了管先生家。我是头一次去管先生家登门拜访，一进他的房间我就傻了。本以为这样的国乐大师、书画大师（他的花鸟人物画曾冠绝一时，困苦时曾以卖画为生）的书房，怎么也该是古色古香、书香满室、诗画满墙、文玩满架的雅集之所吧？可眼前这间屋子里，您眼所能及的地方居然全是酒瓶子，而且绝大多数是空酒瓶子，条案上、窗台上、茶几上甚至床铺下面全是酒瓶子，靠门口墙边的两个大花盆里也躺着几个空瓶子。只在一张大书桌上摆着他那比命还珍贵的宝琴，那是一张唐琴，名"猿啸青萝"。他还自制过一张琴，起名"大扁儿"，我没见过。琴旁边杂乱地堆满了琴谱。这景象太离谱了，我不由得问道，这么多空瓶子怎么不扔了？他讪笑着说不能扔不能扔，睡觉踏实。这是什么逻辑？你摆个十几瓶好酒，三五坛陈酿，看着有喝不完的酒心里踏实，弄这么多空瓶子你踏实什么？我也接触过无数的酒徒酒鬼酒腻子，我本人也嗜酒如命，但与管先生一比，这情景仍叫我惭愧不已！我们喝的是酒，他不是，他喝的是意境！我在拍电视剧《大宅门1912》时用了这个细节，但很不成功，无论是美工还是道具，以至我亲自动手，这堂景怎么也弄不出他这种氛围和意境来。他接过我送的两瓶酒，两眼放光，我在酒瓶子口上是用猴皮筋封了锡纸的，他把锡纸一扯隔着瓶塞闻了闻说这么好的酒只有府上有，晚上喝，晚上喝。别以为这两瓶他能喝几天，一晚上就能全造了。他脸上那种由衷的喜悦，很难形容，现在的人也很难体会两瓶好酒有什么可喜悦的？要知道在六十年代初的困难时期，喝酒？做梦吧你。酒是粮食做的！更不用说好酒了，那年月喝酒是一件太过奢侈的事，市面儿上根本没有卖的，在一切凭票供应的年代，好像还没听说过有酒票。黑市上的酒只有极丰裕的富户人家才买得起。稍后出现了高级餐厅（高价餐厅），有了正儿八经的酒，限量每人二两，服务员给你倒，酒客们便要斤斤计较，那会儿都叫"滴滴计较"，二两的杯子必须倒得冒了尖儿，物理学上叫表面张力，也就是高出杯口一点点又不洒为满，这很要技术的，服务员稍不留神就会冒了顶洒出来，酒客们就会急忙趴在桌上把洒出的酒吸了，说别浪费别浪费。可你不倒这么满，酒客们会不依不饶说你不够分量。一桌不管几个人，按人头儿算，每人二两，只散卖，不给整瓶的。可上有政策下有对策，你不是按人头儿吗？每去餐厅多带孩子，自家没孩子或孩子少，找亲戚朋友借，孩子当然不喝酒，一桌八个人就有六七个孩子，趁人不注意，就把杯中酒借桌面的掩护，在桌下倒在准备好的瓶子中带回家去。我们家好多人都干过这事，每每得手，都很得意。一旦被发现，专门站在餐厅门口监视所有餐桌动静的领班，就会走过来制止："同志，酒只能这儿喝，不能带走。"你说孩子喝不了，他就规劝："同志，喝不了就别要，我们也有限量，上边一天只给两箱，这么多客人，大家匀着喝。"经常闹得很尴尬。您说，就管先生那喝法，还不得跟领班动手打起来。

　　扯远了。可想而知，那种状况下给管先生送两瓶好酒，那就是重礼。我把《伤逝》的小说和分镜头剧本给了管先生一份，说明了来意，我说影片放映时看着画面即兴演奏，套用现成的古曲即可，而且没有预先演练的机会，只能临场发挥。管先生很感兴趣，说闯荡几十年这种事情还没干过，先看看剧本，斟酌一下用什么曲子，应该没问题。两天以后管先生在琴会见到母亲说已经准备好了，叫我放心。

那是个星期六，虽已入冬，天还不太冷，我去接管先生。他抱着那张宝贝琴，琴上套着一个古旧的褪了色的织锦缎琴套，出门随我上了22路公共汽车来到小西天电影学院。我从道具车间借了一张琴案，请音响师拉了一个麦克风放在案前，话筒对着案面，全部放在大礼堂舞台的左侧，管先生试了试声音说可以。他必须背对着观众，仰头看着银幕画面，边看边弹。礼堂里坐满了全院的师生，放映开始，管先生拨动琴弦。我紧张地站在他的身后。他一边弹一边不时地抬头望向银幕，变换着曲子的节奏，真是难为他了，他从未看过片子啊。我听得出他把《高山流水》《梅花三弄》《醉渔唱晚》等七八支古曲加以编排，融合为一曲，特别让人惊讶的是转换、衔接得那么自然顺畅，与画面配合得那么恰当，情绪那么吻合。半个小时，他毫无倦意，我已经一身汗了，紧张的。放映结束响起掌声，田教授起立鼓掌，当然是为管先生鼓的。说实在的，全院师生没几个懂古琴的，甚或干脆没有。古琴，太不普及，也根本无法普及，所以对管平湖的大名，没什么人知道，掌声多出于礼貌，出于新鲜好奇，默片配古琴，没见过。田教授特别感谢了管先生，说一个学生作业，劳动您这样的大师来配乐，实在冒昧，而且被管先生琴声感染，经常忘了看片子。

从学院出来，我请管先生到老正兴饭庄吃饭。一落座他先拉了两把椅子在身旁，将宝贝琴放在上面，接着要酒，有一种劣质的烧刀子是不限量的，管先生要了两斤。这个驰名大江南北的老字号，那年月也没什么正经菜，毕竟困难时期已接近尾声，比一般的餐馆好些而已。要了一个红烧兔肉，一个清炖黄羊肉，还有俩凉菜，两碗热汤面。兔子肉是上不了席的，可没别的，总还是肉吧；黄羊据说是体委组织的国家射击队去内蒙古、青海野外狩猎打来的，很解决了一些单位食堂的供应，电影学院食堂也卖过两三天。我不吃兔肉，黄羊肉也不好吃，顶多也就喝了二两酒，只为了陪管先生。那酒太难喝，感觉是兑了水的酒精，管先生倒是不挑食，全部吃光喝光，差不多两斤酒，像喝水一样。热汤面上来了，奇怪的是管先生又要了二两酒，我惊问您还喝？管先生笑道不喝了不喝了，说毕把二两烧刀子倒进了汤面里说："这不是喝，是吃，这面条没有酒味怎么吃啊！"

这个细节我至少和一百个人说过，旷古奇闻。

转过年来春节前，我又给他送过一次酒，没说几句话就匆匆而去……那就是最后一面哪。

一九六六年红卫兵开始"破四旧"，古琴当然是旧，而且旧得不能再旧，全部查抄。十年后开始落实政策，退还部分抄家物资，真正的宝贝一件也没退，说是找不到了。最奇葩的是母亲那张价值连城的古琴"钧天雅奏"居然还回来了，一定是那位落实政策办公室的人不识货，走了眼，没拿这琴当回事。母亲那份高兴啊！说这张琴在"十二琴馆"中也有相当的地位。没多久，一位琴界名家也曾是管先生的门徒来了，要借去一用，说要拍照留资料，重新鉴定什么的。都是老熟人了，母亲欣然同意。琴走了，人也走了，直到母亲去世再无音信。一九七八年，我还在广西南宁工作，有位杭州的挚友来信告诉我，香港海关扣了一张企图走私出境的古琴，是某某从我母亲手中"借"走的那张古琴"钧天雅奏"，那是国宝，叫我一定要追回，我那时还戴着"反革命"的帽子，甭说追琴，能活着就不错了。

这张琴，今在何方？

管平湖先生的遭遇是那次见面十年以后，我从干校逃回北京才听母亲告诉我，管先生已去世六年了。也是闹红卫兵那年，刚开始"破四旧"（"破四旧"是家家都破，还不属于"横扫牛鬼蛇神"那一阶段），是见什么砸什么，红卫兵要管先生把琴交出来，他已重病缠身，危在旦夕，他紧紧地抱着那张宝贝琴说："要砸琴，先砸我，砸死我再砸琴！"红卫兵退了，过了不久，三四个月吧，管先生仙逝。只知道几十年后一次嘉德拍卖会上，那张宝贝琴"猿啸青萝"出现了，拍卖价两千万人民币。

附：本文承蒙严晓星先生（作家，南通报业集团副刊编辑，古琴研究学者，策划主编了《琴学丛书》《掌故》等多种著作）修改指正，特此致谢。

钱二爷与小伙计

人长得有丑有俊。有人天生丽质，闭月羞花，眉清目秀，仪表堂堂，这是少数；有人虽不漂亮但五官端正，没什么大毛病，脸上所有都说得过去，五官位置也还合理，这是大多数；也有不甚好看的，或脑锛儿太大，鼻子塌中，或下巴太长，大扇风耳等等，也都属局部问题，无伤大雅；也有天生难看的，属歪瓜裂枣哪儿哪儿都不对那种，这也是少数。今儿我要说的我们宅门儿里的花匠钱二爷，可就不太好说了，归不了哪一种，太丑了，吓人！可说是人间少有，世上无双。我们尊重残疾人，特别像钱二爷这样的，他是弱者，但心地善良，没有伤害过任何人，在他的字典里，没有"坏心眼儿"这个词儿。凭一己之力，活在这如万花筒般变幻着的世上，无招架之功，更无还手之力，他只是活着。可我还是要如实地描述他，长得丑又不是他的错儿，否则这一切七七八八的事儿就不会发生。

据他自己说，是幼年抽风所致，把整个儿人抽"走襻"了。我相信，没有外力人不可能生下来就这模样。脑袋抽成了长条儿，像个去了把儿的长茄子，大头儿冲上倒插在肩上，还向左倾斜着；眼睛小，上眼皮还有些皱，眼珠呢？你不费点儿劲还真不好找，也就绿豆那么大；没鼻子，也不能说完全没有，猛一看只有两个鼻子眼儿，要找鼻梁子也还是要做些努力的；嘴不大还向一边歪；没下巴，脖子和脑袋一般粗细，直筒子，直接就落在了肩膀上。所以他的脑袋不能转动，你要在他身后叫他，那就是典型的"一叫不回头，二叫合身转"，他得捯着脚整个儿转过身，才能答应你。我们为了省事，都是绕到他面前再说话。迈步迟缓，不能跑，也不能跳，左臂僵直打不了弯儿，这给他生活带来巨大的不便，上茅房自己系不了裤腰带，夏天还好，单裤勒个松紧带儿就行了，用一只手也能提起来，冬天大厚棉裤你怎么弄？家里有媳妇、花房有徒弟都还好说，外边儿就不行了，多亏了看门房儿的有个热心肠的郑老屁，每每跟着他去茅房帮他系裤子。说话还齉齉鼻儿，张不开嘴，总像是用鼻子说话。孩子们有时围着他起哄，他急了会愤怒地喊一声："去！"但怎么听他说的都像是"庆"。他吓哭过很多小孩子，特别是两三岁的小孩儿哭着扭头抱住妈妈的脖子不敢看他，妈妈便哄着孩子说，不哭，不哭，钱二爷是门神爷，在咱们门上贴着呢！其实门神爷画的是尉迟恭，面目狰狞，是吓唬鬼的。

我在电视剧《大宅门》续集中写了这个人物，选演员时真是作了难了，副导演跑了多日，别说会演戏的人里找不到这么丑的，走遍大江南北你也找不到，导演脑子里有个原型，这很麻烦的。放弃吧，就找个丑点儿的演员请化妆师塑型吧。老戏骨李明来了，接了这个活儿，化妆师费尽了心机极尽丑化之能事，最后也不理想，就现在播出的电视剧里的样子,有人说太丑了,其实真把他放到原型钱二爷面前,李明扮的这个样,算得上是小鲜肉了。长成这样,真的是挺不容易的。

一九三七年日本鬼子占了北京城,有天夜里,两个鬼子来敲大门。宅院里早已拉了电闸,大门紧闭也上了栓,一片漆黑,只有门房还点着蜡烛。郑老屁、王师父都睡了。钱二爷当值,听见敲门声,点着个灯笼出来开门。自有大宅门起,门楣上边一直挂着个桶子式儿的大铜铃铛,吊在门扇前,你一开门就碰得铃铛来回晃着响。白天大门是敞着的,天一擦黑大门就关上虚掩着,只要铃铛一响就知道有人来了。钱二爷还纳闷,半夜三更是什么人来敲门?把门打开一看,是两个端着枪的日本鬼子。您就想想吧,手提的灯笼是在下边,光从下往上照,就钱二爷那张脸会是什么状况,再加上夜深人静铜铃铛一响,有多瘆人吧。俩鬼子傻了,接着就吱哇乱叫着狼狈逃窜。王师父和郑老屁也都披着衣服出来了,感觉这么晚来敲门没什么好事。只见钱二爷直发愣,奇怪地问:"这俩日本兵看见什么了?"老屁说:"看见什么了?看见你了。"第二天郑老屁把这事跟老爷子一说,可把老爷子乐坏了,说可惜了,钱二应该站到山海关去,日本鬼子准进不了关。还重重赏了钱二爷一个大红包。

您就说吧,就他这德行有多么不招人待见吧,可他一直受到老爷子的重用。他有三大本事:养花儿、熬鹰、熬大烟膏子。最丑最美的活儿他都能干。钱二爷的父亲是老花匠,都叫他"钱把式",花园子里花木全部由他总管,带着几个徒弟,水怎么浇,枝怎么剪,什么气候什么温度,什么湿度,哪些朝阳,哪些背阴,屋里的院子

钱二爷打理的花园

钱二爷养得好的花,乐四老爷都有赏,"晚香老人"就是老爷子的号

里的，廊子上的，玉兰厅、海棠馆、牡丹园、芍药圃、荷花池，包括稻花村种了些老玉米，都打理得一片生机，四时兴旺。可惜老婆生的头胎夭折了，又生了老二，就是这位钱二爷了。不幸小时候得了怪病，抽风，花了不少钱，好医好药，命虽然保住了，人却没了模样。钱把式怕儿子大了没饭吃，教了他一套养花的本领，父母去世后他就一直留在了花园子。一九四九年花园子归公以后，他就跟到了宅门儿里专管花房。别看他左臂不能动，可右手使起花剪、花锄、花铲、喷壶来，倍儿溜。

  我第一次见钱二爷还是刚上小学的时候。那时我还跟着奶奶住南院，东兴隆街八十九号，街对面斜对门六号是老爷子和我母亲他们住的大宅门，我们都叫北院。母亲有时会派仆人来接我一个人去北院吃东西，都是平时吃不到的。偶尔也召唤奶奶一起去，那基本上就是刘姥姥带板儿进大观园。我跟奶奶生活了十年，也就是脱了贫的小康之家，穷小子进大宅门，吃点儿什么都是惊喜，比如冰激凌、无籽儿西瓜、核桃酪、凤梨。第一次吃凤梨，惊得我没法儿没法儿的，天底下还有这么好吃的水果！以为就是菠萝，一九七三年到广西以后才知道，菠萝、凤梨、波罗蜜都不是一回事。奶奶和我一样都是没见过世面的人，所以每次进大宅门都是个重大事件。一大早就有人送信儿叫我中午过北院去吃凤梨，我早早儿地吃了饭就洗头洗脸，换了新衣，一身长袍马褂，就傻傻地坐着等北院来人接。进北院挺麻烦的，过一道门房，二道铁栅门，三道垂花门上了高台阶到屏门，就有狼狗守护了，没人带着是不行的。

  接我的人来了，奶奶拉着我出了屋，一抬头，我真是吓着了，台阶下直挺挺地站着钱二爷，我吓得躲到奶奶身后。不夸张地说，儿时大人给我讲鬼故事吓唬我，我脑子里的吊死鬼就是这模样。奶奶也有点儿怕，忙问："您是？"他说他是北院的花匠钱二，接少爷过去，别人都没空。奶奶拉我说，去吧，跟钱二爷走吧。我死活不出来，奶奶挺不好意思地说，你瞧，这孩子有点儿认生。钱二爷却心中明白，早已习惯了。便说甭害怕，看惯了就好了。我心里毛毛咕咕地跟他走了。进了垂花门把我交给上房院的女仆，他就不管了，顺着垂花门往西的甬道走了。后来我才知道甬道尽头是公厕，往南一拐有个小门，进去就是花房院子，那儿是钱二爷的辖区。

花房院子很大，院子里也种花花草草，但药材居多，什么藿香、佩兰、薄荷、穿心莲、苣荬菜什么的，为的是家里用药，现采现摘用新鲜的。靠西墙是一棵大花椒树，树枝子长得都越过墙头伸外边街上去了。中间是一棵黑枣树和一棵桑树，一般宅院儿里是不种桑树的，这可能是买这块宅基地时原来留下的，又在花房院子里，也就不忌讳了。成熟的时候，孩子们就跑来摘黑枣和桑葚儿，这是经大人允许的，钱二爷管不着。我现在想不起来为什么了，有一年，孩子们特别女孩子兴起了养蚕，还不叫它做茧，而是剪很多不同形状的方的圆的五角星的硬纸壳，把蚕放上面吐丝，就可以得到各种形状的蚕茧片。我也养过，把蚕茧片染上颜色当书签儿用。养蚕就要喂桑叶，于是就不断地有人来摘桑叶，把一棵桑树弄得乱七八糟的。钱二爷很不高兴了，经常轰我们说："庆！庆！"孩子们也气他："庆，庆……"故意把"去"都说成"庆"。

院子靠南边是一溜花房，向南的一面是大斜坡的玻璃窗，有可以用绳子拉着卷起或放下的大苇帘子。花房很大，应时的四季鲜花，到什么季节开什么花，每到花期，钱二爷就要选那花开数朵、花骨朵满枝的两三盆最漂亮的，叫人搬到上房院的北屋门口，站到廊子上等老爷子夸他几句，然后是一定要赏他个红包儿的。初春的月季、四月的牡丹、夏日的荷花、冬天的蜡梅，一盆盆都养得要型有型要样儿有样儿。天下的事就这么乱七八糟的没准头，你说钱二这么丑的人，怎么养出这么鲜亮的花儿？同时，钱二爷也负责各个小房头的用花，按季节，按时令，按每位爷和小姐的喜好随时更换。也有时候花开得正好就送个信儿，老爷子就到花房来坐坐，也能和钱二聊上个把钟头，赏花饮茶。高兴了就在花房里看书写字，时不时地还烫壶酒，弄俩凉碟，能待上大半天。

钱二爷也有些坏毛病，馋，有时手脚还不大干净。老爷子在花房吃东西，少不了叫钱二跑跑厨房，有时吃不了或不爱吃的东西，就叫钱二吃了，他吃顺了口，有时就不大老实了。一碗银耳羹，偷偷抓把糖放里面，老爷子一吃太甜了，就给了钱二，他顺理成章地就吃了。次数多了，老爷子就骂冯厨子："你做的什么玩意儿，都没法儿吃。"冯厨子说："您不吃正合适，给钱二吃啊……"老爷子这才明白过来。那天老爷子在花房看书，钱二端了一碗莲子粥来，老爷子来了句："摔喽！"钱二没听懂，老爷子说："知道为什么叫你摔吗？"钱二说："您要不想吃就倒喽……"老爷子说："对了，我不想吃，也不叫你吃，摔！"钱二爷没辙，哆哆嗦嗦了半天才一松手，连碗带粥碎了一地。老爷子指着钱二的鼻子说："你个坏骨头！"

前面说过钱二爷还有个重要的差事，熬大烟膏子。那时府里好多人都染上了吸大烟的坏癖，直到北平解放以后"缴枪运动"（收缴大烟枪）开始，才彻底结束。为了震慑吸毒的人，政府召开了几次禁毒大会，枪毙了几个大毒枭，立竿见影，据说缴烟处的大烟枪堆成了山。府上的烟枪都是贵重物啊，金丝楠的、象牙的、珊瑚的、翡翠的……那叫心疼啊，全交了。缴枪容易戒烟难。大姨太的丫头瘾犯得不行了，还有点儿剩下的烟膏子，没了烟枪，居然弄了棵大白菜，把白菜疙瘩切下来挖个洞，插上毛笔管儿吸上了。没办法，家里凡吸毒的全部住进了德国人开的万字医院。那几日家里可清静了，可大姨太养的小叭狗受不了了，它常年趴在烟榻上闻惯了大烟味儿，上瘾了，多日不闻，竟犯瘾死了。只有老爷子不去医院，说男子汉大丈夫说不抽就不抽，他可真行，愣挺过来了。一九五三年以后他得了失忆症，好多人都说他是硬扛着戒烟把脑子伤了。

钱二爷熬烟膏子有两手，这个活儿挺要技术的。火大了熬糊了，小了又熬不透，既要功力又要耐力，大烟昂贵，熬大烟就是熬银子呢。每次钱二爷都在上房院的廊子上熬，支一个南方才用的那种红泥炉，生炭火，一熬起来满院子烟香。有一天老爷子睡醒午觉，掀开窗帘看看院里，钱二爷正熬烟膏子，只见他用铲子搅着搅着，忽然一挑，一小块烟膏挑了出来，他也不捡，过了一会儿见四下无人，忙掏出手绢一盖捡起来塞进了怀里。全完了事儿，老爷子把他叫到屋里，他穿着夹袍，外边系着根腰带子，老爷子叫他把腰带子解下来，他吭吭哧哧半天才不得不解开，两块烟膏子落了地，叫他捡起来，他又弯不下腰，老爷子笑了说："你这个坏骨头！"于是

"坏骨头"这个名儿就传出来了,孩子们围着他起哄:"坏骨头!坏骨头!"他也只能发着狠地说一声:"庆庆(去去)!"

还有个差事,也非钱二爷不可,熬鹰。这个熬就是耗,就是夜里驯鹰,不叫它睡,熬它的性子。难道是叫它白天睡吗?我不太懂,反正钱二爷觉不多,耗得过鹰。老爷子常常夜里去海淀以西山洼子里捉獾,找个背旮旯或树林密的地方一蹲,等着獾一出来放鹰去抓,熬过夜的鹰眼尖,动作快,一抓一个准儿。有一天夜里,蹲了半宿也没见个活物出来,走吧。起来一转身碰了两只脚,仰头一看,这棵树上挂着一个上吊的死人,吓得一起来打猎的仆人差点儿没尿了裤子。老爷子说要不今儿这么倒霉呢,吊死鬼儿下边蹲了半宿,没什么可怕的,这比钱二好看多了。

钱二爷快四十岁了,一直打着光棍儿。老爷子生了恻隐之心,张罗着要给他说个媳妇,上上下下所有的人都反对,说就他那模样,歇了吧,还媳妇哪?怎么上炕啊?老爷子说再怎么寒碜他也是个男人呀,他还一脉单传,不能没后,叫管事的去张罗。可找了半年多也没一家乐意的,他那模样早就四邻八舍尽人皆知了。老爷子说往远了找,什么大兴良乡门头沟,热河八沟喇嘛庙,也甭管什么穷富,什么长相,哪怕长得跟猪八戒似的也比钱二富余,不怕多花钱。那会儿府上柜上都有规定,凡本号的员工,无论职务高低,家中只要有婚丧嫁娶红白喜事,一律由柜上账房单开钱,东家全包。这在当时的商号买卖中是很有影响的,所以柜上员工干起活儿来,都尽心尽力,谁也不愿意丢掉这个金饭碗。为了钱二爷的婚事,老爷子愿多出一倍的钱,不能亏待了人家娘家。管事的说钱多好办事,终于在远郊区找了一家穷得不能再穷的乡户人家,姑娘二十几岁,父母都愿意,可按老例儿还是要相亲,看看姑爷。

"还相亲?!"老爷子一听就作了难了,一见面儿还不全砸了!可又没道理不让人家见,愁了好几天,管事的想出一个招数。选个晚上,天黑以后,把电闸拉了,就说是供电局的断电了,叫钱二爷戴上帽子,围上大围脖儿,穿个大长袍,就说他病了,怕招了风,晃那么一眼,别让人家细看,就叫钱二吃药钻被窝。老爷子说也只能这样了,把我的皮袍皮帽子都给他,穿得体面点儿,千万别叫钱二说话,就他那齉齉鼻儿也能把人吓跑喽。钱二爷知道要娶媳妇还是满心的高兴,自然怎么安排就怎么做,任人摆布了。

相亲那天,亲家妈和哥来了,让到外客厅的堂屋里,只点了一支蜡烛。管事的说钱二爷病了,发烧,不能陪你们坐着聊天儿。喝了会儿茶以后管事的说要不您先见见姑爷?亲家母说:"见见,见见!"管事的走到里间屋门口说:"钱二爷,亲家母来了。"说完把门帘子一撩,钱二爷已站在门口,皮帽子把眉毛都盖了,大毛线围脖儿把鼻子嘴全挡住了,真是没什么可看的地方了,他微微鞠了一躬,还挺斯文挺绅士的,其实他根本就弯不下腰。管事的忙说快把药吃了钻被窝儿发发汗,别招了风,急着就把门帘子放下了。亲家母看了个云里雾里,只觉得这人穿得挺体面,也挺有礼数的,乡下人也不敢再多说什么,就在婚书上按了手印儿。先拿了一笔钱走了。老爷子听了汇报总算长出了一口气说行了,钱二总算有个媳妇了。

等到办喜事那天,还是出事了。

管事的在马号的一溜平房里单给钱二开了两间房做新房。这院里还住了七八个赶车的、打杂的、扛货的伙计们。郑老屁住在南头第一间紧靠着马棚，为的是夜里喂料方便，也不打扰别人。婚礼办得还是挺体面的，新房里里外外都收拾过刷过，全都见了新。也弄了班吹鼓手，敲敲打打的。白天还好，新媳妇一直捂着盖头，什么也瞧不见，到了晚上入了洞房，坏了。钱二爷一爬上炕，新娘子真是见了鬼了，惨叫着把钱二爷一推蹽下炕就往外跑，用老爷子的话说就是光屁溜儿就跑出来了。是呀，一丝不挂疯了似的乱跑，最后一头扎进了马棚，蜷缩到草料堆上，浑身上下只剩下了哆嗦。大青骡子也惊了，乱踢乱跳地嘶鸣着。院儿里人都吓傻了，围着马棚谁也不敢进。郑老屁忙拿出自己的被子，先稳住了大青骡，然后慢慢地把被子往新娘子身上一盖抱起来送回了新房。管事的闻风也赶了过来，警告钱二爷说你今儿晚上就在堂屋里坐着，不许进里屋，再出了事，我明儿就把姑娘送回娘家去。

　　第二天，管事的向老爷子一说，老爷子笑得不行了，说钱二有那么寒碜吗？吓成那样？管事的说您是看惯了，都不觉着他寒碜了，连孩子都能吓哭了，人家一大姑娘，哪见过这个呀！老爷子只当个乐儿，可到下半天儿，钱二爷带着新媳妇来磕头道喜的时候，老爷子一看，连头发根儿都奓起来了。

　　这小媳妇长得太漂亮了，不折不扣的一朵刚开的鲜花！细皮嫩肉的，又白净又秀气，身条儿也好，胸、腰、屁股，要什么有什么。就有一样，她只深深地低着头。

　　她低着头，不是害羞，也不是胆怯，自那夜洞房以后，再也没抬起过头。她不敢抬头也不愿抬头看钱二爷，也从此只低着头不看任何人了。不再看这个世界。

老爷子把管事的叫来臭骂了一顿，你办的这叫什么事呀！找个什么神头鬼脸的丫头不成？非找这么漂亮的一个姑娘，这不糟蹋人吗！管事的很委屈，说跑了多少家都不行，就这么一家说妥了，饶费了吃奶的劲还落不是！老爷子悔得肠子都青了，只是叹气，好好儿的一姑娘，这是怎么话儿说的。

可日子总还要过。两年多钱二媳妇没身孕，风言风语的闲话就多了。说钱二爷那玩意儿不行，好多坏小子都在打歪主意，趁钱二爷不在家，就往他屋里跑，多亏钱二媳妇性子刚烈，从没给过他们好脸子。后来越来越不像话，就当着钱二的面儿，满嘴的淫词浪语，甚至动手动脚，钱二是个懦弱无能的人，顶多愤怒地说个"庆（去）"，也就这样了。老爷子听说以后，把那帮坏小子狠狠地教训了一顿，谁再胡闹就辞了谁，这才消停下来。钱二媳妇到南院来过我家好多次，大多是送北院给的东西，或捎个口信儿什么的。每次来奶奶就拉着她的手不放，啧啧地夸奖不住，这么好看的媳妇啧啧啧……多好看，瞧瞧有多好看……而且，赶上刚蒸好的大肉包子，一定叫她吃一个，赶上刚煮出的饺子一定让她尝一尝。她只是低着头，吃完了说声谢谢，把碟子碗洗净了才走。奶奶就摇着头说，一朵鲜花插在了狗屎上，她从不说牛屎，我纠正过，她不改。

再后来就听说，钱二的媳妇怀孕了。这在整条街上都成了大新闻，这肚里的孩子是钱二的吗？这孩子是谁的？大家伙儿的目光齐齐地投向了东兴隆街四号的福合兴油盐店。

福合兴就开在大宅门的西侧，宅门门房儿的西墙就是油盐店的东墙，再往西隔壁是宽民理发店，再西头是个小三合院借住给了一家远房亲戚，可这院的正门却开在了拐弯儿新开路的路口。这就很奇怪，等于是正方形的大宅院的西南角被划出了一大块。闹不明白是什么原因，是这几户与宅门有着什么特殊的关系？油盐店前后两间屋，前是店，后是卧房，卧房后墙外就是大宅门的花房院，那是钱二爷的领地，墙顶上开着一扇窗户，白天可以照进光来。这间屋子不小，比前店大一倍，既是油盐店的后仓库又住着这家店唯一的员工，一个三十岁左右的小伙计，为人精明干练，诚实可靠。可能正因为如此，我们从未见过这家店的老板，他很放心这位小伙计，每月结一次账就行了。小伙计曾在郊区县中学里读过初中，毕业以后因家境不好无法继续求学就到油盐店里当了学徒，现在已是店里独当一面的伙计了。一个油盐店的伙计竟是初中毕业，少见，也算是个文化人了，先就叫人敬重一头。

我和他特别交好，从小在他店里买油、打醋、买菜、打酱，七八年没断过。他爱看书，床头上、柜台上总放着几本书，店里没人一闲着他就看书，我知道他看过《钢铁是怎样炼成的》《卓娅和舒拉的故事》甚至"高尔基三部曲"，这就和我有了太多的共同语言。他不大看得上宅门里的人，说人和人都是一样的，没什么高低贵贱之分。他给了我一本《列宁的故事》，很薄的一本小册子，叫我看，说你看列宁，他不带证件，站岗的照样不叫他进门。我觉得他讲得都很有道理，他也愿意和我聊天。我上了中学，有时放学回来晚了，也都要先去油盐店里和他聊会儿天。当然，我们交好是北平解放后的事，这都是后话了。

他还不光是跟我聊，他本事好大，见什么人可以说什么话，见了大爷聊下棋，见了大妈大婶儿聊家常，见了拉车的卖苦力的聊"三国"，说"小五义"，见了戏迷聊京剧，还经常叫我给他唱两段"劝千岁……""我正在城楼……"什么的，惹得戏迷都来听。小小的油盐店里就显得很热闹，人气儿很旺。见了大姑娘小媳妇那话就更多了，他把人都琢磨透了，他还别出心裁地叫每天一大早从郊区赶进城送菜的菜农、菜把式们，尽可能地多采些野花儿野草什么的捎带给他，他把这些还沾着露水的花草放到一个大敞口的瓦罐里，小姑娘小媳妇们来了，随着自己喜欢的白拿，这是什么心计！惹得一些女人有事没事都愿意往他这儿跑。还有，北京的老娘们儿每次买完菜以后，都要顺手拿棵葱或者抓把香菜，然后还招呼一句"饶根儿葱啊""饶根儿香菜"就拿走了。因为这些都是炝锅儿、撒汤里的俏头儿，买多了没用，买少了不够分量没法儿约（音"腰"，称重的意思），就当了买菜的饶头儿。可是凡买菜的人人都抓一把，一天下来也是个数儿，所以大多油盐店都会阻止："对不起大妈，香菜不能饶！"可福合兴的这位小伙计从来不拦，后来甚至专门把放葱和香菜（还真没见过饶别的，买俩茄子饶根萝卜，没有）的大笸箩，放到店门口，方便你顺手牵羊。当然大妈们也很自觉，抓个两三根儿就得，没有一把抓两斤的。你还别说，就这么一点儿小便宜，吸引了多少大妈大婶儿每天只光顾他这个小店，甚至远处的住户，宁可多走一段路到他这儿来，也不去守在家门口的油盐店，都说福合兴的小徒弟最仁义，名声在外呀！

他还画得一手好画，他的水彩山水、花鸟十分出色。我见他有一本《芥子园画谱》，可见他是有心学画的。他卧室里贴满了自己画的各种花卉、村景。他的素描也好，他用炭笔画了四张马、恩、列、斯的头像，一直贴在他外面的货架上。他能十几分钟给买菜的小姑娘画一张素描像，又简练又逼真，那个年月照相还是个很奢侈的事，有个画像是很可以炫耀的，来店里的姑娘小伙子更多了。

当然，钱二媳妇也是常客，过日子每天是缺不了油盐酱醋、萝卜白菜的。有一次一个坏小子在油盐店里遇见了钱二媳妇，就没皮没脸地调笑起来，还当着两个买菜的和小伙计的面儿。钱二媳妇只是低头不理，那坏小子居然动手动脚，拧了钱二媳妇的屁股一把说这么好的小屁股蛋儿叫钱二摸，可惜了的。在一旁的小伙计已怒到极点，抄起个大白萝卜劈头盖脸地打那个坏小子，俩买菜的起着哄地叫"好"，直打得那坏小子狼狈逃窜，白萝卜碎了一地。钱二媳妇很感动，听说她还破例地抬头看了一眼小伙计，世上还是有好人，这一眼是对整个世界的回报。

这件事立即传遍了大街小巷，赞扬小伙计行为仗义的同时，也就风言风语地传出了很多谣言。真是飞短流长，泥沙俱下，有人说看见过钱二媳妇从小伙计的后屋走出来。

这些事都是我后来才知道的。

钱二媳妇怀孕了。那是日本鬼子占了北京城那年。这成了四邻八舍茶余饭后街谈巷议的主要话题，一下子占据了新闻的头条。大多数人认为那媳妇肚子里的东西就是福合兴小伙计弄的。也有些人不认同，你怎么知道钱二爷那玩意儿不灵？你看见了？就这点事儿，几个人有时争得脸红脖子粗的，也不知道跟他们有什么关系，又不是你媳妇。这传言叫不管是同意的还是反对的人都很开心，其实大家都宁愿相信，钱二媳妇怀的孩子不是钱二的，钱二爷让人戴了绿帽子当了王八啦！大人说话时是不避孩子的，孩子们更开心了，只要在街上碰上钱二爷，就把他前后围住，又蹦又跳地喊着起哄："下雨喽，冒泡儿喽，王八戴上草帽儿喽！""下雨喽，冒泡儿喽，王八戴上绿帽儿喽！"还拿小土坷垃砍他。钱二爷长年累月戴着一顶草帽儿，给他礼帽、瓜皮帽他都不戴，只戴草帽，因为草帽沿儿大边儿宽，往脑袋上一扣，前沿儿再压下来一点儿就能遮住大半个脸，省得不留神把生人吓着。面对一帮孩子，钱二爷很无奈也只能回答一句："庆（去）！拧（你）才是昂（王）八呢！"

钱二爷是弱者中之弱者，几乎对外界没有任何反抗的能力，也不敢跟媳妇怎么样，更不敢对油盐店的小伙计怎么样，可他憋屈，或者也可能是愤怒吧，他在花房院扛着梯子靠在了南山墙上，墙顶上有个小窗户，那就是油盐店小伙计卧房的后窗，不知他怎么爬上去的。常言道上山容易下山难，他怎么也下不来了，直到第二天有人来花房院才发现了他趴在梯子顶上，赶紧把他扛了下来，还埋怨他说："钱二爷，你这是何苦？操这份儿心干什么！"这话说的，他的媳妇他能不操心吗？！只可惜，本想抓个现行，不但什么没看见，反把自己困在梯子上趴了一宿。

这事立马就传到了小伙计的耳朵里。其实这一年多谣言就一直不断，特别是钱二媳妇怀孕以后，大家都期盼着能出点儿什么事。消费别人的灾难也是个乐儿，我就认识这么一个人，在街上看见出了车祸，回到家摩拳擦掌地要喝二两酒，老婆问他什么事这么高兴，还喝酒？他说哎呀——前街撞车了，还死一人，喝二两！死的不是你们家的人，你固然用不着多么悲痛，可也犯不上这么高兴吧？有些从不去福合兴油盐店的人也都借故去买个咸菜疙瘩、打二两芝麻酱什么的，去店里看看小伙计什么样，顺便探探动静。可这位小伙计，一如既往，谈笑自若，也从不辟谣。有人就挑拨说谁谁说你跟钱二媳妇有一腿，他便一笑置之说是吗，我怎么没听说？完了，再没第二句。也没见钱二爷到店里来闹过。钱二媳妇呢，挺着大肚子照旧来店里添油、打醋、买白菜，还是低着头，不看人也不理人。这叫诸多想看热闹的人很失望。

老爷子大概是最后一个才知道的。管事的说完以后，老爷子低着头抽烟好一阵子不说话，最后叹了口气说：唉！爱谁谁吧！反正生了儿子得姓钱。

钱二媳妇生了，不是儿子，是女儿，还是双胞胎，俩丫头。

我入小学的时候，钱二爷的两个女儿已经上三年级了。两个小姑娘长得那叫好看，在整个学校的女生里也是数一数二的好看。长得像谁呢？当然一点儿都不像钱二爷，像他就坏了。可一点儿也不像油盐店的小伙计，像她妈。可总觉得比她妈还好看。

再后来呢？还什么后来呀，没什么后来了。一九五三年大宅门散摊子以后，各房都迁了新居，我随母亲和老爷子搬去了东城。花房是没有了,只剩下了七零八落十几二十盆花儿了,这些钱二爷伺候过的花儿,也都年年按着季节开着、落着,还是那么好看,可钱二爷去了哪儿?不知道,后来如何?不知道,那两个如花似玉的女儿,要是还健在,也该八十多岁了。

郑老屁与屁

这个名字听起来有些不雅,郑老屁。其实他原名叫郑三麻子,咳,这也不是原名,真不知道他原名大号叫什么,姓郑是没错的。府上还有两个包月的车夫,是兄弟俩,脸上都有麻子,是大麻子、二麻子,郑老屁就成了郑三麻子,大家为了省事,把郑字也舍了,干脆就三麻子了。他小时候得过天花儿,脸上就落了麻点儿,不多,还都是浅麻坑,不那么显眼,不注意也就糊弄过去了。郑老屁这个名儿是大伙儿后来给他起的,严格地说比前边儿的准确。

郑老屁怎么进的宅门儿,说起来挺逗的,这也叫不打不相识吧。老爷子年轻的时候挺没溜儿的,爱打架,每提起当年的郑老屁,老爷子就特别得意和炫耀地叫我摸摸他的头顶:"你摸摸,你摸摸这儿,这儿,对,秃了一块,就这儿……"我摸到了一块五分硬币大小的极光滑的头皮:"这是跟郑老屁打架落下的,他连着头皮揪下我一绺儿头发,我把他扔河里了。"

每次说这些事,老爷子的话就多了。

他有三个最珍贵的宝贝儿,一是鸟子鹞鹰,二是狼犬大青儿,三是骡子大青子，后俩都叫青，一个是青儿，另一个是青子。大青骡子是老爷子亲手喂养大的，所以每次见面儿，大青骡子总是摇头拱嘴地往老爷子身上蹭，以示亲热。在马圈里它单是一棚，也就是开了单间儿的，不住集体宿舍。它吃的料也比族内其他房头包括公中的牲口精细得多。老爷子出门一定是自己赶车，每次必套上大青骡子，大青子是任何别的人都不能使唤的。有一次老爷子病了，好几天没去马圈，大青骡子不安生了，竟然咬断了拴它的缰绳，冲出马圈，顺着新开路往南拐过东兴隆街，直闯进了新宅大门口，谁拦它冲谁尥蹶子。一帮人跟在后面吆喝着追，大青子一直跑到上房院，撞了竹帘子进了北屋堂屋，老爷子听到喊叫声忙从东里间走出来，一看见大青子，眼泪差点儿没掉下来，大青子就摇着头在老爷子身上蹭啊蹭的，老爷子说："大青子，想我了是吧，你爸病了出不了门儿，回去吧。"大青子不走，老爷子忙叫仆人快去买几斤小笼包子。大青子把大铜痰盂拱倒了，当啷啷地在地上滚，拱来拱去的玩儿上了。直到吃完了小笼包子，老爷子吼了一声："回去吧！"它这才跟着管马圈的陈三儿回去。

　　说起这大青子吃包子，又是个事儿了。老爷子赶着骡车去办事，功夫不大也没拴车，大青子溜到街边一个卖包子的小摊儿前，拱翻了人家十几笼小包子吃上了。卖包子的气急败坏地连嚷嚷带喊也不敢上去拉，老爷子来了说瞎叫唤什么你？！吃了你的包子给你钱不结了吗！卖包子的非常惊讶，您这牲口怎么还吃肉包子？老爷子特别开心，说我还真不知道，大青子爱吃肉包子。打那以后，大青子接长不短地就有小笼包子吃了。

这是一个非常令人不解的现象，小笼包是猪肉馅儿的，可无论马、驴、骡子都是食草动物，怎么成了食肉动物？对老爷子说的这个事，我一直表示怀疑，也没机会实验。直到二〇〇〇年，拍摄电视剧《大宅门》，其中有这个情节。到了拍摄现场，道具拉来一匹马，我担心地说它吃肉包子吗？要是不吃，这场戏可就没什么劲了。等场工把包子拿来，我忐忑不安地忙拿了两个包子给这马吃，摄制组的人也都围过来看新奇罕儿，哇！它吃得很香。实拍的时候它还主动把一摞小笼屉拱翻狂吃起来，这场戏拍得真是很精彩。看来不光是大青骡子，马也吃，驴没试过，应该也可以吧，这还是食草动物吗？不清楚，这是生物学家的事了。再有，都说老马识途，是说只要马走过的路，它都是有记忆的，骡子也应该是吧，大青子从马圈跑出来找到宅门口是没问题的，老爷子常在门口上下车，可怎么就一路跑进上房院进了北屋呢？难道像犬科动物一样嗅觉灵敏，闻到了主人的气息？都说不清，反正它们是特别地通人性，是好朋友，大青子还是个训练有素的好朋友。

有一年春节，老爷子赶着骡车回家，走到鲜鱼口。这条街不宽，正赶上两旁店铺、住家等在放鞭炮，大青子一下就惊了，四蹄乱蹬狂奔起来，两边路人吓坏了，一边躲一边大叫"跳车！跳车——"老爷子心想跳不好摔不死也得半残，再者说没人驾的惊马在闹市里狂奔不定闯下什么祸事来，他两腿紧夹车辕，左手把住车帮，硬是把大青骡子一点点儿稳住。大概是老马识途吧，一直奔到马号大门口才慢慢停下来，老爷子吓出了一身冷汗，说这哪儿成啊，大青子胆儿太小了，他要抻练抻练大青子了。从香烛店里买了一大箱鞭炮

重访大宅门,我身后那三个窗户就是门房,郑老屁就住在这儿

我的养父乐敬宇(亦作"乐镜宇"),
我们都叫他"老爷子"

来，拿出一挂五百头的，往马槽边的柱子上一挂，一到大青子低头吃料，便将鞭炮点燃，噼啪一响大青子就狂窜乱跳起来，马缰绳拉扯得马棚乱晃。就这样隔三差五地坚持了几个月，只要一低头吃料就放一挂鞭，终于习惯了，放就放吧，它照吃不误。第二年春节，老爷子又来了，赶着骡车进了鲜鱼口，路两旁鞭炮齐鸣，大青子如入无人之境，悠悠地拉着车走着，路上行人驻家店伙无不喝彩，老爷子很得意。后来此事传开，赞为京城一绝。

这就要说到不打不成交的郑老屁了。

老爷子赶着骡车从花园子回来进城，走过护城河的桥上，与也正赶着马车过桥的郑老屁走个对头儿。桥面本就不宽，两边还有好多摆地摊儿的，错不开车，总得有一个退回去，俩人谁都不让。郑老屁急了，上前拉住大青子的缰绳强行往后捎，老爷子最忌讳别人动他的牲口，真急了："你小子敢动我的大青子！"跳下车就动手了，先还是推推搡搡，接着大打出手，老爷子是练过点儿功夫的，说别瞧那小子壮，真打起来他不是个儿。没想到郑老屁一把揪住了老爷子一绺儿头发，就是不撒手，揪得老爷子直不起腰来，心想小子，豁出我这绺头发不要了。躬身搂腰抱腿，往桥下一搁，郑老屁四仰八叉掉河里了，老爷子也着实实叫他带着头皮揪下来一绺儿头发。老爷子拽着我的手说："不信你摸摸，摸摸。"好像是个什么光荣的标记，至少让我摸过三四回。郑老屁也很骄傲，经常臭显摆说："我揪过老爷子一绺儿头发！"

乡下闹大灾，郑老屁来投奔老爷子了。那会儿还叫他三麻子。

他来了以后，老爷子不再自己驾车，鞭杆子交给了郑三麻子。直到他年纪大了，才又分派到门房看大门儿。后来怎么又改了名儿叫郑老屁呢？因为他特别能放屁，用他自己的话就是从小爱放屁，又放不好，净蔫屁。没错儿，这是我领教过的。有一次放学回来，一进大门，正好郑老屁从门房出来往里院走，我就跟在他后面，他一路断断续续、啼哩吐噜地不停放屁，声很小还是听得见。从头厅走到厨房院儿，我拐弯进了屏门，他还没放完，笑了我好多天。不知他是消化不良还是肠子有什么问题，他也知道这很招人厌，可他无能为力，根本管不住自己。有时还很自卑，有一次他赶车跟老爷子去办事，也是走到鲜鱼口，老爷子忽然侧着身一撅屁股放了一个十分响亮的屁，声儿太大，惹得路上行人都往这边儿看，郑老屁一惊问老爷子这是你放的屁？老爷子说是啊。郑老屁说好家伙，你这一个屁惊动了半条街，一听就是个有福的人啊，比不了比不了。语中很带些自卑的。有一次他从屏门路过，忽然听上房院老爷子喊了一声："放个屁吧！"他忙站住了，歪着头很认真地听，听老爷子放完屁以后他就摇头晃脑很感慨地说："听听，听听，这声儿，人比人气死人哪！"以后他只要听到老爷子一喊，必要停住，注意力高度集中地侧耳细听，每次听完还都要说这句感慨的话，大伙儿嘲弄他，才给他起了个绰号，郑老屁，不再叫郑三麻子了。孩子们为了省事，把郑字去掉，干脆叫老屁。

按说在人前放响屁很丢面子的，所以，绝大多数人都会夹持着尽量不出声。可谁都知道放响屁痛快，但终是不雅，所以还都是要顾些面子。老爷子为何如此放肆呢？并非倚老卖老，这来自年轻时候一次非正式的家训。那时候还是他的母亲掌门当家。老太太是位不苟言笑的人。

有一天全家老老少少围坐一起吃饭，不知是谁放了一个蔫儿屁，老太太闻到臭味了，当时就把脸拉下来了，把筷子往桌上一拍："谁呀这是？放蔫儿屁，阴不阴哪你？！一点儿声响没有，这倒好，一鼻子闻进去一点儿不糟蹋！有屁出去放，弄点儿动静出来，也叫人有个防备！"这本是句气话，大伙儿听了，没谁当回事，一笑也就过去了。可老爷子不行，他是个大孝子，母亲的话焉能不听，这就是立规矩了。打那以后，只要吃饭的时候出虚恭（府上把放屁雅称为"出虚恭"），老爷子必要站起身走到门口，把门打开，屁股朝外撅起，然后喊一声："放个屁吧！"很响亮地放完以后再归座吃饭。大伙儿虽觉得有些过分，却也无可指责，既放到了外边也有了动静，完全符合老太太的要求。当然，开始这么做确实是遵旨而行，年纪大了以后已完全是图个痛快了。无论如何这应该是个好规矩，这规矩直传了三代人，真的成了家训，我母亲也如此教育过我，大家一起吃饭的时候，出虚恭一定要去门外院子里，当然不一定弄出什么动静来。这很道德呀，都自觉遵守，真是一种公德心的体现。上上下下都一样，仆人也不例外。厨房院儿里搭了个大席棚，放着大长方的粗木桌，各房头的仆人们都聚在这里吃饭，郑老屁管不住自己，就很自觉地端个挂了绿釉的大瓷盆装满饭菜，一个人到北墙根儿下蹲着吃，旁边是一溜儿三个狗窝，顺便把吃剩的猪骨头鸡架子喂狗。

郑老屁很能吃，饭量大，那吃相总好像是逃荒的，一斤烙饼只四口就吃完了。我见他吃过一斤半烙饼卷一斤猪头肉，一个人的胃能有多大？直到我进了劳改队，才有了真切的体会。我一顿能吃八两米饭外加一斤六两面条，也不知道怎么吃下去的，那吃相比郑老屁也强不了哪儿去。下到干校，同学们喜欢看我吃饭。一次吃羊肉包子，形成了围观之势，炊事班长用秤称了三斤包子看我吃，我吃光了，又加了一个二两的也吃了，我觉得我超过了郑老屁。老爷子也爱看老屁吃饭，无论在门房还是厨房院，只要碰上他正在吃饭，一定要点上一袋烟，坐下来欣赏一番。有时候孩子们不正经吃饭，挑食，他一生气就把老屁叫来，叫他把一桌子菜全吃喽，边看边夸赞：瞧瞧，都瞧瞧，这才叫吃饭，看见没有？！

老屁能吃也能干，有什么粗活儿重活儿，各房头的老老少少都愿意找他，什么搬个大花盆儿，挪个大立柜，包括上树摘柿子，上房顶捡皮球全找他。连仆人们也支使他，买瓶醋，要辆车，去范记小饭馆叫俩菜什么的。他几乎是仆人里最忙的，且从无怨言。他生性厚道，乐于助人，孩子们打碎了玻璃，砸坏了花盆，管事的明知是少爷们弄的，问起是谁，他从不告状，总是揽在自己身上，在孩子中他就有了好人缘儿。一有点儿什么好吃的，孩子们就乐于分给老屁一起吃。府上有个花匠钱二爷是个半残疾人，好多人都欺负他，他不，事事都护着他。会制止、阻挡那些坏小子，钱二干不了的吃力的活儿他都帮忙，特别是钱二左臂打不了弯儿，上完厕所自己系不了裤子，这很麻烦，没人愿管，还会说几句风凉话，老屁说了，钱二爷上茅房就叫我，我给你系裤腰带。多少年了，有求必应，几乎只有老屁帮他这个忙。

他的主活儿还是在马圈伺候大青子，那收拾得浑身上下永远都是油光水滑，一尘不染，每天夜里准时给大青子喂细料，人无横财不富，马无夜草不肥嘛。喂得膘肥体壮，脚力十足。老爷子把大青子交给他特放心，一旦大青子有个病打了蔫儿，他能整宿陪着，用些土办法治还挺有一套。给牲口治病他内行，各房牲口有个什么病也都找他，信任他。大青子后来除了老爷子只听他的话，他也一样，任何人不能碰大青子。还有就是狼狗大青儿，大青儿长得很威猛，有半人多高，最爱吃烤白薯。老屁是出了名儿的抠门儿，不，他不是抠门儿，你就没见他花过钱，他攒下钱全都带回老家去，那儿有老婆孩子一大家子人哪。只有一个例外，好多次看见他在大门口外买烤白薯，五分钱一斤，他很克制地自己吃两口，全都喂了大青儿，没见他为自己花过一分钱。冬天，乡下家里来人，总要带一大口袋白薯来，他每天都要在炉子上烤几块给大青儿吃。老屁每天天不亮就得起来干活儿，一开门儿，大青儿准蹲在门口等他，不管他浇花、扫街、收拾庭院，大青儿都跟着，要不就趴在一旁看他干活儿。大青儿老了，病了，脖子上长了个大瘤子，有半个西瓜那么大，坠得它抬不起头。老屁心疼得不行，抱着大青儿喂它烤白薯，已经是一口都吃不进了。大青儿死的那天下大雪，老爷子很伤心，叫老屁去乡下买块地把大青儿埋喽。老屁坐到洋车上，用自己的被子裹上大青儿，怕它冻着，紧紧地抱在怀里，老爷子和孩子们都送到大门口，孩子们哭成一团儿，看着车远去了。

老屁好多天蔫头耷脑地不说话，那饭量一下子减了一大半。

老屁一辈子不抽烟，不喝酒，不赌钱，没看过戏，没看过电影，又不识字，连小人儿书都看不明白。这么多年，没去过天桥，没逛过庙会，三月三蟠桃宫庙会近在咫尺他都不去，他说了，你逛哪儿不得花钱哪。有人说你这活的多没劲哪，他又说了，能吃得饱喝得足你还想怎么着？比起老家人来这够享福的了。

　　他只有一个嗜好，听书。门房里有个小日本儿的话匣子（收音机），每天晚上有个评书节目，王杰魁的《三侠五义》《小五义》，连阔如的《三国演义》，晚上一到点儿，他准时地摆好茶壶茶碗，进入了他的评书世界。话匣子已经很老旧了，不管听什么，老带着吱啦吱啦的声儿，他听的时候，伸着脑袋，耳朵快贴到话匣子上了，恨不得钻进去，能一动不动地听半个钟头。那茶壶茶碗就是个摆设，没见他喝过一口。他跟着说书的时不时地"嗬——""哎呀！""嘿嘿！"抽不冷子还爆粗口，爹呀娘地骂，以为他跟谁打架，那真是入了戏了。谁要是在这工夫打搅他，他真急。上边若有个急事找他办，他就没辙了，可这一个晚上他都得嘟噜个脸不说话。一办完事，立马得找个刚听过书的人，告诉他今儿都说了什么。后来大伙儿都知道他有这一"好"，谁也不忍心打搅他，什么事都听完了书再说。第二天一早，门房里一有人，他必要和来人聊一聊头天晚上听的那段书，眉飞色舞，话特别多，他成年累月的也就这点儿乐儿。当年王杰魁先生说的《三侠五义》已是京城一绝，只要收音机里一播，无论男女老少，有知识的，没文化的，整个京城全都静了下来，我也是每天必听。有时放学晚了，赶不上六点钟到家，在路上赶到哪家放就站在那儿听。那时街上的铺面凡有条件的都在门口挂个话匣子，每到此时，每家店铺一色儿放的全是王杰魁，无一例外。鲜鱼口有一家黑猴帽店，我每次差不多都赶上在这儿听，您就瞧吧，能围上一大圈子来不及回家的人，一动不动地听上半个钟头，街上绝对找不到一个行人。所以王杰魁被当时的北京人称为"净街王"。在老屁心中，王杰魁是他至高无上最最崇拜的偶像。有一次我有个同学来家里玩儿，在门房聊起了听评书，竟把王杰魁说成了王加魁，老屁一下子就急了："等等！还王加魁！知道什么呀你？！王、杰、魁！杰！知道吗你！你听个屁书啊，连王杰魁都不知道，白活了你！"在老屁的心中，你可以不知道蒋介石，但不可不知道王杰魁。

说来也怪，只要一听上书，就没见他放过屁，问他为什么？他说听书嘛，顾不上了。

一九五二年我小学毕业考中学，那年私立学校都还未改制，与公家的市立学校一起招生，为了保险起见，除市立中学的统考以外，我又报考了四个私立中学：汇文、万字、大同和潞河中学。前三个还好说，都在城里，潞河中学在通县，必须头一天住到通县，第二天上午八点进考场。您现在去通县只要开上车上了京通快速，十几分钟就到了，那会儿好家伙了，一个孩子去趟通县，那基本上就跟出了国一样。提前好几天就要做准备，要带上军用水壶，雨伞草帽儿手电筒，洗漱的用具，换洗的衣服，新买了个书包和铅笔盒，预先削好了三四支铅笔，大饭盒里装了点心，还不要忘了临出门时拿几个煮好的鸡蛋，万一路上饿了呢！这一切都还好说，可谁带我去通县呢？必须找个牢靠的人，最终决定了郑老屁，可靠！于是母亲和奶奶开始了五次三番地叮咛，路上如何，住店如何，吃饭如何，等等，老屁不住地说："放心放心……放心放心，我就是赵子龙。"还赵子龙，这都是听书听的。母亲给了他六块钱，说出门在外不必省钱。

第二天一早就出发了，我的东西都是老屁拿着。走到前门上了长途汽车，到了通县找了个小旅店，给我弄了个小单间，他在楼下住大通铺，晌午出去吃饭，一家两层楼的小饭馆，给我要了个滑熘里脊、四两米饭、一碗酸辣汤。他自己要了一斤炸酱面，唏哩呼噜几口就吃完了，说什么他也不吃菜，说那是给我要的。下午他坐到我屋里看着我，叫我看书温习功课，我说明天就考试了，今儿温习功课还有什么用，他说临时抱佛脚，佛爷把你保，临阵磨枪，不快也光。他还一套一套的，还说这是奶奶千叮咛万嘱咐的，必须遵守。

第二天把我送到潞河中学进了考场，上午算数、语文，下午历史、地理。他在外面等我，还别说送考生来的人真不少，我交了卷出来，他正和几个老爷们儿聊"小五义"呢。

晚饭，他又给我要了个焦熘肉片、酸辣汤，小饭馆还挺讲究，先上了四个小碟，一碟辣萝卜干，一碟盐水蚕豆，还俩什么记不清了。他则买了五个大火烧，仍不吃菜，把四个小碟吃光了，说这个是人家白送的，不要钱。喝了几口汤，还唠唠叨叨地说这钱花得冤，在这儿吃一顿在家能吃三天了。第三天上午还要口试，我们又在旅店住了一晚。

口试不在教室里，天太热，在院子里摆了七八张小课桌，每桌后坐着一位老师，考生按准考证的号码顺序，被分别叫到桌前。老师看了我填写的报考表，很奇怪地问我，表格上只有奶奶、姑妈，为什么没填父母？一直以来这也是我的困惑呀，我曾经问过我奶奶，为什么总不见我爸、我妈？岂不知，这也是我奶奶和母亲（当时还叫姑妈）最忌讳的问题，我是买来的，不想叫我知道我的身世，奶奶便吓唬我说妈早死了，爸爸在外边打仗，是八路！还用手比画了个"八"字形，并严重警告我，不能向任何人说，说了就没命了。那是一九四七年的事，北平还在国民党的一片白色恐怖统治下，我当然不敢再问再说了。现在是解放区的天了，才敢说，可奶奶和姑妈都不再提这事了。老师也只点了点头，没再问。

十点多钟就没事了，老屁问我老师都问什么了，我学说了一遍，没想到老屁大惊失色道："不说了不说了，不许再说了，回去也不能说，跟你奶奶姑妈更不能说！"当时我还不懂，多年以后才知道，我母亲为了保密我的身世，府中上下全都嘱咐到了，谁也不许乱说，违者严惩不贷！所以老屁才这么紧张。怎么也想不到，为了这个身世之谜竟叫我们母子之间纠结了一辈子，留下了终生无法弥补的遗憾。

回到家，老屁把我送到母亲面前，说全须全尾儿没磕没碰，您瞧瞧，少爷考得不错。我说你怎么知道考得不错，他说少爷多聪明啊，小侠艾虎，考得肯定错不了。又"小五义"了他！当然，我报考了五个中学全都考上了，最终还是上了北京市立第五中学，可开学没多久，全北京的私立中学全都改成市立了。以后的考生也就再没有多校选择的机会了，一律统考市立。老屁把没花完的两块钱又还回来，母亲特别高兴，就把钱赏给了老屁，他也高兴得不得了，说：少爷懂事，以后有什么事就交给我办，准没错儿！在那么多孩子中，老屁跟我特别好，说我不像少爷，没有那些少爷的坏脾气坏毛病，一打起架来，不管我有理没理，他都向着我。也真是，我从没叫过他老屁，都叫他郑三爷或三爷。而且我也经常买了烤白薯喂大青儿。

一九五三年，大宅门解体，各房头各奔东西，每房头只留一两个用人，全都遣散了，郑老屁回了老家，日子一天天过，没人再想起他了。

七八年后三年困难的时候，老屁来了一回。我当时上大学住在学院没见到他，据母亲说他佝偻个身子老多了，带了一兜野酸枣来，那是他按北京人的老规矩不能空着手来，可那年月一兜野酸枣儿能救人一命啊。这一走，再无音信，我也只有写《大宅门》剧本的时候才想起他来，一个单纯、善良、勤俭、忠厚，却平平常常、普普通通的乡下人，谁还会想着他呢。

我们房头的两位小姐

那年,我八岁。在家族中我人小辈分大,常言道"萝卜虽小长到背(辈)儿上了",那没辙,连孙子辈儿在年龄上也要长我几岁。雯和芹是我们这个房头儿的两位如花似玉的娇小姐,已经是二十几岁的大姑娘了,见了我也不得不叫一声"小叔"。由于家族大,人口众多,且等级森严,我又是个外来户,作为养子无法和正牌的少爷小姐相比。我还住在大宅门外面,偶尔进宅门一次,极少能见到家族中的上层人物。

这年夏天,暑假,我的养母忽然传我进宅吃西瓜,仆人说是个很少见的无籽西瓜。我立即被打扮成长袍马褂、小帽盔、千层底儿鞋的小少爷,在仆人引导下七拐八弯到了上房院的东厢房。八仙桌上放着一个极漂亮的西洋搪瓷盆,里面盛满了碎冰块儿,中间镇着半个西瓜,上面插着一个精致的小银勺。仆人在一旁看着我将西瓜吃完,然后去上房向我的养母汇报。一会儿转回来告诉我可以走了,好好上学别贪玩儿。合着我除了西瓜谁也没见着。

仆人又引领我穿堂过室,到了二厅垂花门下,两个亭亭玉立的

左为小时候的芹小姐

小姐与我擦肩而过。突然她们叫住了我。这是我第一次看见雯姑娘和芹姑娘,她们是小大房的两位小姐,长得实在是好看,尤其是雯,可谓天生丽质。两人都穿着浅竹布的旗袍,身材修长。后来我才知道,这是我们四大房头儿里长得最漂亮的小姐。雯望着我问这是谁家的孩子?仆人答曰二太太的儿子。雯拉着芹的手说:"姐,这就是二太太买的那孩子。"芹说:"哟,咱俩还得管他叫叔呢。"两人极为好奇地看着我,说我长得好玩儿,又问我上学没有,在哪个学校,几年级,等等,我很局促地一一做了回答。

雯一边问我话一边不停地摸我的头、脸,揪揪我的耳朵,我感到很不自在。雯说这么热的天还长袍马褂你不热呀你?我说热,是奶奶非叫我穿的。雯笑了:这年头的学生哪儿还有穿这个的,叫你妈给你换身行头吧啊!忽然雯大叫:嘿!姐!你快摸他的耳朵,这么软和。芹忙伸手摸我的耳朵,俩姑娘一人揪住我一只耳朵,不住地揉搓。我从未经过这种阵势,这叫什么事儿啊!雯说真好玩儿,这么软和,男人耳朵软不好,长大了怕媳妇。两人哈哈大笑,仆人也站在一边笑。我有些不知所措,只觉得后背全叫汗湿透了。

后来她们又说了些什么我已听不清了,一回家便很气愤地将长袍马褂脱下扔在床上,并发誓永不再穿。这是一九四八年,北平就要解放了。

此后我与两位姑娘见面不多,但每次见面我都无可避免地要被她们揪住耳朵揉搓一番。我从开始的不自在慢慢竟感到了一种温馨。我喜欢这两位小姐。雯极有艺术天赋,她古琴弹得好,师承于查阜西、管平湖二位大师;二胡拉得好,师承于姜丰之先生;钢琴弹得也好，且有一副甜美的歌喉。

有一次她自弹自唱一曲歌剧的选段："风吹那个雪花满天飘……"我站在院中听得入了迷。她发现了我，叫我唱，她伴奏，我说我不会唱歌会唱戏，于是她找来二姑一起唱《二进宫》。她的青衣，二姑的老生，我的铜锤。她夸我嗓子好，有味儿，有机会一起票一出。但我后来成了北京东城颇有点儿名气的票友，经常粉墨登场票一出，再去找雯，她早已无心唱戏了，此乃后话。

我十二岁才正式走进这个大宅门，岂料两三年间，两位姑娘的命运已经起了地覆天翻的变化，往日的温馨爱抚已荡然无存。我见到的芹已是满面木然，两眼呆滞；而雯则变得乖戾孤僻、寡言少语。我上高中时候才知道了那惊心动魄的一幕，那是北平解放前夕的事。

可以想象，这样的门庭，这样的美人儿，当时求婚者之众真可说是踢破了门坎子。而芹却一个也看不上，她早看上了她二哥的一位大学同学。此人与二哥志趣相投、思想先进，使芹知道了外面还有另一个世界。

一九四六年，二哥为了逃避家庭的包办婚姻毅然出走，跟随这位同学一起参加了革命，而且入了党，直到北平解放才随解放大军入城。芹与那位同学再次相会而且私订了终身。那位同学没能在京停留，很快便随大军南下，两人相约书信往来。可这种事如何瞒得住，很快芹的母亲便知道了。这位母亲是大家族的长房长媳大奶奶，如何能允许自己的女儿嫁给一个共产党！于是，南方的来信突然中断了，芹不明就里，仍不停寄信，皆如石沉大海。

终于有一天，芹在翻找东西的时候，发现了立柜顶上的柜橱里有一堆全未拆封的信件，那正是南方的来信和她写给南方的信。芹惊呆了，她开始拆看南方来信，那最后一封也有半年了。信上非常遗憾地告诉她，他对这件婚事已不再抱任何希望，估计芹已变心，否则为什么在近一年时间竟无一封回信？他已另寻伴侣，且结婚了。芹揣着信去找爷爷，那是一个开明的老爷子。

芹不知为什么没有告状，却看见了爷爷卧室内挂在床头的一把三尺长的鬼头刀，那是爷爷年轻时练功用的。芹偷偷摘了刀走向母亲的卧室。大奶奶午休刚起，芹进门便举刀向母亲砍去。大奶奶吓坏了，她躲开了刀向门外奔去；芹追去，大奶奶号叫着在院里、廊子上乱奔。芹举着刀紧追不舍，仆人们站了一院子没一个人敢上前阻拦。爷爷闻声出来，老爷子练过功，他拦腰抱住芹夺下了刀。从此芹疯了……

芹被送进了精神病院，人们埋怨大奶奶，大奶奶解释把信留下来，是为了芹好。此事对雯的影响是人们始料未及的，她坚决站在芹一边，从此对母亲十分仇视。当时也正在给她说亲，由于大宅门十分封闭，即便解放了，也还是针插不进，水泼不进。姑娘们很少与外界接触，自由择偶几乎是不可能的。雯说，她在婚姻问题上决不听从母亲的安排，除非她母亲死了，她绝不嫁人！

大家都以为这只不过是一句气话，谁知此后的四十多年，大奶奶竟活到了九十多岁，而雯七十一岁而终，竟然终生未嫁。

雯不再是过去那个开朗文静、说说笑笑的小姑娘了，目光中总是充满了一种警惕和仇恨，无论对谁。人学会爱很难，可学会仇恨真是轻而易举。也很少再听到雯的歌声了，她有时把自己关在屋内弹琴，没完没了，可不管弹什么曲子都让人听出一种凄凉。她不再揉搓我的耳朵，经常用一种鄙视的傲岸的眼光审视我。她变得很任性，很自私，好在我已上中学，早出晚归，与她很少照面。

一九五三年，这个大家族终于支撑不住了。分家！各房头各买各宅，各立门户。我和老爷子及养母迁到东华门，大奶奶一家则搬去锣鼓巷。那次搬迁跟鬼子进村差不多，三光政策寸物必争，以雯最积极。我对金银珠宝不感兴趣，只在仓库里看到了一把琵琶，我喜欢乐器，便向母亲提出了要这把琵琶。不料被雯断然拒绝，话也说得很难听："且轮不着你挑呢！占便宜占到我这儿来了！"我是个自尊心很强的人，这件事（当然还有许许多多的事）对我刺激很大。

除了雯给我留下了极恶劣的印象以外，我更明白了我自己的身份、地位，我立誓发愤读书，必要功成名就。我深知靠祖宗吃饭是没出息的，我视这些少爷小姐如粪土一般。

分家后见面更少，老爷子八十大寿在东华门很热闹了一番，宾客盈门。雯来了，居然芹也来了。芹已经出院。雯依然美丽，芹却胖了一大圈儿，是一种病态的胖，显得臃肿。芹居然还记得我的耳朵，又亲热地揉搓起来，不住地说怕媳妇，怕媳妇！雯却冷眼旁观，显然对我的耳朵已毫无兴趣了。我小心翼翼地和芹聊了一会儿，感到她精神已很正常，我问母亲芹怎么还不嫁人？母亲说没人敢要，万一再犯了精神病呢！我说不会吧，看起来挺好的。

谁知酒宴散后芹又开始两眼发直。她不走，非要在堂屋的大圆桌上睡觉。大家知道她又犯病了，可能是因为喝了一些酒。仆人拿来被褥铺在圆桌上，谨小慎微地哄她睡觉。她刚一躺下，忽然又坐起说她看见鬼了，她指着黑漆漆的院里说："看！那不是来了。女鬼！还吐着舌头，是个吊死鬼。这儿是一所凶宅，当年一个丫头在这屋里吊死了。怎么？你们看不见？"她说得大家都毛骨悚然，直到凌晨三点多钟，她大概是真累了，倒头便睡着了。

一九五九年我考上了电影学院导演系，又入了团，我在家中的地位突然发生了巨变。家中的少爷小姐们大多吃祖宗饭赋闲在家，似我这样在学业、政治上双进取的人可谓很有出息的了，用那帮爷的话来说："行啊，宝爷，大学生还在党了！"雯的态度尤其变化大，一次在饭桌上她拉着我的手说："我从小就想演电影。我看了那么多美国片子，那些我都能演。你现在是电影导演了，将来拍电影你得想着我。"我一直想，雯若早年步入电影界一定会成为一个好演员，她太有艺术天赋了，那天还逼着我和她一起唱了一段《武家坡》。可她毕竟已是三十多岁的女人了，尽管看上去像二十五六岁，但她真正的青春时光已经逝去了，这些年在她面前没一个人敢提她的婚姻之事。

这是走进了一个什么样的死胡同？真令人费解！可不久我便得到了芹已嫁人的消息，男方七十岁，政协委员。一个星期天，这一对老夫少妻来拜爷爷，两人一进门就给爷爷磕头道喜。七十岁的老人费了半天劲儿才在芹的帮助下站了起来。又转过身给我这个小叔叔磕头,我忙一把将老者抱住死活没叫他磕,自始至终站在旁边的人包括仆人们都在偷偷地笑。我只见芹满面生辉,春风得意,看来是婚姻美满。我想,只要芹高兴,这婚姻就是十全十美。我祝福她,我和母亲都给了他们一个大大的红包。这时的芹已快四十岁了,婚后她度过了一生中最美好的四年。

一九六三年夏,我正在学院上课,家里来电话叫我立即回去:老爷子去世了,死在了协和医院。我立即赶回家,进大门很远就听见了吵闹声,过了两层院进了垂花门才听清那是雯在大吵大闹,矛头指向我母亲。什么老爷子的钱都上哪儿去了?什么上上下下没一个好东西!为什么灵堂布置得这么简陋?这供果是从哪个小摊儿上拣来的……我走进堂屋,已经站满了一屋子奔丧的人,只见雯正边骂边往八仙桌上系桌围。几乎一句一个"他妈的",完全没了小姐的样儿。

我母亲坐在东里间的书案前面无表情冷眼看着,一言不发。雯突然发现了我,先是一愣,随即大吵大闹变成了嘟嘟囔囔。不一会儿雯又将几个房头管事的人叫到了院里悄声嘀咕着什么。我心里明白,都在琢磨老爷子那些遗产呢!我请示母亲是否给堂房的二哥打个电话叫他来,二哥当时是北京市副市长,在这个家族中是第一权威。

母亲没有表态,我心领神会便到小客房去打电话,二哥答应马上就来。我放下电话忽然芹走了进来,由于人太多我一直没发现她在什么地方。芹一脸祥和之气悄悄问我:"宝叔,生气啦?"我说:

"无所谓，大家族的事历来如此，无非是钩心斗角争权夺利，我早已看惯了。"芹说："你甭理她，我妹妹就那脾气，浑！让她闹去，姑奶奶闹丧棚也是在论的。"我说："两位真姑奶奶还没说话呢，哪儿就轮到她了？她还没出嫁呢，哪儿跟哪儿她就姑奶奶了！"芹笑了："按旗理姑娘不都叫姑奶奶吗？"我说："到此为止，你告诉雯，假如她再敢越出一步我不客气。"芹叫我消消气，为了雯气坏了身子不值得。我从心底里感到芹是一个太善良的女人。

很快二哥来了，局面大为改观，一屋子人鸦雀无声听他训话。他说困难时期刚过，丧事一切从简，不可铺张，注意影响，不管有什么意见等办完丧事大伙坐下来再商议。老爷子尸骨未寒，你们就有心思吵闹吗？先送老爷子平安入土才能表现出大伙儿的一片孝心。果然，风波暂时平息了，直到嘉兴寺开吊、福田公墓安葬均相安无事。

二哥特意把我叫到一边，问我这些日子怎么样？雯还闹吗？我说没有。

无论如何，老爷子的去世雯是真动了感情真伤心了。几十年来，在老爷子面前雯是最受宠的一个。我们吃饭都各在各的房头吃，只有雯经常被老爷子叫去陪他吃饭，每次出门下馆子也总是叫她一起出去，有了什么矛盾冲突，老爷子也总是护着她。她在家中地位显赫，没人敢惹，这也使她从小养成了桀骜不驯的性格。

丧事一完，雯立即牵头与几个房头联名列出了我母亲的所谓"十大罪状"，说穿了就是要钱，大有办个学习班说说清楚之势。我母亲是个绝顶聪慧的人，早有准备。她以大局为重，息事宁人，将家产列出清单各房平均分配。那些日子我真开了眼，分钱是自然的了，分物实在壮观。先分字画，字画分等级摆得铺天盖地——齐白石、陈半丁的画都没人要——桌上桌下床上地下摆得无下脚处。每房按数协商分配。再分扇子，又是分等级摆得铺天盖地。接着是玉器、砚台、鼻烟壶、字帖、毛皮、料子。整整三天三夜，门前车水马龙，我没发现一个人面有倦色。树倒猢狲散，此之谓也。

其实大家图什么呢？不过三年，"文化大革命"来也，家家抄了个精光。我这一辈儿的爷，打死的打死，自杀的自杀，全军覆没；少爷小姐们被驱赶下乡；落得个白茫茫大地一片真干净。

我有幸在一九六五年便入了大狱，一九六九年"戴帽儿"释放，总算活着过来了。我悄悄到各家探访了一番，大多已人去楼空无迹可寻。

雯侥幸留在了城里，因为要照顾七十岁的老母。据说在这段患难的日子里，母女两人相依为命前嫌尽释。看来患难比安乐好，人情人性都恢复了。而芹却很惨，她的老丈夫在"文革"初期便被斗死，她自己则被赶到乡下，在大兴县（今大兴区）某村嫁给了一个农民，因为她根本无法自食其力。那是个叫天天不应叫地地不灵的时代啊！奈何？她总得活！

此后我又下干校接受监督劳动四年，又被发配广西控制使用，"帽子"拿在群众手中，几乎与家里断了联系。打倒"四人帮"以后，我逐渐听到了落实政策的消息，发还抄家物资和存款。

落实最早的是雯家，先还了存款十一万余元。这在一九七八年是何等巨大的天文数字。此消息不胫而走，惊动了还在乡下"偷生"的芹，这个受尽凌辱和苦难仍处在饥寒交迫中的大宅门出身的小姐，终于找回娘家要求母亲和妹妹周济于她，但遭到拒绝！芹赖着不走，从日出进城到日落黄昏，雯一口咬定你已嫁出两回，你有你的家，这笔财产你无权拿去一分一文！十一万哪！拿出一两千也足以使芹感激涕零，雯不！最后是出于怜悯还是手足之情，还是怕她赖着不走？雯终于拿出五块钱扔给芹，叫芹快走。芹绝望了，拿了五块钱走出娘家。在街上买了一把菜刀藏在身上又转回了娘家。钱！这个可爱又可恨的怪物，竟能如此残酷地戏弄芸芸众生，一提起来就让人的心发抖……芹说天晚了回不去了，要住一夜，母亲与雯都很无奈，只好任她去。

入夜，母亲在东里间安歇，雯在西里间睡卧，芹关上了门将八仙桌推到门口顶住，便在桌上和衣而卧。大概凌晨两点，芹起身持刀先进了西里间。雯只觉得头上一阵冰凉惊醒了，摸了摸头，手上湿乎乎的。开了灯，只见芹的身影冲出屋奔向东里间，再看自己的手沾满了鲜血，雯这才感到自己被刀砍了。突然东里间传来母亲凄厉的嘶喊，雯冲下床奔向东里间，见芹正挥刀一下下砍她的母亲。雯大声号叫着冲到堂屋搬开八仙桌开门呼救，街坊邻居闻声赶来，不一会儿居委会、派出所的人都来了。芹两眼发直地坐在地上。人们忙将雯母女送往医院，将芹送进了拘留所。几天后，芹死在了拘留所。

这真是一段说不清的家庭公案，姐妹、母女、亲情、金钱、社会、环境、恩怨、历史……复合交叉混在一起，全都扭曲变形，真的不可救药了吗？我母亲感慨万分地说："这一刀又还上了，三十年前芹那一鬼头刀没有砍成，这回又算补上了。"雯出院后，额头上留下了一个刀疤，她有意将头发向下梳将额头盖住，她虽已五十多岁但依然美丽如昔。她的母亲也奇迹般地活了过来，然而精神却大不如前。

我母亲没有赶上落实政策，一九七八年辞世而去，遗产当然落实到我的头上。当街道办事处通知我来京办理继承手续时，同时通知我还要先打官司。雯纠集了三个小房头群诉，告我根本无继承权。这场官司雯始终不出面，而指使她的表兄弟出面与我展开了旷日持久的拉锯战。

我不愿打官司，尤其是为了钱，更何况一家人对簿公堂又伤和气又丢脸，同时我正在筹备一部新片的拍摄，根本没时间也没精力打官司。我越这样说，他们越觉得我不敢打这场官司；我当然知道，这官司若打，我准赢。但我仍提出私下和解方案：我继承一半，剩下一半由他们几家去分。他们说要回去请示雯，当晚便告诉我雯坚决反对，遗产只能由他们继承，至于给我多少则由他们说了算，实在是欺人太甚！而且又从某些亲戚那儿传来消息，说雯骂我是野种，要饭的"下三滥"！我也没什么好生气的，对这个大家族来说，我当然是"野种"——我有生母——可不管我是什么东西，我仍是我母亲的唯一合法继承人，这也是无可改变的事实。于是我决定反击，打这场艰难的官司！说艰难，因为很多因素对我不利：雯有钱，十一万在手大可疯狂地走"后门"；再者他们有许多社会关系，某位领导竟给法院写条子，叫给他们"落实政策"。可他们完全没有估计到一九八〇年那正是恢复法治之年，区法院十分重视此案，这也成了当时区里、市里关注的第一大案。

雯太小看我了，她太缺乏法律的基本常识了。经过我和我一帮哥们儿的精心安排策划，我写了反诉状，法院立即接受了。在长期的法庭调查期间我逐渐占了上风。

开庭前夕，他们感到形势不妙，雯找她的代理人与我谈判，说官司不打了，都是一家人何必呢！并同意我原先的方案，我分一半，他们拿一半。我说晚了，一只脚进了法院，那只脚也只能跟进去。我叫他转告雯：她是个不见棺材不落泪、不到黄河不死心的人，我一定叫她到黄河、见棺材！开庭之日我要与雯对簿公堂。但开庭之日雯没有来，一堂庭审下来我获全胜。许多细节由于种种原因不便在此描述，那是太好玩儿太好玩儿了！那天参与旁听的人竟达二三百人之多。人大法律系的学生竟然停课半天参与旁听。

雯等不服，第十日提出上诉，他们动真格的了。雯请了一位当时正在走红的律师，每出一庭六百元。她有钱哪！我傻了，我是穷光蛋，只能孤军奋战。

中院开庭那天门口挂了布告牌，法院全院停止办公半天，旁听我与某律师法庭辩论。我很紧张，我对法律条文一窍不通。开庭时间推迟，我在外面等了约一个小时。天冷风大，我看到对方人马到了，却仍不见雯。当走进法庭时我愣住了，竟无一人旁听。审判长宣布，由于某种特殊的原因，某律师不能出庭。结果我终于以"唯一合法继承人"的结论继承了全部遗产。

后来雯要约我见面，我拒绝了，我永远不想再见她。没想到十几年后，雯和他们小房头为了房产又打上了法庭。我正在北京拍戏，被法院传唤到庭。庭里黑压压挤满了一屋子人，我除了雯等几个熟面孔外其余一概不认识，一报名才知已是老爷子的第四代、第五代传人了。我成了辈分最大的长者。我劝大家都不要争，包括我自己在内，几十间房大家平分。法院裁定，半小时便解决了。

我与雯一起走出法院，我已经二十多年未见她了。雯老了，她母亲已去世了，她也是快七十岁的人了，头发花白，脸上布满了细细的皱纹，但皮肤仍然细腻，身材仍然苗条，气质仍然优雅。她说我拍的许多电影电视剧她都看过，还不住地说好。我提起一九八〇年的官司，她说与她无关。我说全是你在幕后指使的，她坚决否认，说她有了十一万和无数其他的财产，干吗要跟我打官司？是那几个小房头撺掇她打，她只是应付，否则为什么一庭都没出？她约我去家里玩儿，我答应了，但一直抽不出时间。

一九九四年我在白洋淀拍一部新片，居然一连三天接到雯的电话叫我与她联系。我在野外拍戏都未接到，是通过县委宣传部转来的，难为她怎么找到的我。直到回京才与她联系，原来是她的一个外甥女婿想上戏叫我照应，我答应了。

戏直拍到一九九五年初，春节我和我太太在她外甥女和女婿的陪同下一起去看她，这是我第一次走进她的家门。我太太特意买了一个大花篮送给她，卡片上面写着：祝雯永远年轻、美丽。看得出雯很激动，似乎还有些紧张，给我倒水的时候两手在发抖。我心中油然升起一种莫名的情感，我知道她的晚年过得很孤独，来看她的人很多，大多心怀叵测。

雯只身一人家财万贯，人已暮年，万一撒手人寰，那遗产是可观的。她也知道，在众多来访者中唯一没有私心杂念的就是我。我是她唯一由衷欢迎的客人。这个家族尽管与我无任何血缘关系，毕竟养育了我二十多年。我对雯的爷爷、也是我的养父始终充满了敬佩和亲情。老爷子辉煌的一生、完美的人格始终影响着我的全部生活、事业，是我一生的楷模。

雯毕竟是他的亲孙女，这是一种说不太清楚的情感，我愿在雯的晚年给她增加一些情趣，消除她一些孤独。她居然还记得小时候揪我的耳朵。她说，现在你是大导演了，耳朵是不能再揪的了。我陪她打了八圈麻将，吃了便饭。隔天她又请我去东四十条得利居吃饭。那是一家两姐妹开的店，菜不错。初五，我又请雯到我家搓麻吃饭。据她外甥女说，这么多年，这是雯过得最愉快的一个春节。

第二年春天便传来很不好的消息，雯患了肺癌。我去看她，由于化疗头发已脱光，戴了一个假发和线帽子。我安慰她，告诉她西直门新开了一家谭家菜，等她病好了一起去吃"黄焖翅子"，她说她现在就想吃。那天是她得病以来精神最好的一天，我扶她起床在屋里慢走。我说你当年还想演电影，现在不想了吧？她说想，以后有什么老太太的角色至少让她在银幕上露一下留个纪念，我说太没问题了，留个永久纪念嘛。这个纪念终于没有留成。八月份我去天津拍戏，回京时便得到雯已去世的消息。据她的外甥女说，临死前她还问宝昌什么时候回来。

我和老年雯小姐

雯走了，一个终生未嫁的七十一岁的老姑娘……

一九九八年春节正月初五晚上，我与大房头的几位亲戚聚会。我们年龄相仿，但只有我是长辈，在座的都是雯和芹的堂房弟、妹。席间谈起雯和芹，大家感慨一番。谈起雯的丧事，居然也还有十几二十人参加，为了遗产的事，据说又差点儿闹到公堂上，至今也不知是怎样了断的。谈起芹，则着实叫我吃惊不小。

半个世纪的谜终于在雯去世前揭开。雯患癌症后，有一天，突然一位美国客人来访，自称是芹的儿子，父亲就是我在前面所说的那位八路军干部。由于当年事情诡秘，大家并不了解详情。这位不速之客也着实叫雯吃了一惊。我想雯不会把芹当年要遗产，她只给五元钱，芹用菜刀砍她死在拘留所的事讲给这位天外来客听。

客人说出当年的真相：他父亲并非解放军，实乃国民党的一个官员，随军逃到南京，又转去台湾，且并不知芹已怀孕。这就难怪芹拿起鬼头刀追得她母亲满院乱跑了。此后芹突然神秘失踪了近八九个月。她确实进了精神病院，但出院后便去向不明，这一直是人们几十年来猜测不出也意想不到的。

据这位客人说，芹在外地生了他，并抱着他去了台湾，演绎了一出千里寻夫的悲剧。结果因其夫已再婚，芹无奈，扔下孩子返回了大陆。这位客人在父亲死后侨居美国，而且几十年来日夜思念他的母亲，这个半个世纪未见过面的芹。

真是天方夜谭，芹忍受了怎样的痛苦与折磨！于今，她的儿子又演绎了一幕千里寻母的悲剧。这个终于没能见到母亲一面的儿子便把雯当作亲人奉敬，在京时陪雯看病，多方照应，返美后依然寄钱，助雯医疗。他把对母亲的思念与爱全寄托在了自己的小姨身上。

此事雯只对她的堂妹一人讲了，从未对我提过一字。雯是怎样想的？芹若有灵，九泉之下又当做何感想？

剪不断，理还乱。郁郁累累，悲歌当泣！

共产党人于华

共产党人于华，我的恩师田风教授的夫人，我的师娘。

恩师去世之前，我只见过师娘两三次，甚至没说过几句话，只是见面的时候礼貌地打个招呼。恩师遇难后的十六年里我由于一直是"反革命"的身份，更无颜也不可能去见师娘。直到一九七九年为田风恩师平反，我专门请假从广西赶来北京，才又见到师娘。

那天，冬天刚过，春天还没到，北京又干又冷。去师娘家的路上我特别紧张，不知如何面对。是我导致了当年的这场大灾难，这笔孽债我偿还不了，也无法偿还。在情感上，我多年来不只是内疚、自责、愧悔，而是一直处于绝望、无助、无所适从、无可皈依的惶惑之中。对于"平反"我真的高兴不起来，失去的永远失去了。当我走进师娘家的客厅，师娘已经站在客厅中间了，刚一见面招呼还没打，师娘突然转身进了卧室，我一路的紧张这时到了极点，脑瓜子"轰"的一下，人也木了。师娘女儿告诉我，师娘是去吃药。十六年前田老师遇难当天噩耗传来，师娘当场晕倒，至此得了癫痫病。此后只要有精神刺激，情绪激动，便要发病，常年准备了镇静药，以备不时之需。我真的形容不出来我当时的感受，一种深深的罪恶感涌上来，写到这儿我还是止不住……流泪……先放一放……

师娘脸色苍白地走了出来，很平静，没有斥责，没有怨恨，详细讲述了这两年来为恩师平反的经过，并同时也要为我们这一批被冤屈的学生们平反。最后师娘说，你们要努力学习，为党好好工作，做出成绩，为田老师争气。一直到走我始终都低着头，不敢正视师娘。撕心裂肺的痛咬咬牙就过去了，像斩首；隐隐的痛你驱除不掉，像剐刑，伴你一生。

一九七九年四月二十四日，在八宝山革命公墓为田风恩师举办了骨灰安放仪式。骨灰盒里是没有骨灰的，只象征性地在里面放了田老师的两件内衣。骨灰早已被当年的红卫兵扬尽，他们从八宝山公墓把骨灰盒拿回学院，在电影学院的操场上对骨灰盒开批斗会，旁边站着师娘陪斗。我见过砸了骨灰盒又扬了骨灰的混账小子。说起这件事，他绘声绘色，像说书一样，我就坐在他旁边，他不知道我和田风恩师的关系。在骨灰盒安放仪式上，我还看到了曾经迫害过田老师、制造了惨案的"师长们"，依然高官厚禄，活得红光满面。在仪式上，田风众多的学生跪在灵前，哭倒在地，灵堂里哭声一片。据公墓管理人员说，八宝山这两年从没有这么忙过，为屈死的人平反的活动排大队安排不过来，但还没见过这么多人这么哭的。在仪式上，中央领导胡耀邦敬献了花圈。

为了这次平反安放仪式，也为了给我们一帮十几个学生平反，两年多来，师娘四处奔波，上下走访，历尽艰辛，终于还了田风恩师一个清白。田风——北京电影学院师长队列中最闪亮的一颗星。

我与妻盟誓，今生今世唯师娘之命是从，如亲生母亲一样孝顺终生，不得有丝毫违拗。我们规定每年凡师娘寿诞（十二月三十一日）、元旦、大年初一、元宵、端午、中秋、重阳必须与师娘一起过。自从我一九九〇年回京以后一直到二〇一五年师娘去世，除了出差在外，二十五年，始终如一，风雨无阻。即便如此，我的愧疚之心、之情也始终压得我无法解脱，叫我难以自拔。师娘在最艰难的十六年的日子里，我都不曾在您身边。我这个受到田老师恩惠最多的学生，十六年的"反革命"身份，只是给师娘带来了灾难和耻辱。

十六年中，师娘以一己之力撑起七口之家，将三个幼小的女儿培养成才，生活之艰难，可想而知，在不断的受迫害中，仍坚持一心一意为党工作。

于华，坚强的共产党人，伟大的母亲。

于华，一九二八年出生在一个贫农的家庭中，十六岁参加革命，十七岁入党，一九四七年底与田风结婚。婚后，由于田风是个工作狂，很少顾到家庭。田风调到北京工作以后，两个人更是聚少离多，一年有一个月在一起就不错了。更有甚者，当年师娘生大女儿的时候，田风忙于工作，竟三天没露面，于华自己一个人去的医院产房。您是真怒了，居然提出离婚。又爱又恨，爱得无奈，恨得也很无奈，他们没有私利可图，都是为了党的工作。

田风始终觉得对不起家人，他的三个女儿说："他们（指学生们）同父亲在一起的时间和父亲对他们的教诲远远超过了我们，父亲就是这样，把所有的心血和爱都倾撒给他热爱的事业和他的学生

一九六〇年，田风、于华夫妻在大连

同事们……"在田风受迫害去世以后，于华和孩子们也被红卫兵揪斗，成了"反革命"的"黑帮家属"，那不是人过的日子。

其实让我真正佩服老师和师娘的，还不是他们忍受了多少苦难。

田风在一九四九年以后，为了筹建"旅大文工团"，捐出了家中遗留的全部金银首饰，为组建管弦乐队购置了全部乐器，组织起了东北地区第一支大型的西洋管弦乐队，而且向当地政府交出他家在北京、上海、天津、广州等地的全部洋行股份。田风出身地主，连他自己都说不清捐出了多少财产。当组织上让于华留个金戒指做纪念，他都坚决不干，全部交给了政府。作为共产党人，他们心中从无自己。田风背叛了自己的家庭，放弃了日本留学的学业，毅然回国参加了八路军。一九四六年，十八岁的于华跟着党组织从安东转移到大连，也是出生入死，从未退缩。做梦也想不到的是田风于一九五〇年和一九六四年两次被整肃，第一次被批斗的罪名居然是"搞西洋乐队，追求大、洋、古的资产阶级文艺路线，背叛了毛泽东'延安文艺座谈会讲话'精神"。第二次则更荒唐，田风居然成了"反革命集团"（我们导演系五九班八个学生被定为"反革命集团"）的黑后台，这些完全无中生有捏造出的所谓罪行，最终导致了田风含恨离世。

我与田风作为师生相处的五年中，以及与于华师娘交往的二十多年中，没有听到过他们一声埋怨、一声牢骚、一句不满，他们始终保持着共产党人的坚强信念、对革命事业的无限忠诚。我做不到，我没有这样的心胸，也没有这样的气量，说穿了是没有他们如磐石般的信仰。当我的信仰破灭过一次以后，支离破碎得无论如何再也拿不起个儿来。几十年前的事有时候想起来依然耿耿于怀，对于迫害我的人依然不肯原谅。

八十年代改革开放，各种思潮洪水般地涌进国门，我经常会发一些奇谈怪论。有一次师娘十分严厉地，几乎是有些愤怒地和我说："宝昌，现在开放了，你们有机会接触到各种各样的言论，你们要认真思考，很多言论会给你们造成很坏的影响，这是很危险的。没有不犯错误的人，也没有不犯错误的政党，我们在改正，你们为什么不向前看？你受过迫害心里有委屈，这很可以理解，大家都是这么过来的，你人还在，还有大半生的路要走。可我的人不在了，你还委屈得过我吗？可我几十年还在为党工作，你们田老师被整成那个样，也没说过一句怨言，直到他走的那一天，他想的也是没有做过一件对不起党的事，他记挂的还是你们这些被冤枉了的学生，自己没尽到责任，对不起党。你整天活在抱抱怨怨的心态里，还能做什么大事？……"在与师娘几十年的交往中，只有这一次，唯一的一次，愠如此严厉地可以说是训斥了我。

师娘从十六岁参加革命到八十六岁去世，在这七十年的革命生涯中，无论处于何等艰难困苦的境地，始终坚持着自己心中最纯洁、最高尚的人生理想。我做不到。我至今八十岁了，我仍做不到。我坚信斯大林的那句话，"共产党人是特殊材料制成的"。那一代的共产党人啊……

在一次纪念田风去世的座谈会上，电影学院有位教授在发言中也说过："像田风老师那样全心全意毫无保留地把自己的全部心血都用在学生身上，我做不到。尽管我知道那是作为教师的最崇高的境界。"这话说得我十分感动,他说了真话。这种真话,这种真诚,就值得夸赞学习,太多的虚伪充斥着教育界。当你认识到你"做不到"的时候,正说明了你想去做。

二〇〇八年十二月三十一日,我们为师娘举行了八十大寿庆典,包了一个酒楼的整个二层。酒楼老板对师娘极其崇敬,他知道于华师娘喜吃海鲜,特聘了另一个酒楼的特级海鲜厨师来做菜,且坚决不收费。这当然不行。他得知师娘爱玩麻将,还专门辟了一个单间,做麻将室,只要师娘高兴随时可以来。师娘只来过一次,觉得不能这样搞特殊化,再也不来了。其实不过是晚辈的一些孝心。我也在我的公司里专辟了一间麻将室,专买了一个自动麻将桌,只要师娘高兴就来我这里玩。打完麻将,我随便做几个菜,师娘会吃得很高兴。

八十大寿那天来的人真多,您两个在美国工作的女儿也带着丈夫儿子赶了回来。除家属子女外,老学生老部下都来了。师娘神采奕奕,精神矍铄,脸上没有一点皱纹,看上去顶多也就六十岁。我那一年也六十八岁了,为了师娘高兴,我特意表演了两个滑稽节目,师娘乐得不行,夸奖我得田老师真传,会表演。后来我只要做出一点成绩,师娘见到了都要夸我,"你给田老师争了气"。那天吃完寿宴以后又跳舞,我和师娘跳了三个曲子,后面就轮不上我了,排队等候的人太多了。

转过年来师娘的身体越来越不好,好像突然就变老了,成了医院的常客。首先是心脏不好,决定安起搏器,师娘住进了北京医院,手术期正好赶上春节。我和妻年三十的下午就到了医院。晚上，我们去新侨饭店买了几个师娘喜欢吃的菜，带回病房一起过了个除夕。一起听了"春晚"的午夜钟声。第二天下午又来拜年，一起过大年初一。此后情况并未好转，有一天您在家里的卫生间突然晕倒，头撞到了暖气片上晕了过去，这太危险了。关键是家里没人，师娘多年来坚持不请保姆，您不习惯别人伺候，可万一出了事都没人知道怎么行？女儿劝您请个保姆，您坚决不干，只好求我去说服师娘，说老太太最听你的话。我说了，仍不行。一连三天晓以利害，师娘才勉强答应。小保姆非常尽责，不是主仆、上下级的关系，是对待自己的亲祖母一样，保姆说她工作过很多家，最亲切、最善良、最尊重她的就是师娘了。就这样，身体好好坏坏地过了几年。二〇一四年重阳节，我去看望师娘，您很不好，走路已经困难了。临走时师娘一定要送我们出门，怎么拦都不行，以前每次都要送到电梯口，这次刚送到屋门口就小便失禁了。我忍着眼泪不掉下来，与妻匆忙离开了，这太让人揪心了。

最难忘二〇一四年春节。大年初一，从下午开始，下起了小雪，是那种颗粒状的小雪，加上小西北风打在脸上"嗖嗖"的，那是整个冬天最冷的一天。我开车去师娘家拜年，师娘已经提前半个多月定了晋阳饭庄的一个单间，两个女儿和外孙都来了。从前年开始，师娘已经只能坐在轮椅上活动了，连麻将都搓不了。聊到五点多钟，师娘招呼启程去"晋阳"吃饭，这怎么行？外面还在下小雪，师娘的身体状况是绝对不允许外出的。我说不出去了，家里随便吃点就成了。但师娘坚持，特别固执地坚持。我们想了各种办法，穿什么戴什么，将棉被盖在轮椅上，仍觉得不行。单从楼门口到停车位，这段路都很艰难，太冷了，吃不消的。我终于比师娘还更坚决地提出反对，说我去"晋阳"把菜买回来在家里吃，不出门了。师娘急了，说绝对不行，一定要去。我忽然明白了，我说，师娘，我明白您的意思了，您今天就是想自己掏腰包，请我们吃一顿过大年，不想让我们抢着交钱。师娘一下子就笑了，说还是宝昌懂我，这些年你们总是抢着付钱，我又抢不过你们，今天绝对不行。我说这样好不好？我们去"晋阳"买一桌菜打包回来在家吃。我开个发票，咱们实报实销，您少给一分钱都不行，今天您这顿年饭我们是吃定了。师娘立即眉开眼笑，说好好，太好了！于是我和妻开车去"晋阳"点了一大桌菜，等了一个多钟头，回到家逐个热一下，欢天喜地吃了这顿年饭，而且师娘给我报销了发票，一分钱都没少。回来的路上我和妻都知道，这恐怕是我们和师娘吃的最后一顿年饭了。我想师娘心里也是明白的。

节后不久，师娘再住院，也从此再没走出医院。您在八月中旬写下了遗嘱，只开出了一个十几人的至亲好友参加追悼会的名单，丧事要一切从简。师娘是部级领导，可您拒绝最昂贵的名药，说不能给国家增加负担。

九月底再去看师娘时您已处于昏迷状态。我握住师娘的手，您女儿大声喊着，宝昌来看您了！师娘的手一下子握紧了，一直不松开。显然您还有意识，只是不能说话了。妻忙上忙下找医院领导、老熟人去筹备后事了。我冲上阳台，一个人坐了有一个小时，任由眼泪胡乱地流着，就这么着……走了吗？

谢铁俪（右）给于华（左）颁"最佳情感爱心奖"

一九九三年师娘要为田风出一本纪念册，纪念田风逝世三十周年。在师娘家我们讨论了一下午，到了晚上吃个便饭，随便做了几个菜摆好桌。六个人为什么摆了七个酒杯，谁也没注意，全部倒满了啤酒，就端起了酒杯，还没送到嘴边，桌上多余的一杯啤酒突然爆炸了，而且是粉碎性爆炸。酒洒了一桌，玻璃碴儿溅到满满的一桌菜上。大家都傻了，太奇异了。六个人惊愕地互相望着，说不出话来。一个女同学说："田老师显灵了。"

经过两年多的努力，师娘四处奔波，费尽心血，一九九五年组织出版了一本纪念册《忆田风》，几十位知名的作家、艺术家和受过田风教导的学生，都写了回忆纪念文章。由于华本人和田风学生们集资出版，寄托了您对人生的伴侣、革命路上的战友深深的敬意和爱意。

您从来不提及个人的苦难，在最艰难的岁月，您没向组织上伸过手，没向朋友们求过助，您说不能给单位添麻烦，硬是挣扎着扛过来了。二〇〇二年电影学院召开了"第四代电影导演研讨会"，第四代几乎全是田风的学生，于是为田风的夫人于华颁发了"最佳情感爱心奖"。

二〇〇三年正是"非典"猖獗的时候，赶上师娘为田风老师在八宝山修墓立碑。电影学院副院长侯克明和我们三个学生戴着大口罩，陪师娘一起举行了立碑仪式。

二〇〇七年受南方老朋友和老部下的热情邀请，师娘要去浙江一游。师娘说了一句："宝昌，你要一块去得多好。"于是我和妻放下了手头的一切工作，随师娘出发了。先到了上海。师娘退休前，是中国盐业总公司副总经理，您的部下遍布江南，都已身居要职，从上海到周边的小镇，到绍兴、杭州一路之上，用"火热"二字形容毫不为过，他们诉说着老领导的人品、才能、魄力、对下属无微不至的关怀，如数家珍。更有上海电影演员剧团团长佟瑞欣从头至尾的陪同，没人不知道电影学院田风的大名。佟团长请我们去上海新天地吃饭，师娘一定要自己请客，否则不参加了。佟瑞欣只好答应，吃完一结账太吓人了。师娘不是个抠门、小气、舍不得花钱的人，可您历来反对大吃大喝的不正之风，于是佟团长悄悄地叫柜台开了两张发票，拿出一张叫师娘付账，两百多元。出了门以后，师娘觉得不对了，说这么讲究的餐厅，这么好的菜，怎么才二百多？骗我吧？佟团长忙说，这怎么骗？发票总不会假的吧。师娘半信半疑地没再说什么。回京时，妻为师娘买的机票是头等舱，师娘生气了，为什么头等舱？去换，换普通舱。妻坚持说换不了，没票了。等到了机场，送行的人很多，而且每个人都备了一份礼物。师娘又生气了，送什么礼？拿回去，什么作风？！无论大家怎么哀求、说服都没用，竟把所有礼物扔在安检口外上飞机了。一上飞机师娘就找空姐要求把座位换到普通舱，亏得妻先打了招呼，空姐说对不起，普通舱坐满了，师娘这才委委屈屈地坐进头等舱。

　　二〇一二年九月，北京电影学院召开了田风老师诞辰一百周年纪念会。我推着坐轮椅的师娘进了会场，并由几个人将师娘抬上了舞台。师娘讲了话，您对学院颁发给田风"新中国电影教育开拓者奖"表示衷心的感谢。您觉得这是党对田风所做出的功绩的肯定，是田风最大的荣耀。

在纪念会上，中国电影博物馆宣布在馆内专门为田风老师设了一块展台。一九六二年当田风恩师五十大寿时，我送了一方大端砚给老师，三天后田老师转送给了大画家王式廓。所以师娘在去世前要留给我一个纪念品，就把田老师用过的一块砚台送给了我留作纪念。我把这方砚台捐给了电影博物馆。

于华说：人间自有真情在。

二〇一五年十二月二十二日凌晨两点，师娘走了。追悼会上我一直站在家属的行列中。

我最亲的人，最崇敬的人，最怀念的人——共产党人于华。

杜伯伯侧影

我与杜伯伯相识在一九七二年。

我在部队干校，从元月一日到二月十一日被连续斗了四十天，生不如死。就在这期间，居然有一个少年时一起长大的朋友K君来连里看我。五年前也是K君曾到劳动队看过我，五年未见，再见面我还是"反革命"，太难堪了。他心肠太好，太善良，探望一个"反革命"，那时是要冒极大风险的。他告诉我，我母亲由于思念我，眼睛要哭瞎了，我心如刀绞。

二月十一日开了最后一次批斗大会，此后开始了监管劳动，月底竟得到女朋友到了北京的信息，望能见个面。思母会友请假是不可能的，我决定潜逃，送三个同学回京去火车站的时候，借帮助扛行李的机会摆脱了监管的人。当列车刚刚启动时，我猛地蹿出跳上了火车，三个同学在车厢里见我走来，都目瞪口呆。一个同学瞪大了眼说，我不是做梦吧。另一同学说，你刚被批斗完，也敢逃跑？你不要命了！我说不要了。

K君和女友陪我去见了已经三年未曾见面的母亲，抄家后她已被赶到七平方米的简易房中。家中狭小，女友只能借住K君的三姨家，我去拜见了三姨。三姨住和平里，这栋宿舍楼住的全都是一九六三年特赦的国民党战犯。三姨嫁了一位国民党将军，此人已于"文革"初期过世，隔壁一个单元住的就是杜伯伯——杜建时。

杜老，天津武清人，东北讲武堂北京分校毕业，青年时代在东北从军，在张学良易帜后到南京，以考试成绩第一名进入蒋介石在南京创办的"陆军大学"。学业期满后，蒋介石要选一批优秀学生去美国留学，他又以考试第一名而被录取，受蒋介石赏识，蒋鼓励其要成栋梁之材。一九三六年在美国雷文沃兹军事学院学习。抗日战争全面爆发，申请回国抗日，蒋不允，又考入加州大学国际政治研究生班，并获博士学位。一九三九年回国，任中央军校江西分校主任，校长为蒋介石，并任第九战区高级参谋，参与指挥打日寇的长沙会战等三次战役。蒋介石又委任他为南京陆军大学教务长，创办"国防研究院"。一九四二年任委员长侍从室中将参谋，国民政府中将参军。一九四三年，随蒋介石参加中、美、英"开罗会议"。一九四四年随宋子文、孔祥熙与美国总统罗斯福会商军援。一九四五年三月赴旧金山参加联合国首次制宪会议，八月份回国就任天津市长和十一战区驻京塘代表，北宁护路司令，这一年杜建时三十九岁。一九四八年天津解放时被俘，关押在保定监狱。一九五六年移送北京功德林监狱。一九六三年特赦时释放，入狱十六年，出狱时已五十七岁。

我见杜老时他已六十六岁，满头银发，仪态端庄祥和，目光炯炯，红光满面。除了白发，几乎看不出是近七十高龄的老人，更看不出受过牢狱之苦的形状。两个女儿是再婚时妻子带过来的,而且小女儿也在部队干校下放劳动,与我就有了很多话题,大多是牢骚不满,怪话连篇,对时局看法和议论,更多的是嘲弄和泄愤。不知为什么,他怎么就看出了我内心压抑着深深的灰败、懊恼与怨恨并掩盖着深深的绝望。杜老很少说话,偶尔插一句嘴,慢条斯理,语音不高,但听我们聊天却听得很认真。我一直以为这次不过是个礼节性的拜访,也没当回事。临走时杜伯伯送我到门口,忽然说:"你们都怎么了?这么灰败?我当年打了败仗当了俘虏,坐了十六年牢,对新生活还是充满了期待。你们还这么年轻……"

这几句话如惊雷般震撼了我,期待什么?我早已绝望,而且我从不愿在人前流露出这种情绪,以玩世不恭的谈笑风生示人。可对未来的恐惧,对人生的无望早已压得我不但灰败且厌世。从我倒霉以来,没人跟我说过这样的话,我听到的全是"好好改造,重新做人"——这些话给我的总体印象是过去我不是人,看不到新的生活,只看到泥潭中挣扎的未来,庸庸碌碌地、尽量平安地、不会被时时揪斗地活着。这位白发苍苍的老人在我心目中立即高大起来。在此后我逃离干校的九个月中,直到我发配到广西工作以前,我最兴奋的是与杜老长谈,他成了我人生道路中又一位良师。人的一生能有一位良师指路,已经是很幸运的了。我得天独厚,青少年时有侯远帆老师,大学时有田风教授,最落魄的时候,遇到了国民党人杜伯伯,后半生则有共产党人于华老师,老天爷过于眷顾我了。即便远赴边陲到了广西,只要我出差来京,必提前写信给杜老,预约挂号,必要约杜老第二天早上八点在天坛公园见面,必要在信中写上一系列的问题请杜老指教。比如有一封信，我写了这样的几个问题：一、您有信仰吗？二、比较一下两党。三、时局会怎么发展？四、程砚秋的艺术特色。

杜老对我钟爱有加，特别喜欢我，甚至希望我做他的女婿。每次早上八点，我到天坛公园的时候，杜老早已在大柏树下打上太极拳了，见我来了，忙做一个收势，在公园长椅上坐下来和我一直聊到中午，再带我去饭馆撮一顿。他先从兜里掏出我的信说，我现在一一回答你的问题。有一天刚坐下，杜老就对我说，刚才有几个七八岁的孩子从我身边跑过，一个孩子大喊："快瞧这老头儿嘿，还打拳，想多活几年嘿！"这些孩子怎么了？这么扭曲。你看这棵柏树两三百年了，拿把电锯十分钟就可以放倒，可再想恢复还要百年。经济崩溃恢复起来并不难，可道德风范崩溃才是百年之患。他这话说得在理。想想"文革"后的中国经济腾飞，可道德底线呢？从"严打""五讲四美""文明教育"，直到大兴孔孟之道，也半个世纪了，一个老人摔倒了，要不要扶就讨论了十几二十年，且不说青年人扶不扶的困惑，那些碰瓷的老人不就是当年大叫着"快瞧这老头儿嘿"的小孩子们吗？而这些当年孩子们的孩子却在思考要不要扶，说是百年之患，实不为过。

杜老的远见卓识非常人可比。通过多年的接触，我不但受益多，而且对杜老逐渐有了一些了解和认识。抗战胜利后，蒋介石委派他到天津任职，他是再三推诿的，他知道国民党内部派系极其复杂，他不属于任何一个派系，这样做官，极其艰难。最后推脱不掉才去就职。到了一九四八年，在明知天津必被解放军攻破时，蒋介石两次派专机接他去南京,第二次专机整整等了他三天,而他拒绝了。他整理好机关、学校、企业的所有档案资料,在被俘后交给了新政权。他说天津城防有巨大的薄弱环节,必从此处攻破,守不住的,但不能投诚,只是为了忠于领袖。明知无用,可守城的命令还要不断地发下去。他亲眼看见士兵们欺负老百姓,抢掠财物,没办法管,已完全失控。他眼看着解放军冲进门,冲上楼,破门而入,于是举手投降。"我是被俘的,这在战俘营里比那些起义投诚的将军们高出一等,我没有背叛领袖。有些起义将军,甚至自惭形秽,低着头说我是被俘的,我们会嗤之以鼻,骄傲地说,你是叛徒!"忠于领袖,算不上是什么信仰,是一种信念、良知。杜老始终坚守着对领袖的忠诚。杜老去美国参加联合国修宪大会,一次酒会中一女郎走到面前敬酒,刚举起杯,突然女郎冲前,一手抱住杜老脖颈,一手举起杯,早已等在一旁的记者瞬间按了快门。第二天很多报纸登了这张照片,甚至有一家还做了封面,蒋介石看了重重地将杂志摔到桌上,问道:"这是怎么回事?"这太尴尬了。这不过是发生在两三秒钟的瞬间里,防不胜防。蒋介石告诫说,在外交场合必须注意外交形象,是一秒钟都不可疏忽的。杜老牢记于心,觉得领袖的教诲又严厉又温暖。

他从士兵做起做到连长、营长,上大学直做到将军,当然离不开蒋介石的赏识、栽培和重用,不只是知遇之恩,更有着如父子般的情谊。刚进入战犯管理所的时候,首先对他们进行了认罪服罪教育,一位管理员把学习资料和一本陈伯达写的小册子《人民公敌蒋介石》发到杜老他们手里,他竟然夺过书,照直地向管理员的脸上掷去:"别给我看这些东西,我不看!"他抗拒改造,冥顽不化。有一天放风的时候在牢房顶楼的平台上,战犯们各自活动着,从平台上向下望,楼下的院子中有另一批战犯在放风。杜老忽然发现了一个熟悉的身影,那是他在天津的机要秘书,这就奇怪了。在这座监狱里只有够级别的大战犯才会关进来。一个秘书怎么会关在这里?不是看错人了吧?杜老问管理员,这个人是谁?管理员笑了,怎么连你自己的机要秘书都不认识了。果然是。

一九四五年,杜老去天津上任以前,要挑选一批随员,却始终找不到一个合适的机要秘书。一天在军校与蒋介石一起晚餐后到林中散步,遇到四五个军校刚毕业的学生在林中笑闹,见他们走过来,忙立正行礼,就停下来聊了几句。杜老发现几个青年中只认识一个,曾是他印象中极好的学生,是个勤奋好学、成绩优秀的青年人,正在等待分配。杜老一下子相中了,问他愿不愿意一起去天津,年轻人很高兴,到任后成了杜老的机要秘书。

抗战胜利不久,正是接收大员满天飞的时候,英国驻津领事馆做了一些不规矩的行动,企图趁乱转移资产到英国——譬如东北,苏联将大批重工业的设备等运回苏联国内,如同抢劫一般,而且这严重违反中、英、美、苏签过的协议——日伪所有资产不得向境外转移。杜老发现了,但几经与英领馆交涉,未能生效。他便命令机要秘书找一找英领馆的麻烦,给一个警告。于是便衣出动,对英领馆人员活动监视跟踪。

这天一英领馆人员走在街上,这倒霉蛋大概是急着找公厕,憋到了极限,附近又没厕所。按卫生条例规定在街上大小便是要拘留处罚的。这家伙看来是忍无可忍了，又不想违反卫生条例，便窜到一个住宅门口，跨进了一条腿到门槛里，扒下裤子就尿，被便衣抓个正着。他争辩说，他不是在街上，是在家里，便衣说，你有一条腿在外面，这就是街上。不由分说押了回去禁闭起来。杜老觉得这种事办得不怎么体面，找了个上不了台面的茬儿，可是已经这样了，只好通知英领馆。英领馆要求放人，不放，他们心里肯定明白怎么回事。可这种事有些不太光彩，太不外交了，领事馆不好抗议、照会什么的，太难看，吃个大哑巴亏，这事有点僵了。

　　第三天，南京来电令杜建时立即去南京见委员长。杜建时以为是一般召见，一定是有重大任务或政策传达布置，像英领馆这种小事，不会有人去报告，甚至英领馆的人也不会捅上去，毕竟很丢人。飞机落地，杜直奔总统府蒋介石办公室。蒋正在办公室与人谈话，杜建时在外面坐等十几分钟后，从办公室走出了刚谈完事的陈立夫。两人寒暄几句，陈问，叫你什么事？杜说一点不知道。陈说你做错了什么事？杜奇怪地说没有。陈悄声说，老头子的脸色很不好，气咻咻地叫你进去，小心点儿。为什么？陈也说不清。杜心里一惊，脑子里过电似的捋了一下这些日子的事儿，自认绝对没犯什么错，但还是心中有些忐忑地进去了。蒋向着窗外背身而立，半天才转过身。先问了几句无关紧要的话，哼哼哈哈地却突然转过身，绷着脸问道：英国领事馆的事是怎么回事？杜一下子惊醒了，万没想到是这件事，只好如实说了，目的是解决非法转运物资的事。蒋一下子变得很严厉。外交上的事务不通过正当的外交手段交涉，抓个街上撒尿的人，这算谁家的外交方式？！杜说正式交涉不起作用，手下的也是没找到别的路子，才这么做的。只想警告一下，错了。

杜老当场打的电话，立即放人。这件事情并不大，甚至是个鸡毛蒜皮的小事，而且是在非常秘密的情况下进行的，抓个随地大小便的人，何至于报告到总统府且如此神速？杜老断定身边有内奸，因为此前也还发生过类似的情况。一回到天津，立即找机要秘书细查此事。有内奸，这位机要秘书也有同感，于是对市府中的所有人员开始了秘密调查。这位机要秘书尽心尽力逐个排查，可一直到解放军打了进来举手投降那天也未查出。

可让杜老做梦也没想到的是，他要查找的人恰恰是这位他最信任的机要秘书。管理人员说，这个最不可能被怀疑的人，正是蒋介石特意安排在他身边随时监视他一举一动的、负有特殊使命的内奸，是蒋介石最信任最可靠，且是单线联系的内奸，此人的重要程度不亚于你们这里的大战犯。杜老崩溃了，怎么会？从遴选机要秘书的那时起，这一切进行得太诡异，太巧妙，太圆滑，太过阴险了吧？秘书是你自己看中自己选定的，天衣无缝！什么样的心机才能有这样高超的手段？此时，只有在此时，不是战败时，不是被俘时，不是阶下囚的现时，他才开始进入人生中最痛苦的一段思想历程。

杜老说，尽管对领袖忠诚算不上什么信仰，但那一刻，他人生的信念还是动摇了，他觉得世界不应该是这样的。

杜老说，抗战后的国民党贪腐至极，民心丧尽，必败无疑。

杜老说，时局一定会有大变动，"四人帮"成不了事，他们没有部队没有武装,没有枪杆子,文人造反注定失败。

杜老说,我非常喜欢你,你不能做我的女婿,特别遗憾,看得出你不是自暴自弃的人,你野心大得很,不会久居人下。

杜老说,程砚秋最大的特点是内敛,在所有流派都张扬浮躁的时候,他以暗香浮动,于繁华中秀出质朴、醇厚。我称不上是他的徒弟,他给我说过戏,他是从艺人中脱颖而出的艺术家。

杜老说,没有强健的身体,什么高远的志向,都是瞎掰。

一个上午,杜老回答了我全部四个问题,又带我去了全聚德。

我结婚的时候那真是一切从简,必须的。没钱想繁也繁不了。你个"反革命"叫你娶个媳妇已经不错了,你还敢张扬?!那天我借的三姨的亲戚家的一间外屋,我和两个同学自己做了八个菜,只请了五个同学,请了杜老。杜老居然来了,使简陋的婚礼立即提高了档次。我唱了两段《杜鹃山》雷刚的唱段,杜老说你若下海一定成角儿。妻生了孩子。在天坛见面时,杜老给了我五十块钱,说拿着,别跟我做清高,也不必跟任何人讲,你困难。一九八〇年我带着电影处女作《神女峰的迷雾》请杜老看,他看了,特高兴,请我吃烤鸭。他象征性地吃了两口就不再动筷子了。杜老说,你吃,我看着你能把一只全吃了,我就高兴。一九七三年我被发配到广西,去南宁的火车晚上八点二十开,那一节车厢里除了我夫妻二人,只有一个乘客,冷清之极。站台上空空荡荡,只有我这一节车厢门口黑压压一片人来为我送行,尽管还戴着"反革命"的帽子,我人缘还行。怎么也想不到杜伯伯来了,乱哄哄的送行的人们一下子静了下来，默默地望着这位白发苍苍曾经不可一世的国民党将军。我都蒙了，杜伯伯拉着我的手说："有几句话我必须赶来跟你说，现今的社会一盘散沙，人人都在观望，混日子，不好好工作，怠工、发牢骚、说怪话，你不行，越是环境恶劣，你越是要努力工作，把你应该做的工作尽全力做好，再险恶的路也是可以冲杀出来的。你要与众不同，有尊严地活着。"

火车开动了，我站在车厢门口望着黑漆漆的窗外，整整站了两个小时。杜老这几句临行前的叮嘱，成了我后来生活工作的指南，此后我不管做什么事，这几句话总是在耳边响起来没完。在广西平反前的六年，真是逆风千里，随便一个什么屁人都可以骂你两句，踹你两脚。我自己若再轻贱自己，我真的不如去狗窝猪圈牲口棚里与猪狗为伍。

有尊严地活着，要与众不同。

广西电影制片厂全厂三百多人，要下放一个到农村搞社教，这种苦差事没人去，当然指定我去。三个月回来了，过了五天春节，还要去一个，当然还是我。厂里人都庆幸有这么一个坏蛋可供驱使，不必担心下放会落到自己头上，到农村与老乡同吃同住同劳动，说有多苦那就没劲了。从劳改队出来的人已不知什么叫苦了。我的"反革命"身份，村里的党员干部都清楚，唯独对老乡是保密的，不能叫他们知道，这是出发以前领导规定的，是为了保护我，怕贫下中农出于对党的热爱，对我下狠手。可令人不解的是，为什么叫我这么一个"反党反社会主义"的"反革命"去农村，对农民进行社会主义教育？这很奇怪。

每天早上八点出工，钟都快敲破了，一个小时人都集中不齐。下到地里，老乡们锄两下地就蹲在一边聊天、抽烟，全都歇了。还有那么一些老乡捉田鼠，捉两只就可以改善一下当天的生活，有肉吃了。老乡们客客气气地斜着眼看我，我只低头干活。晚上照例开毛主席著作学习讲用会等等，锣都敲烂，能来开会的也就七八个人，来了也不听讲，生一堆火，把白天在地里捉的田鼠剥皮、开膛、烤着吃。在穷苦的日子里总算是开了荤。

杜老的话真起作用了。天不亮我就起来，七点我就到了地头，那是冬天。等八点多钟，老乡们三三两两、磨磨蹭蹭出工的时候，我已经光着膀子满头大汗地翻了一大片地了。于是第二天出工时，老乡多了一倍，第三天出工时，有几个小伙子居然七点和我一起下地了。八点全村劳力一个不落地准时出工了。生产队长说，人家老郭为了谁？他又不挣工分，你们还好意思赖在家里不出工？担肥换土竟然提前十天完成了任务，县里轰动了。组织公社大队的干部到地头上学习取经，说我们发扬了大寨精神。要"批林批孔"了，这种事正好打在我的手背上，我机智而又巧妙地把批判内容与历史故事相结合，并用桂林地区的方言土语讲解，老乡都听得懂，热闹了。大祠堂里听众人满为患。队长说，看电影也来不了这么多人，老郭会讲。八点开讲，六点就有很多人端着饭碗，带着小竹椅子来占座，抢占前面的位置。我还组织村里知识青年插队学生，办了一个大型"批林批孔"展览，都是农民自己写的大字报、画的漫画、编的打油诗。县里又轰动了，各级干部川流不息来参观学习，开现场会，还叫我介绍经验。吓得我东躲西藏，不敢露面，怕被揭穿了"反革命"的老底。

县里集合各村下放的党员干部学习一天，传达文件，我等于放一天假。一位老乡问我，怎么不去开党会？我说我不是党员，老乡笑了，说老郭，你不要这么谦虚，你会不是党员？这我能谦虚吗？我也问自己，你怎么不是党员呢？

我还做了一件在村里算是惊天动地的大事。村里有个"地富反坏"四类分子劳改队，监管劳动，每隔两三天轮流挨批斗一次，其中有个戴了八年坏分子帽子的贫农，罪名是偷了队里八百多斤粮食，这可不是个小数。那时一人一年都分不到一百斤粮食。这一次轮到批斗他，而且四类中就这么一个贫农，他总是低着头，一句话不说，这是一个一米八高的大汉，四十来岁，不说话，只是时不时地用袖口擦着流出的清鼻涕，大概有鼻炎。他只穿一件发了黑的破烂不堪的红绒衣，上面还印着两个已经磨损的、模糊不清的大字"中国"。八百多斤粮食哪去了？吃了？送人了？转移了？没一个人说得清，这就不对了。捉奸要双捉贼要赃。我花了十几个夜晚，在油灯下把队里十多年的账目反复查对，终于破解了谜团。贫农汉子是冤枉的。我立即向组长汇报，应该摘掉他坏分子帽子，平反！组长瞪了我半天才说，平反？郭宝昌，平反是什么意思？他整错了？我说是整错了。组长说谁整错了？是党？给他平反？党错了，党怎么能错？你一个"反革命"怎么可以给坏分子平反？这话听得我心惊肉跳，这帽子太大了。我忙说不是党错了，是村干部把账搞错了，实事求是，有错必纠，不就是党的政策吗？组长怒了："你不要给党的脸上抹黑！"这一上纲上线，真把我镇住了。我又"反革命"了吗？可这大汉是贫农，一家六口人也跟着背了八年"坏分子家属"的名，活得人不人鬼不鬼，明知错了还要叫他一辈子背个恶名，忍辱偷生地活下去？不行！我写了详细的汇报上交给党支部领导，总算有个明白人，平反！在全村平反大会上宣布了这个决定。贫农大汉，一下子跪到地上，浑身颤抖着，磕头如捣蒜，满脸上流的不知道是鼻涕还是眼泪，磕得脑门上全是土。

下放结束回到厂里，地方上各级领导居然推定我为红旗标兵。这怎么可以？这不是给我挖坑吗！经上级领导审核，认为确实不可以，不宜立为标兵。厂党委书记军宣队代表找我谈了一上午的话（我必须要提一下这个人的名字，李兰田，这是我十六年的"反革命"生涯中，唯一的，是唯一的一位领导，平等地把我当作人一样的、使我感到有尊严的、有温暖的一次诚挚的谈话。四十五年过去了，我依然要向这位李书记表示深深的敬意），他说你这次下放表现很好，为厂里增了光，受到了首长的表扬；可你的历史问题是个大障碍，我怀疑，我用一天时间查了你的档案，疑点很多，我还专门到你的家乡去做外调，见到了你亲哥哥，你是雇农出身，我们要重新甄别；至于你的转正问题会尽快解决，一旦查明，从你应该转正那天起补发工资。

我把这一切写了封长信，向杜伯伯汇报，他也回了一封很长的信，他的字真的很漂亮，他夸奖我鼓励我。有一句话指导了我的一生："在任何艰难困苦的情况下，一定要学会自己掌握自己的命运。"一直以来，我觉得我自己的命运早已掌握在了别人的手中，这句话叫我重新诠释了"命运"二字。

一九八二年，经最高人民法院重审，杜建时被摘去了战犯的帽子，认定为爱国的民主人士，于解放和建国是有功之臣。一九八九年十一月七日杜老去世，终年八十三岁。我正在香港拍电影，没能参加杜老的告别仪式。

恩师杜老千古。

干校糗事

炊事班趣事

每个"学生连"都有个炊事班,由部队的司务长直接抓管,但班长、炊事员都由领导指派挑选大约七八个同学,这是肥差,故为兵家必争之地。炊事员可以不参加连里各项劳动,这就免去了风吹日晒的户外劳动,不出操,不参加常规的政治学习,这太奢侈,太特权了。最为重要的是炊事员每天要接触民生必需的酱、醋、盐、油、大米、白面、鸡蛋、挂面、羊肉、猪肉,可趁机为亲朋好友谋取私利,利用职务之便将国有资产侵吞至私人囊中,特别是学生们切实感到分配工作无望、干校劳动遥遥无期以后,局面就逐渐失控了。

大食堂尤其是部队的大食堂,大铁锹、大铁锅,一次三十斤白菜能炒出什么好味道?所谓学生厨师也就比公社饲养员强点,但也强不到哪去。学生们的不满情绪越来越强烈,特别是一九七一年连队驻地迁到沙岭子以后,营房是一座废弃的监狱,由于大狱墙外修了一条通往张家口的公路,这为越狱逃跑创造了条件,当然就废弃了。距营房大约一里多地还有个村落,屈家庄,这显然也不符合大狱选址的规定。"学生连"来了没多久，屈家庄成了学生们的堡垒村，学生各有各的关系户或曰秘密的联络点，许多隐私的事都在关系户中进行。

譬如从连里养殖场偷只鸡或鸭给女朋友补补，肯定去老乡家做；又如某某过生日，弄个小型宴会，必从食堂顺些油、肉等到老乡家聚会；再比如偷了部队仓库的东西——我们连的仓库称"九五仓库"，"九五"不知何意——必先藏到老乡家，再转运出去。我就干过两次这样的事。一次是济南一朋友，由于没有购物的"工业券"，求我给他想法子，买煤炉子和烟囱，我就从"九五仓库"偷了煤炉子、八节烟囱和四个拐脖出来，先藏在老乡家中，再寻机偷运至火车站，托运去济南。还有一次我哥哥来信，他在乡下穷山沟住，村里通电好多年了，只一根主干线，从村外经过，谁家要用电，要自己花钱买电线、灯泡、开关，自己安。在县里的统计数字中，已是村村通了电。农民连盐都吃不起，还电线、灯泡？没一家安得起。哥哥求我赞助他二百米电线和种稻子育秧用的塑料薄膜。家乡不种稻，薄膜是用来蒙窗户的，纸窗户每年得换，买不起窗户纸，塑料薄膜结实，捅不破，可以用好多年，我偷到了两大捆薄膜，两大捆电线，也是先藏匿到老乡家，再偷运至火车站托运给我哥。

盗用军用物资是严重的犯罪行为，大概因为都是日常生活所用，管理又不严，一直没被发现。直到一九七一年九月十三日，林彪叛逃，摔死在温都尔汗。十四日早上一起床，忽然发现所有的解放军干部、战士一个不见了，据说是战备需要全都上坝了。当时林贼的消息还全面封锁，一个月后才层层传达下来。"学生连"没人

在干校劳动的岁月

管了，这下乱了。不知是谁，把"九五仓库"大门撬开了。于是学生们各取所需，只一天仓库就清空了。没过多久，解放军又回来了，一个战士开库拿东西，只听库里传出弹钢琴的声音，推门一看，音乐学院附中的M同学正在里面弹钢琴，他以为推错了门，忙说了声对不起，把门关上了，难道走错了门？前后绕了一圈，没错。他又推开门问M同学，这原来是不是"九五仓库"？M同学说大概是吧。又问库里的东西，M同学说不知道，我搬钢琴进来的时候就是空的。战士大惊，怎么仓库改琴房了？问这琴哪来的？M同学说，在张家口买的，原来"文革"开始扫"四旧"时，钢琴当然被列为大、洋、古的"四旧"，全抄！这东西太大，没地儿放。好多红卫兵直接送到委托行，换些散碎银两，胡吃海塞了。委托行里堆着好多钢琴，卖不出也没人买。M同学只花了三十块钱买了一架，拦了一辆过路的卡车，拉回了营房。"九五军备仓库"失盗，立即报到了军部。学生们知道此祸非小，这案真要破了，谁也逃不过一劫，等着。没想到等了好多天，甭说下雨，连雷都没打。后来通过内线传出信息，军部领导说，肯定是学生们偷了，偷就偷了吧，反正也没什么重要的东西。这事儿就这么结了。

其实林彪的事一出来，部队上下忙于整肃，哪还有闲心管这扯淡的小事。对了，我一共偷过三次，还有一次是偷了一张床板，北京抄家以后，我母亲被赶到一间七平方米的简易房中，一人一个单人床就占了小半个屋子。我回家只好铺个凉席，打地铺，买不起床，最差的单人床也要二十几元。"九五仓库"里存放了好多床板，已被好多同学偷出来打了箱子，我也偷了一块，是四块板两条板带拼成的，拆开以后捆成一捆，天一黑，我就扛着一捆木板奔了火车站，要搭最后一班火车逃回北京。扛着一捆板子是进不了火车站大门的，我就绕到野地里，顺着铁道往火车站站台方向走。一片漆黑，离站台还差六七十米的时候，远远的火车从弯道拐过来了，火车的大灯明晃晃地照了过来，站台上的灯也全亮了。我猛地发现站台上竟然站着我们连的连长和指导员，正送两个客人，坏了！这要抓我个现行，我这"反革命"的身份非上军事法庭不可。我迅疾将木板一扔，卧倒在地，抬头一看，他们没发现我，正在向我这个方向看快要进站的火车。怎么办？走不了了。小站火车只停六分钟，我心想这一趟车必须走。不可能把木板再扛回连里去，可离站台还三四十米，走过去是不可能了，匍匐前进，一手拖着木板，一手不停地撑着地前行，轨道边全是碎石子，硌得我生疼生疼的。火车进站了，我爬了有三十米，火车慢慢停住，太巧了，最后一节车厢正好停在我身旁，车门一开，我一跃而起，托起床板往上冲。谁知门口还站个列车员，车门又太高，这节车厢的最后一个门是不上旅客的，也不放踏板梯。列车员吓了一跳，谁？干什么的？我并不搭话，仍往上冲，他抓住床板一头，往下推我，大叫这儿不能上车，去托运，托运！我那时刚从劳改队释放不久，力拔山兮，野得不行，只一冲竟把列车员顶得后退几步，贴在了后面车厢门上。我跳上车，他还不住往下推我，正在争执不下之时，火车开了。列车员无奈地望着我，更糟糕的是床板上有个钉子没拔掉，把列车员的袖子刮了个三角口，他愤怒了，我忙道对不起，对不起。谁知他愣了一下说你是大学生？我说是。他说你们大学生经常扒火车不买票，又问我哪个学校的。我说是电影学院的。这小伙子特别爱看电影，问我拍过什么片子，竟站在那儿和我聊上天了。

赶紧说回咱们连队食堂，偷盗成风，蒸好的馒头、包子整书包地往老乡家里送。那时老乡的生活很苦，有了学生的接济，生活质量提高一大块，所以他们也愿意为学生做好多事。最嚣张的是有一天戏曲学校连队早上出操回来，进了食堂，笼屉一打开，居然一连人早点吃的豆包一个都没剩。连里领导大发雷霆，这简直是造反了，这样大规模的盗窃，毕竟还是很少的。连领导又不好去老乡家查找取证，于是游击战开始了。有一次摄影系一个同学装了一书包馒头去老乡家，快进村的时候，早已在废墟中埋伏好的司务长和二班长，突然蹿了出来，拦住了同学，搜出了馒头，押回连队开大会，进行了批评教育。连队在大狱门口设了警卫班，学生出入，凡有可疑分子立即检查，想偷东西越来越难了。学生们开始另辟蹊径。居然在大狱最后面靠马路的又厚又高的红砖墙根底下打开了一米见方的洞，正好一个人可以爬出去，用些烂树枝子一挡，活脱脱一个地道战。从这里出去，无论是去村里，还是去戏曲学校"学生连"，都更近，更方便了。

一天早上出操，全连在宿舍门口集合后，连长并没有把队伍带去操场，却让大家跑步走，直接奔了大狱后墙，立定站好。连长把烂树枝子一脚踢开，地洞口就露了出来。连长怒斥道，放着人道你不走，偏偏要钻狗洞，谁挖的？没人承认，也没人揭发。连长令两个战士用灰泥、红砖把洞口封死了。不料第二天一早，连长又把队伍拉到这里，一看这个洞又被挖开了。几次三番之后，终于大狱后墙加了巡逻哨才算完事。可游击战所谓"游"字神出鬼没,不按规矩出牌,大墙封死了,又一下子"游"到了你想不到的地方——女厕所!女厕所修在大狱后墙的紧东北角,而且厕所后墙外上个土坡就是京张公路。粪池子在墙外,方便老乡们淘大粪,是大狱废弃以后修的。我们连建了菜地班以后,经常为了抢大粪和老乡们打架。真不知道是谁创建的这条通道,在女厕所的后墙顶上开了一个洞,先把违禁物品从洞口上扔出去,外面接应的人拿着东西直接就上了公路。这种活儿只能是女同胞来做,保险的是,解放军官兵全是男的,进不了女厕所,查不了也没法进。当然太大太重的东西,女同学也拿不动。比如我偷洋铁炉子,只好让女朋友先进去看看,没人蹲坑儿,然后站在门口放风,我以迅雷不及掩耳之势冲进去,把铁炉子扔出去,再瞬间跑出,从大门口绕到大墙后面,扛起就跑。这条路线后被同学们称为"胡志明小道"(越战时为避美帝轰炸运送战略物资的秘密通道)。这一条路一直到干校解散,也没被发现。就这种偷法连里的伙食还好得了吗?炒三十斤一锅白菜,你放五斤肉是他,放三斤肉也是他,那两斤就顺走了。以至后来炒一大锅菜,扒拉半天都找不到一块像样的肉。好事者开编了。当时张家口广播电台有本地的天气预报,有时很不准,外边明明下着小雨,却预报:"今天天气,晴。"这播音员也是,你看看窗户外头临时改一下不成吗?一听就是背文件式的走形式:"张家口气象台,今天天气,晴。风力二三级,下午晴转阴,有零星小雨。"好事者一进食堂便大喊:"张家嘴气象台。今天天气,穷。抽风二三级,下午荤改素,有零星小肉。"炊事班同学一听就开骂:"去你妈的,爱吃不吃。"更有一位音乐学院的学生篡改林彪语录，改了词儿，编成歌，很快流传开了。林彪语录原文："'老三篇'不但干部要学，战士也要学，'老三篇'最容易读，真正读懂就不容易了。要把'老三篇'当作座右铭来学，哪一级都要学，学了就要用，搞好思想革命化。"（"老三篇"指毛泽东三篇文章，《纪念白求恩》《为人民服务》《愚公移山》。）这一段林彪语录被篡改后成了："老三顿，不但干部要吃，学生也要吃，老三顿最容易做，真正吃下就不容易了。要把老三顿当作忆苦饭来吃，哪一级都要吃，不吃也不行，搞好吃饭忆苦化，搞好吃饭忆苦化。"老三顿指早中晚三顿饭，一进食堂排队打饭，就集体大合唱："老三顿，不但干部要吃……"搞得炊事班同学特恼火。有一天吃羊肉包子又唱上了，炊事班长大怒，吼道："给你们做饭就不错了，不吃滚！猪！你们就配吃猪食！"一哥们急了，拿起一个包子打向班长，班长岂能示弱？回敬了一个包子。乱了，大家一起上，两边打起了包子仗，包子横飞，不少人被打得满脸花，包子打光，战斗结束。连长赶来时，食堂已没人了，只见满地的烂包子，气急败坏的连长大叫："来人！"进来了两个战士，连长指着地上，把这包子都扫起来，喂猪！

锅炉房内外

连队驻扎在清水河时，由于没有可供百人居住的营房，就安排住到村里荒置的空屋，比较分散。同时建了个小锅炉房，其实就是一个大席棚子，砌了半截砖墙，上面油毡铺顶。我被分配到锅炉房烧锅炉，这是个累活，劈柴、挑水，百十号人用水，一天要挑几十挑水，把一锅炉水烧开，要四五十分钟，劳动强度大，劳动时间长，天不亮就得烧上。早上出操回来就要烧开了。光喝开水，一天两锅炉就够了，这活儿谁都干得了。关键是还要洗头、烫脚、灌暖水袋。女同胞更甚，要洗屁股、洗澡，外加洗衣服，全用热水，一放一桶一大脸盆。一锅炉水没烧开就用完了，甭说烧，挑水都来不及，想喝开水？经常供不上，急不得恼不得。你拦谁都不合适。万般无奈，我在棚里又起了一个小灶，用大铁壶随烧随开以供不时之需，因为所有的人每时每刻都必须要有开水喝。可又麻烦了，有个小灶方便了，沏茶的、煮咖啡的、卤茶叶蛋的，炖鸡汤、熬粥、下挂面、炸酱、烤白薯。我这锅炉房一下子成了"二荤铺"了。人来人往，早晚不断，俩多月可真够累的，比下地还累。主要是起早贪黑，觉不够睡。后来在抓"五一六"运动中斗争我的时候，这成了我的一个罪行。说我在连队里搞"裴多菲俱乐部"（这是五十年代匈牙利政变中被打成"反革命"的组织）。这都挨得上边吗？确实那时连里派性闹得很厉害。我劳改四年，既没参加"文革"，更谈不上什么派别了。对于这些烂事我也从不关心，几派相互往死里斗，可关我屁事？命运不在你自己手中，一双无形的手想怎么捏咕你，就怎么捏咕你。抓"五一六"运动开始了，互相揭发陷害呈风起云涌之势，各派活动都转入地下秘密进行。锅炉房成了个据点。我乃典型的槛外人，劈我的柴，烧我的水，忙得是燕儿不下蛋儿。忽然一天三排长把我叫了去，十分机密地要我开好"春来茶馆"（京剧《沙家浜》，我党地下交通站），做好阿庆嫂那份工作。茫然，怎么做？排长说把每天什么人到过锅炉房要一一汇报。这不就是当特务吗？排长说，这是党的信任，组织的考验，你虽是"反革命"分子，要在大风大浪中脱胎换骨地改造自己，这是立功赎罪的机会。我受宠若惊，终于成了光荣的地下党。这功也太好立了。不就写个名单吗？排长又说我们两个是完全的单线联系，不能让任何第三者知道。好，这太保险了。第二天晚上我就交了个名单，这一天来了二三十个人，名单很长，一个不落。排长十分不满，说你写这个有什么用？都谁与谁串联，说了些什么？有什么活动计划？还指示给我某同学是重点监控对象，要特别注意，要的是这个。这下我傻了，这不就是特务吗？心里挺不是滋味。

劳改四年，我最痛恨的就是打小报告的告密分子。在劳改队我还专门找茬，重拳痛击过一个专爱打小报告的犯人。我的良心（不是阶级觉悟、阶级立场）不许我做这些事。两天没汇报，排长又找我了，问我怎么回事，我说我做不来。再者说人家三三两两串通，小声地喊喊喳喳，嘀嘀咕咕，说的什么也不会叫我听见，我实在是阿庆嫂不了。排长极失望，第二天竟然宣布把我撤出锅炉房，换了两个积极分子，我要与大队一起下地干活了。我知道与立功赎罪的机会失之交臂了，也没觉得怎么痛苦。可就在当天与同学们一起在菜地干活时，我低身除草，忽然不知从哪个方向传来一声喊叫："狗特务！"我吓了一跳，抬头一看，七八个同学都朝着我怒目而视。我的心一下子沉到了底，这是骂我！我一辈子最痛恨的三个字"狗特务"，竟然是骂我。要知道我所以沦落到今天"反革命"的悲惨境地，就是当年在学院被一个"狗特务"出卖的，我也成了同类吗？这个打击比批我、斗我、劳动惩罚、四年刑期还要重十倍、百倍。我始终认为只有"狗特务"才是"不齿于人类的狗屎堆"。我两手抖得干不了活，晚上入不了睡，我只写过一个名单，没揭发过任何事，而且由于拒绝当"狗特务"才被赶出锅炉房。再有排长不是说两人单线联系吗？怎么同学们全知道了？说实话，巨大的阴影一直跟随着我几十年，我无法也没机会向任何人解释。可毕竟写了一张名单，作为"狗特务"，一点不冤枉。人活得太复杂，太艰辛，太困难，太绕脖子了，想顺顺溜溜地活着，怎么就这么难？

我清晰地记得名单上有 Z 同学的名字，排长特别交代过这位同学是重点监控对象，"文革"中"反党""反中央""反文革"的罪行严重。Z 同学是混血，长得高大、帅气，一脸连毛胡，每天刮得小半个脸都铁青铁青的，为人善良，有同情心，对我从无歧视，一直持友善态度。可从那以后却经常向我投来警惕的目光，这让我特别难过。

说起 Z 同学，咱们再扯点别的事。这位同学家里来了电报："父病重，速归。"他去连部请假，当然不准，他是重点整肃对象，而且连里刚刚发生了一件轰动全军的"反革命"事件，也是从请假引起的。

S 同学接到电报，"母病重速归"，他去连部请假，不准，因为抓"五一六"运动正值高潮，而且正是农忙时节，都请假走了，谁干活？这 S 同学思母心切，竟连夜逃跑回北京了。这还了得，连部立即派了一个战士对他进行抓捕。第二天 S 同学被抓捕回营，他大概拒捕，被战士打了几下子。一进村，那会儿驻地分散，有几个同学住在村口一个老乡家的空房里，S同学趁战士不备，撒腿跑进了房里，进门蹲下就哭。屋里的三个同学忙问怎么回来了？S同学说，被战士打了，押回来了。三人大怒。待这位战士刚一冲进门，不由分说，三人齐上将战士暴打一顿，踹出了门。战士一脸伤痕到连部哭诉。这娄子捅大了，那时正是军宣队的一统天下，殴打解放军，不判死罪，也得重刑。三个同学被禁闭，轮流审讯。这仨人又臭又硬，死不承认，可战士脸上的伤哪来的？仨人都说不知道，而且一起指控是小战士先打了学生。小战士是个非常老实的农村兵，立即承认由于S同学拒捕，确实动手打了几下。麻烦了，案情复杂了，报告到了军部，一看审问材料，这个案子有些棘手，没法判定，于是派了我们隶属炮团的副团长前来处理。

团副是个矮胖子，肚子大，估计腰围与腿等长，皮肤细嫩，白得出奇，感觉平日保养得较精细。一口的河北土腔土调，后面跟着一个持枪的警卫员，在连长、指导员等人陪同下，先到各班、排串了一下，问了问学毛著和活学活用的情况。在串到女生排的时候，发生了一些不太愉快的事儿。可能是某女同学正在做一些不大方便的事，团副推门而进，某女生大惊，喊道："你怎么不敲门就进来了？"怎么敢和团副这样说话？！吃完午饭全连开大会，团副训话，真是异彩纷呈。本来是来处理打人的事，不管是谁打了谁，却一字不提。团副说："你还逃跑，你跑到哪去？你还跑得出毛主席大院去？"真闹不清这大院是什么概念、什么范围。"你要自由儿？你要什么自由儿？宪法上规定有罢工的自由儿，你罢一个试试，我把你抓起来，宪法上规定有游行的自由儿，你游一个试试？我把你抓起来。"河北话把"由"加个儿变成儿化音，挺新鲜的，北京人都不这么说。"我进女生营房，问我为什么不敲门？我为嘛要敲门，我进战士的营房，为嘛要敲门，我想进就进，我不敲门，你还，你还换纸——你厕所里换去。"真是语惊四座。于是大家给他起了个外号，"厕副"，即厕所之副。"动不动就请假回家，老老实实改造思想，接受解放军的再教育。什么时候教育好了，什么时候回家。"这一下午的讲话着实把学生们激怒了，又有好事者写了告状信，状告团副攻击社会主义制度，污蔑伟大领袖，歪曲宪法，破坏"文革"，是军内的走资派。这一封告状信，好多学生都签了名，联名上告，上交给了军部。没过多少天团副又来了，全连集合，从团副脸上一点看不出沮丧和恼怒，竟笑嘻嘻地开讲了："有人把我告了，给我扣了好多的帽子，怎么样？"边说边从公文包里拿出一摞纸，这正是学生们的告状信。团副有些得意，"看看，告到我的手里了，军部叫我来处理，我怎么处理呢？"学生们垂头丧气，败得这么惨，早知如此，有这工夫还不如打会儿桥牌，偷两只鸡炖了吃呢。打这儿起请假回京？想都不能想！

Z同学去请假，显然心里早有准备，所以连长一说不行，拿着电报扭头就走，甭多废话。这同学直接去了镇上邮局，给家里打了个长途电话说假没准下来，农活特忙，回不去。回到连里以后，接着到地里干活去了。晚上照开揭批会，第三天早上出工，刚刚到地头，忽然一个通信兵气喘吁吁地跑来，大叫着"Z同学赶快回去收拾东西回北京"。军部的车来接了，直接去张家口军用机场，已经有专机等在那里了。连里的同学都没坐过飞机，什么路子？坐飞机？通了天了。Z同学却很淡定，摆了摆手说，哥几个再见了。就这么走了。没见连长、指导员、排长的面，一个没来，Z就这么走了。

据军部熟人说，第二天军部接到了一封电报："这件事情办得很好，谢谢！"落款竟然是宋庆龄，军里人都加一块儿，也没她官大。大家议论纷纷，Z同学回不来了，或者不回来了，谁敢说句闲话，放个屁？也就过了七八天，Z同学回来了，这谁也没想到。他带回许多中的洋的食品，给大家吃，祝贺他们老爷子病情好转，手术顺利。又过了几天军部来人了，他们受到表扬，而且由于"这件事情办得很好"，立了功了，来连里开表彰大会。Z同学荣获北京军区政治部颁发的"五好战士"奖状、军里评为"红专标兵"，活学活用毛主席著作典型，在部队大熔炉、在解放军教育下成长起来的好学生。这还真不是瞎吹，实至名归。没一个同学不服气。这位同学干活从不惜力，脏活儿——挑大粪，累活儿——插秧、挑秧，全都抢着干，任劳任怨，从无怨言。这本身就活学活用了。至于搞过什么反党活动，重点监控，一风吹了，对我也再没有警惕的眼光了。

有一次还悄悄问我，你们家同仁堂乐家老铺有什么壮阳药没有？我介绍了个偏方。

各奔东西十几年以后，在北京电影制片厂偶遇，他还兴奋地告诉我，偏方管用。

我是写过一个名单，心里留下了阴影，也没机会向他们说。好在我今天说出来，我特想让名单上写过的同学们都能有机会看到我的这篇文章。

抓"五一六"运动

一九七一年开始的抓"五一六"运动，风声鹤唳，人人自危，来势十分凶猛。这是"文革"开始后在运动中又套的一个运动，开始并不顺利。所谓"五一六"分子被说成是个秘密的"反革命"地下组织，妄图搞垮毛泽东，其矛头指向周恩来。由于这完全是一场虚构的阴谋，所以才不顺利。当时学生们的思想已经极其混乱，甚至无法管理，派系斗争极其尖锐而激烈。我们连一个也不敢抓，派系闹起来，会出人命的。与我们形成鲜明对比的是，隔壁还有另一个"学生连"是中国戏曲学校的学生。这一连学生曾是"文革"小组属下的"红卫兵演出队"，一共有九十多人，竟然抓出了七十多个"五一六反革命分子"。战果太辉煌了，剩下不到二十个人，一个好人看三个"反革命"还忙不过来，这一对比我们连太无能了，这如何向上级交代？为了把这运动轰轰烈烈地发动起来，就使用了历届运动中惯用的杀鸡给猴看的手法，我肯定不是"五一六"分子，只有参加过"文革"的学生才配当"五一六"，而"文革"前我就进了劳改队，我心里踏实极了。终于有个整不到我的运动，我用不着交代，更无可揭发。别人都在忙运动，我闲得没事，拉几个人打扑克；选优质木料的铁锹把儿锯成小圆木，精打细磨，精雕细刻，做了两副极高品位的象棋子儿，弄一些人搞象棋比赛；还有一帮人拉我找个屋偷偷去讲《基督山恩仇记》《小五义》《悲惨世界》《施公案》等。听书的哥们儿，好烟好酒好茶饭招待我，到小黑屋里，一天不让出来。我太傻帽了。那个时代只要有一次运动挨过整,也就次次运动都躲不过,时称"老运动员"。当抓"五一六"进行不下去时,我便顺理成章地被揪出来。罪名是破坏抓"五一六"运动。连里抓"五一六"不利的局面,是由于阶级敌人在有意搞破坏活动。大会批小会斗,我主动交代了十几条罪行,下棋、说书都属严重罪行。连长说:"十几条?同学们揭发的你一百多条了!你休想蒙混过关。"一百多条?!我自己都吓了一跳,我有那么反动吗?

一九七一年元旦,也就是一月一日过年了,也不知头天晚上瞎吃了些什么,早早醒了,肚子疼得要死,大家都还睡着,我急忙起来上厕所。一开门就惊呆了,迎面营房的后墙上竟然用白灰刷了每个字有一人高的硕大标语:"打倒郭宝昌!"而且名字上打着大大的红叉,这不是恶作剧吧?左右一看整个营房,所有的墙上都刷了标语,贴着大字报,一律的打倒、砸烂、揪出、灭亡之类的口号,来不及细想跑向厕所,厕所墙上也写着"打翻在地,再踏上一只脚",我蹲在厕所里发蒙。元旦头一天这么冷的天,搞这么大场面,至少得一宿不睡,这得多少人忙活一宿?本来还想怎么过这个新年,到哪个哥们儿那儿蹭顿酒喝,这下瞎了,在劫难逃。

八点全连集合,开揭发批判"反革命"分子郭宝昌破坏抓"五一六"罪行大会。我一直到现在也没闹清"五一六"是个什么东西,我破坏它干什么?刚刚在网上查了一下各种说法,五花八门,胡说八道。好像历史上就没发生过这事儿一样。杀戮和羞辱一个毫无反抗能力的弱者,既不需要什么成本,又表明立场坚定,于持刀者来说是很有快感的。谁都想弄上一刀。那会儿叫打"死老虎",

尽可开心取乐。批斗会上被千夫所指，会下自然是"不齿于人类的狗屎堆"。所有人对你避而不及，只有一个例外，那位被划归我们连下放的戏曲学校的学生。

由于我痴爱京剧，我们成了至交，全连百十号人都写了揭发我破坏抓"五一六"的罪行，他和我交往最多应该是揭发我罪行的主力军，可他不但不揭，还和逼他写揭发材料的排长动了手，公然叫嚣，我就不写，没什么可揭发的。在一个多月对我的批斗中，他是唯一还和我说话的人，还经常弄些好吃的给我，而且是在专门有两个人负责监管我的情况下。我一直没弄明白这小子怎么竟然没被打成"反革命"？

这就要说说风格样式、文化内涵、形式方法、行为作风完全不同的两个学生连了，用二人二事做个对比。我们连揪出了一个摄影系的学生，他死不承认，所写的交代材料都是证明他不是"五一六分子"。于是，开揭批斗争大会，批得正起劲时，这位同学突然站起来大吼："怕了你们了是不是？少来这一套，甭他妈诈我、吓唬我。谁是'五一六'！谁自己心里明白！"一通乱骂，斗争会卡了壳了，没人敢再发言。我当时特羞愧，这小子真牛逼，坚强不屈。我心中的共产党员就是这样子，佩服！相比之下我太孬了，任人宰割。仔细一想也不是，我是"死老虎"，都死了你还坚强什么？

一过春节运动搞不下去了。一天早上我仍是起床上厕所，忽见对面营房的墙上换了大标语："揪斗郭宝昌就是转移革命斗争大方向！""揪斗郭宝昌是一个大阴谋！"而且名字上没有打红叉，我完全不知道这是红卫兵一派向另一派发起进攻。连队领导慌了，管用。我很快就"下岗"了,台上挨批斗的,换上了他们攻击的对象。就是我上面说的摄影系那位同学,奇怪的是狂揭猛批他的人,不光是对立派,他本派的战友也落井下石,这令他很伤心。敢情这些人也把他当"死老虎"了,急于站队表态,因为按运动规律他必死无疑。

这次错了,三月份便有文件下来,根本没什么"五一六"分子,运动只好胜利结束了。恢复名誉,并且把他写的所有交代材料归还给他,他抱着一大摞材料走到他战友面前,狠狠地摔在桌上,怒吼着:"操你们姥姥的,看看我交代的是什么?我揭发你们一个人一句话没有,你们敢不敢把你们写的材料拿出来?叫我看,敢吗?"那些曾是一个战壕的战友们,都低着头不说话。

咱们再看看中国戏曲学校学生怎么抓"五一六"分子的,乐子可大了去了。

最初抓出了三四个"五一六"分子,先办学习班,由两三个运动的积极分子把他们监管起来,怕你逃跑、串联、串供或写反动标语、行凶杀人等。上厕所都要跟着两个人监督。除每天批斗交代外,还要打扫营房、挑水、帮厨、扛麻袋等。最主要的是要揭发你的上线、下线反动组织的组织结构,也就是说光承认自己是还不行,你得揭发同党,立功赎罪就可以宽大,可以解放,可以获得自由,回到人民群众队伍中。这就乱了,诱惑太大了,先揭对立面,再揭和自己平时不大好的人,最后什么哥们儿弟兄全来,就像冠状病毒一样,传染速度是相当快的。这些学生还都是二十岁刚出头的大孩子，既无生活阅历，也无斗争经验，除了唱戏翻跟斗，别的什么都不会，长那么大除了看过一本《毛主席语录》以外，再没看过别的书。这些孩子太好糊弄了。这个连的专案组长是中央戏剧学院文学系的毕业生，不知什么缘故下放到了这个连，是此连文化程度最高的人。厉害，抓一个准一个，简直就是神枪手。以他名字的谐音叫他"韩枪毙"，一连揪出二三十个来。这些人当然说不出细节来，这必须要有编剧的才能，这位"韩枪毙"学的就是编剧，很有一手。这人长得黑不溜秋，满脸疙疙瘩瘩，戴副黑边框眼镜，语言铿锵有力："说！谁发展的你？"此时光靠逼供信是说不圆满的，有些政工干部真是可以做编剧的，帮你补漏洞，加工细节，甚至安排大结构，这是"韩枪毙"的本工，他学的就是戏剧文学，编剧十分内行。你还没想好编派谁呢，他先说了："是不是黄某某？"有了现成的答案，你就不用编了，忙说是！又问在什么时间发展的你？是不是某某年某月某日？你必须说"是"了。接着问，在教学楼后边小树林里给了你一个表格叫你签字，你是不是在某某年某月某日又发展了蒋某某？一份完整的交代材料完成了。二三十份材料交到军部，战果辉煌，"韩枪毙"立了大功。在各个"学生连"（宣化、黄梅寺、柴沟堡、西河营都有"学生连"）成了传奇式的人物。

　　为了扩大战果，举行了一次宽严大会，当场宽大了两个"五一六"分子。指导员宣布，只要主动交代罪行的，一律按人民内部矛盾处理，不办学习班，不剥夺自由活动权，甚至家中有事可以请假回家，真有点宽大无边了。那些被办了学习班始终不承认是"五一六"分子的学生，立即动摇了。

突然一哥们儿站起来大叫："我是'五一六'！"紧跟着又有两个站起来高呼："我也是！"最逗的是一位知名的老艺术家，是老师，居然也振臂高呼："我也算一个！"大家都笑了，什么叫算一个？大会开完，坏了，全连九十多人，居然有六十多"五一六"分子。要知道这一连学生是红卫兵演出队，是当年在众多学生中挑选出的，全部是工人阶级出身，贫下中农子弟，出身不好的，根本没资格参加演出队。这些根正苗红的革命后代怎么都成了"反革命"？而且太多了。只剩下二十来人不是"五一六"，管不过来呀！人心有些乱，"五一六"分子之间开始串联，彼此一交流，发现上了当了，谁他妈都不是。这亘古奇冤岂能如此这般地就定了性了？于是成立了核心小组，决定集体潜回北京告御状。密谋多日，一天，天刚蒙蒙亮，开始行动。六十多人分头出发，多路前行，沿着沟边、山脚、树林、小径，蹑足潜踪，向沙岭子火车站集中，要乘第一班火车进京向党中央毛主席去鸣冤叫屈。有一位唱老旦的女同学，每天早上到后山上喊嗓子，忽然发现四周均有同学悄悄行进，而且是向着沙岭子火车站方向。阶级斗争的警惕性立即提醒她，"五一六"分子秘密潜逃，立即跑步到连里报告。连长指导员们还没起床，闻讯匆忙到营房一看，果然"五一六"分子都不见了，立即狂奔追赶。等到了火车站，第一班火车已经开走了，这无疑是一起重大的"反革命"事件，当即打电话向军部汇报。

上了火车的六十多难兄难妹们悄悄分散到各个车厢。说好了，一到北京不许回家，集体到中南海西门静坐示威，要求平反。火车第一站停靠"宣化"站，一般停车五六分钟就又向前开了。可这次

抓"五一六"分子,老艺术家(右)说:"我也算一个!"

竟停了二十分钟,"五一六"分子们对这异常的情况警觉了。火车开动了,只见一些刚上车的人并不找座位,都挤站在每个车厢的连接处,也就是堵在门口,不动了。火车行驶到"三家店"一站便停下不走了,车门一开,工人民兵立即冲上前,早已瞄准了"五一六"分子,六十几个人,一个不落地押下了车,在站台上集中一起蹲在地上,工人民兵围成一圈。驻地部队派人来了,宣布接到北京军区司令员的命令,有一批"五一六"分子潜逃回京,准备进行"反革命"武装暴乱,必须立即在半路截停,押回原驻地,等待处理,不得放一个进京。这一招儿是学生们根本没有想到的。但学生们更没想到的是,整个火车站已经由当地驻军的一个营长带领着荷枪实弹的十几个战士严密封锁了。返回张家口的火车进站了,营长命令学生们立即登车返回,这帮学生很齐心地蹲在地上一动不动,火车只好开走了。第二列车又来了,学生们仍一动不动,火车只好又开走了。营长怒了说第三趟车来了如还不走,就由工人民兵强行押上车。第三列车进站了,没等工人们动手,一位唱旦角的女学生突然站了起来,这是连里唯一的共产党员,关键的时候是真需要党的领导啊!她呐喊着:"工人民兵同志们,叔叔、大爷们,我们不是'五一六'分子,我们是红卫兵演出队,是毛主席的红卫兵,是江青同志亲手创建和指挥的演出队。我们所有的人都是工人的子女,贫下中农的后代,我们被一些别有用心的人打成'反革命',我们只想去北京,向党中央、向毛主席告状。我们手无寸铁,怎么会上北京搞什么'反革命暴动'。工人同志们,叔叔大爷们,你们会向你们的儿子女儿下手吗?我们都是革命的接班人!"她哭了,声泪俱下，这也像传染病一样，六十多人一起号啕大哭了，工人们都被感动了，他们小声议论了一阵，忽然领头的工人大喊一声："撤！"工人民兵们竟然稀里哗啦全都走了。没辙了，只好由战士们把这帮学生押到了一个破烂的工棚里。这帮孩子不想坐以待毙，选出两位武功特好的演员，趁吃饭上厕所之机，带着早已写好的告状信躲过站岗的士兵偷偷逃跑啦。二人直奔京城。第三天的上午，两位武林高手大摇大摆地回来了。告状信已经在中南海西门交到了一位中央首长手里。状子递上去了，孩子们焦急地等待结果。第五天，军部终于派了一位副政委来了，很不情愿地说出了中央首长的指示："'五一六'运动有扩大化倾向。""情况紧急，尽快处理。"没的说，上火车回沙岭子。没过多久，全连开大会，宣布连里没有"五一六"分子。抓"五一六"运动胜利结束。最后全体喊了一阵口号，打倒杨、余、富！打倒王、关、戚！打倒彭、陆、罗、杨！毛主席万岁！万万岁！那位女共产党员成了学生连的英雄人物。

平反后，"五一六"分子们开始寻找复仇对象。第一个就是"韩枪毙"，几个同学一串联，把"韩枪毙"骗到了一个小黑屋里，叫他交代为什么迫害工农兵子弟。"韩枪毙"尿了，低头认罪，赔礼道歉。B同学不依不饶，一定要臭揍一顿才解气，"韩枪毙"一再求饶。同学们也都说，行了，算了，他都认尿了，杀人不过头点地。可B同学不干，不打他一顿，不足以解心中之愤。同学们有点拦不住，"韩枪毙"说饶了我，饶了我，只要不打，你叫我干什么都行。B同学想了半天，怒气难消地说，你连喊我妈三声"万岁"，我就饶了你。"韩枪毙"很不好意思，这怎么喊？只有毛主席才万岁，林副主席也只能永远健康，江青也只能学习致敬，可不喊今日绝躲不过一顿臭揍。旁边几个同学也起着哄地怂恿他喊吧，他无奈只好举起右臂，一连喊了三遍："B某某的妈妈万岁，万岁，万万岁"。这样，B同学的怒气方消，总算解了恨，够了本儿了。我问过他，这解的什么气？B同学说，当然了，全世界只有毛主席才能万岁，我妈顶了头了。也有道理。这些学生太可爱，这种事情电影学院、音乐学院学生绝做不出来。

没过多久又出事了。文化部指示下来，全连的人要划级别，定工资，这是一等一的特级大事，牵扯到每个人的切身利益。我们连音乐学院附中毕业的和戏曲学校毕业的一律按中专待遇评文艺辅助二级，大概每月工资应该是三十七块五毛。学生们一下子全炸了窝了，坚持认为是大专而非中专，工资应定为四十二块五毛，而这件事与部队领导无关，根本管不着，是文化部、国务院的事儿。这些工资级别怎么划分？我一直也闹不明白。音乐学院附中的学生们牢骚、抱怨，骂声连天，都是愤怒和无奈。中国戏校"学生连"则完全不是了，他们认为他们受到了不公正的待遇，必须斗争，决定全连同学再次上京告状，争取应有的权益。这一次可不是偷偷摸摸潜伏回京，而是大张旗鼓。全体开会决定，连里领导一看又要闹事，也阻止不了，忙又向军部紧急报告，万没想到军部领导竟然指示不用阻拦，随他们去。一大早我和几个同学跑到戏校驻地，一是送行，二是看热闹。一进营地只见一位唱老生的演员阿五正拿着一面大锣边敲边喊，进京告状了！集合了！去火车站了！大锣铛铛铛敲得山响，集合了！出发了！学生们纷纷从营房跑了出来，连里领导也都出来，站在一旁默默地看着。学生们整个一个军事化集结，站队、向右看齐、报数、立正、稍息，这就要走了。连长和指导员忙把领队的两个人叫到一旁，关怀备至地叮嘱着，把队伍带好，千万不要闹事，严格纪律，通过正当手续办事，安全地把队伍带好，早去早回。领队的一再向领导表示：一定遵守纪律，发扬我军优良传统，下定决心，不怕牺牲，排除万难，去争取胜利，保证带好队伍，全须全尾儿地把队伍再带回来。出发！居然队列整齐，迈着军人的步伐，"一二一，一二一，一二三四"地喊着出发了，一路还唱着毛主席语录歌，这样的队伍你还能不放心？

到了北京，在永定门火车站下了车，谁也没先回家，依旧列队整齐，"一二一，一二一，一二三四"地一直走回母校中国戏曲学校，并在教室里安营扎寨，保持部队的严谨作风。状子告到了文化部，终于有了回文，这批学生一律按大专待遇，月工资是四十二块五毛，每个人还补发所欠工资二百八十元。学生们发了一笔小财，于是班师回朝。"一二一，一二一，一二三四"地全须全尾儿地回了沙岭子，真是一支诚信的队伍。

说实话，除了中国戏校的学生，这种事在其他所有院校都是做不来的。他们从小七八岁起，接受的完全是另一种教育体系。忠孝节义，哥们儿义气，两肋插刀，患难与共，是他们为人的道德底线。他们这么一闹，音乐学院和美术学院等附中毕业生全都受了益，这都是五十多年前的事了，现在不行了，一进了院团，相互之间拉帮结派、尔虞我诈、排挤打压，上边笑脸相迎，下边一脚就使个绊子，这都怎么了？

风吹唢呐声

部队营房驻地，距张家口市有二三十里地，应该属于远郊区。那时能去一趟张家口，也就是进城一次，是个很奢侈的享受。连里有什么事儿要去城里出个差，大家都抢着去，最重要的是可以暴餐一顿涮羊肉。那天是去张家口火车站拉煤，这是又脏又累的活，没人愿意去。连里指定的六个人，有三个音乐学院附中的同学，作曲系的H君、弦乐系拉提琴的T君和钢琴系的一个女同学G君，女同学是要进城买东西。两个大卡车拉到火车站，装完煤就中午了。我们顾不得一脸的煤灰，进了一个国营什么餐厅，不记得了，饱餐了一顿涮羊肉。吃完往回走，路过市里最大最气派的广场，好像是"人民广场"，又去商店买了些同学们托付要买的东西，还吃了冰糕，买了好多点心、蛋糕什么的。忽然风刮来一阵唢呐声，吹的是当时十分流行的《社员都是向阳花》。搞音乐的人对这种乐声是很敏感的，大晌午的怎么会有人在广场吹唢呐，大伙儿便循声走去。

广场比较大，三面是大会堂式的建筑。据说"文革"运动开始，市领导被揪斗时曾有一桩罪状，按照北京天安门广场大会堂的样式，盖了市人大会堂，有篡党夺权另立中央的狼子野心。广场中央是一座有四五米高的毛泽东挥手向前的立体塑像，唢呐的声音就来自这里。我们看见了雕像基座的前面，坐着一个正在吹唢呐的人。走近一看，这是个乞丐，四十来岁，而且没有双腿，是个残疾人，头发很长，穿着一件很旧的打了补丁的军装，地上放着一个小笸箩，里面有一些毛票儿和硬币，来往行人各自走路，没人理会他。

我和老乡的合影,身后就是唢呐声传出的地方

我们蹲到他面前，他也不理会，旁若无人地吹着。H君掏出兜里的零钱扔到笸箩里，他仍自顾自地吹，我们也都掏出了一些零钱扔进去，他停住了，抬头看了看我们，忽然说了句："大学生！"真的惊呆了，我们有这么出名吗，连乞丐都知道？我们慢慢聊起来才知道他是个残疾军人，在朝鲜战争中失去双腿，被俘。回国后被审查有无叛变行为，也安排不了工作，回乡务农，也没做出什么结论。困难时期家里人死光了，他外出讨饭，而且他是合法乞丐——他从兜里掏出一张皱巴巴的证明信，上面盖着大队和公社的红印章，他属于无亲无友，丧失劳动能力，因此被批准可以在外乡讨饭。他不住地说我是合法的，有公社大队开的证明，相当于他有政府发给的正经的营业执照，所以没人干涉。我们这才明白，凡没有证明的，一律收容处理或遣送回乡，是不允许在城市里乞讨的，有碍市容。

我们问他是否学过吹唢呐？他说小时候学过吹曲儿，吹曲儿比吆喝要饭好要，问他吹的是什么？他说《社员都是向阳花》，是歌颂人民公社的。当时这首歌几乎妇孺皆知，广播里每天放上十几遍："公社是个常青藤，社员都是藤上的瓜，瓜儿连着藤，藤儿连着瓜，藤儿越壮瓜越甜，藤儿越壮瓜越大。"他说他还会《大海航行靠舵手》《东方红》《志愿军战歌》，问我们要不要听。我们不想听，应该是不忍听，便起身告辞。H君刚买的四块蛋糕，就拿出两块放在他跟前说"蛋糕"。我们走了没多远，T君忽然对H君说，你就缺那两块蛋糕吃？H君大窘，又走了回去，把手里的两块蛋糕也放到了乞丐面前，说还有两块。一路回来，大家十分感叹了一番。后来还去过几次张家口，路过广场时也还听到了唢呐声，没再理会过，比起"文革"的好多事，这事并不稀奇。

一九七二年底干校大逃亡，学生跑光了。到一九七三年五月才分配工作。我去了广西，T君分配到了中央歌剧院，H君和G君则移民英国，并在那里定居。一九八二年我到京筹备新影片的拍摄，偶遇北京电视台一位领导告诉我，中央歌剧院正由一位法国导演排练歌剧《卡门》，想拍一个专题片，希望我帮个忙。我欣然答应，因为比才的《卡门》在我心目中太神圣了。我也看过一些外国歌剧，始终无缘看到《卡门》。这是近百年来在世界上最流行、演出率最高的一部法国歌剧，没人不知道《斗牛士之歌》，狂野！每听到《卡门》的主旋律就会热血沸腾或肝肠寸断。我为这专题片起名《卡门——54》。台领导对这个名字非常欣赏，说起得好，因为这一部歌剧在全世界用五十三种不同语言演出过，中文是第五十四种语言。用中文演唱，这真是改革开放后文化界的一件大事，是值得大书特书的。我带着摄像师立即动手拍摄了。这时歌剧院已进入了最后排练阶段，我们日夜加班采访了导演、主演、乐队指挥，拍摄了现场排练、联排、彩排。终于完成了。最后一关，由文化部门领导审查，只要审查通过就立即公演。

审查演出本来不许无关人员观看，可这一天演出天桥剧场里几乎坐满了观众，大多数是工作人员的亲朋好友或关系户。我与摄像师坐在一排边上，不时抓拍些观众镜头，乐队坐进了乐池，一位提琴手忽然招手叫我，是T君，我们好多年不见了。演出开始尽管各方面水平还有限，但毕竟是比才的作品，旋律总是震撼人心的。观众们疯狂地鼓掌。大概十点半演出结束，审查的官员领导们全都去了贵宾室，所有的创作人员都留在场里，等待宣布审查结果。我的任务是拍下最后一组审查通过后大家热烈欢呼的镜头，专题片基本完成。本以为有个十几二十分钟就可以宣布了，没想到到了十二点多，也不见领导们走出来。T君夹着提琴盒子下来找我聊天来了。七八年未见了，还是挺亲热的，自然就聊起了当年张家口部队干校那些糗事，一个个数着哪个同学分配到什么工作，在什么地方，这才知道H君与G君去了英国，而且前不久回了北京一次，他一直陪同。忽然他问了我一句，你还记得一九七二年在张家口见到的吹唢呐的乞丐吗？说实在的我早就忘记了，经他一提才慢慢想起那个失去双腿的残疾军人。T君向我说了下面的故事。

H君和G君这次回国是想拍一部当年我们这些大学生在干校生活状况的片子，记录这一段鲜为人知或者说鲜为人提及的独特的历史，并请T君前去帮忙。到了张家口先到军部挂了号，申请了拍摄许可，又申请了一辆吉普车，带上摄影器材出发去老干校原址。车子路过人民广场，鬼使神差地传来了一阵唢呐声，那首《社员都是向阳花》的旋律，忽的隐约而来。H君恍惚了，不会吧？忙叫停车，仔细辨听，千真万确。八年前的唢呐声！三个人都傻了，忙下车向广场中心走去，依然是那座高高的塑像，依然是基座旁的地上，依然是那位残疾军人，顽强地吹着唢呐，过往行人没人理睬他。无语。每个人都把兜里钱掏出扔在了他的笸箩里，他没见过这么多钱，停下来看着说了声"谢谢"。H君问道，你还记得我们吗？他笑了笑说："蛋糕！"这太神奇了，一晃八年他还记得！仔细想想也是，他一辈子可能就吃过这么一次蛋糕，这是忘不了的。

他们驱车到了干校原址,拍了一组空镜,回来路上大家商量了一下,把唢呐人拍一下,这很独特的,同时也向军部打个招呼,能否改变一下唢呐人的生活状况。军部领导没有表示异议,同意去拍。

第二天上午他们驱车先去了广场。下车以后没听到唢呐声,走近高高的塑像,只见基座前站着两个执枪守卫的士兵,唢呐人不见了。忙问两个士兵,唢呐人哪去了?两个士兵目视前方,一动不动,真的是雕像一样,声音、话语、温度、方向、雨雪冰霜,都不会对他们有任何影响。问那些废话干什么?车走远了,可大家耳边怎么也驱除不掉《社员都是向阳花》的唢呐声。"我们罪该万死,打扰了他平静安详的生活。他本可以自由地好好地活着……"

等T君把故事讲完,已经深夜一点了,剧场里等候的人都已经东倒西歪地瞌睡沉沉,这才见领导们从贵宾厅走出来。我们忙准备好录像,录一下群情振奋热烈欢呼的场面。可是领导们都铁青着脸,审查结论是此剧不宜公演,毙了!原因是此剧第一幕,有卡门与一帮走私贩子的合唱,宣扬歌颂了走私行为。当时改革开放不久,一些不法分子为了先富起来,走私猖獗,国家正在打击治理,此剧唱反调,不宜演出。那些刚睡醒的人始终以为还在做梦。

第二天我到电影局办事,遇见了恩师钟惦棐,向他说了《卡门》审查的事,他先是一愣:"走私?"随即大笑:"乱讲,不会的。"是,我也觉得不会的。

爱信不信

人活七十古来稀。没错。能活到这个岁数够本儿了，活到八十岁的那就赚了。至于活到九十多，那就大赚了。只要不给别人添乱，添麻烦，活一天赚一天。

人老了，爱忆旧。因为谈未来、理想、前途、命运都不那么理直气壮了。可忆旧你得有资本，一帮老家伙凑在一起，能说得唾沫星子乱溅的，一定是那些受过苦、挨过整、遭过难、历尽坎坷的人。很多一辈子顺顺当当过来的人，很羡慕我，好些老朋友都指着我说，你小子真不白活，活得有声有色、丰富多彩，什么事都叫你赶上了。别误会，什么事都赶上了，不是说的好事，是什么苦什么罪什么难都赶上了，活得比较丰富多彩；是什么稀奇古怪的事儿都赶上了，其实是活得比较光怪陆离。那些顺顺当当地活了一辈子的人，老了回头一看，这辈子七八十年没什么可说的，太一般化，觉得特没劲，可你真要让他也丰富多彩一下，他还真不干，宁可活得平平安安的。苦难是一种财富，苦难是一种以生命为代价的财富。

命中注定

人的命天注定,这话也对也不对。我与一命相大师聊过天,他说"人的命天注定",就像做事总要先有个计划,命相就是天给你定的计划,可在实行的过程中,主客观因素都会使你的计划改变。所以不能较真。这也许就是诡辩。

二十世纪四五十年代,北京南城有一位名气很大的命相师,是位盲人。我们那会儿都把这种人统称"算卦的",有住家的,有游走的,有大户包月的。一九五八年以后,好像都取缔了。南城好像是在李铁拐斜街,还是杨梅竹斜街?记不清了,反正是条斜街。有个开馆的浙江人叫李阳明,这个名字让我觉得他应该是余姚人,那是明朝心学大师王阳明的故乡,是否有意借了大师之名招摇撞骗?谁知道。

我们宅门里的二姑爷"艮萝卜",黄埔军校毕业,戎马半生,不信鬼,不信神,尤其对算命的一向嗤之以鼻。听大家都把李阳明说得天花乱坠,决定去搅和一下,倘若胡说八道,是要羞辱一番的,定要羞辱一番。

他去了,报上了"生辰八字",李先生眨巴着失明的双眼,愣神了五分钟,艮萝卜不耐烦了,怎么了?说!李先生终于开口了:"你这个'八字'或者是你和我开玩笑,或者你是大贵人到了。"艮萝卜二话没说,扔下八块钱走了(算命"批八字"一次八块)。他报的是共和国开国元帅朱德总司令的八字。当然后来艮萝卜依然不服,他说没什么稀奇,这些算命的早就把中国名人的"八字"倒背如流了。

一九五六年夏，我隐约知道了一些我的身世之谜。在这方面母亲对我防范甚严，没人会告诉我，我把解密的希望寄托在了李阳明先生身上，瞒着母亲，偷偷跑到李铁拐斜街算了一卦。他收费分几个等级：问具体某件事儿，可抽签来解，一签三毛；看八字、讲八字八块；算流年，也就是细批你一生每一年的运程，二十块。收费标准在当时是超高的，一般收入的人绝对算不起。李先生的命馆是一个很精致的小四合院，院里花木扶疏，廊子上整齐地摆放着大小花盆，各色花卉争奇斗艳，廊檐上挂满了各式匾额，着实叫我吃了一惊，都是名人题款的赞颂之词。什么"当世诸葛""大国师""喻世神通"，其中有民国总统徐世昌和黎元洪送的匾额，还有很多文化名人、梨园名宿如李万春、荀慧生送的匾额，都印证了这位李瞎子不是凡人。东厢房门口旁有个煤炉子，一个四十岁左右的女人正在用一小砂锅熬汤。我早听说过是李先生的夫人，很文静标致的一个女人。见我来了，忙把我让进了东厢房。李先生正襟危坐在书案旁一张太师椅上，我坐到他对面，寒暄了两句以后，我说请先生批一下八字。他叫我报上八字以后，便低下头默想了一会儿，抬起头开口第一句便是："自幼父母双亡，姑妈养大最好。"我差点儿没跳起来，再准也不能准到这种程度。他就是说姑姑，我都不会这么震惊，还偏偏说是"姑妈"。我两岁卖到郭家，一直称母亲是姑妈，还父母双亡，绝对不对了。我忙叫："停，等等，等等，您先别说了。"他问怎么了？我立即想起了艮萝卜说的话，这位李先生早知道了我的八字，我相信我母亲一定来这里为我算过命，且事先嘱咐了李瞎子，万一此人来算命，该怎么怎么说，这是有预谋的。我毫不掩饰地说出了自己的猜忌，李先生丝毫不恼，微微一笑说："年轻人，你不是来算命的，我很知道你们这一代年轻人是不相信命运的，从小受到的是新社会的教育，你就是想考一考我，每天那么多人算命，我要知道你的底细，全记住他们的八字，我真成神仙了。这样好不好？你愿意听，我就往下说，说得对我们交个朋友，说得不对，我分文不取，你走你的路，好吗？"我没得说了，只好说你说得实在太准了，我有点不敢信，您接着说。他操着一口浙江地方音的普通话，娓娓说道，你生下以后两次改姓移名，两岁时才有了归宿（没错，我先被卖到宣化，后又被转手，两岁卖入了郭家），姑妈养大，十二岁转运，入了富贵之家，衣食无忧（没错，我十二岁进的大宅门）。最叫我心惊胆战的是下面的话：你今年十六岁，红鸾星照命，犯桃花运，有女人。这是怎么个意思？我确实刚刚有了女友，不到一个月，没有任何人知道，偷偷地、秘密地不敢向任何人说，也不敢叫家里人知道，更不敢向母亲说。李先生这一棒子就把我打晕了，我心跳都加快了，老老实实心服口服地往下听了，我只拣重要的说。"二十四岁再转运，有牢狱之灾。"坐大牢？打死也不信（可一九六四年二十四岁的我成了"反革命"分子进入了劳改队）！"二十六岁家道中落，一贫如洗，无祖业可继承，无兄弟可帮手。"更不信，我家财万贯，怎么会无祖业可继（可一九六六年"文革"来也，真抄得我一贫如洗）？"三十八岁转运，想什么有什么。"（我三十九岁平反，拍了电影处女作《神女峰的迷雾》）"此后事业有成，财源广进，磕磕绊绊，永远也达不到你想要达到的目标。"（是我野心太大，力不能及）"六十岁，名利丰隆，事业顶峰。"（这一年我拍了电视剧《大宅门》）再往下算到六十四岁运没了，算不出来了。我问什么叫算不出来了？李先生说你的寿数没了，这么说，我只活到六十四岁就玩儿完了，李先生又说也不一定，六十四岁是你的大坎，你要熬得过去，可到八十以上，熬不过去，寿终正寝。

　　十六岁以前就不说了。李先生算得奇准，过去的事是骗不了人的。做梦也没想到的是此后几十年全叫他说得那么准。六十四岁那年活得累，坐屋里怕房塌，出了门怕车撞，小心翼翼地活着。六十五岁我拍电视剧《粉墨王侯》时，还是没躲过一场大灾难，一次重病险些要了我的命，总算腻腻歪歪地活过来了，没死！可以预知未来吗？如今八十了还活着，差不多也该准备后事了。生命到了尽头，再往下没得可说了。

　　我又提了一个问题，问我父母是否双亡了？我怀疑。他说八字看不出，要我抽个签，单算一件事，抽个签三毛钱。我拿起签筒摇了七八下，终于蹦出了一只签，上面刻着一行小字，他叫我念给他听，"艮为水坎为山"。李先生略一思索说，父母尚在一位，我问可见面吗？他说可以，要七八年后。果然八年后的一九六四年，我从三姨口中得知了亲生母亲仍在世，在徐水县老家。我当时已经被打成了"反革命"，进了劳改队，无法去见母亲。又八年以后才像侦探小说一样曲曲折折见了亲生母亲一面。

　　信不信由您？反正我信。我就是这么过来的，我坚信自己是虔诚的唯物主义者，不信苍天，不信鬼神，我只相信自己的努力，可六十多年，我始终摆脱不了命运的阴影。

肝儿疼

电视剧《大宅门》剧本的创作过程十分坎坷，稿子四次被毁。传言甚多，在网上也被描绘得五花八门，特别是有很多文章提到了电视剧片头字幕的最后一幅衬底，画着一个人跪在大宅门前请罪，说那就是我，由于外扬了家丑，向宅门族中人请罪。

这幅衬底是我授意画家丁一先生专门创作的，其他均为丁先生随意创作，我没必要向宅门族中人请罪，也无罪可请。任何一部写人物的作品，人物大多有原型，但既成文艺作品，则作品中的人物与原型人物便脱了钩。我只向母亲认罪，那一跪只向我的母亲。我庆幸我还有勇气进行反思。自省其实也自私，以为一个忏悔就可以抹去心中的罪恶感，事实上不可能，但总比咬着牙死不认罪，或掩盖、粉饰要强一点，至少以后不再犯同样的错误。在写《大宅门》剧本时，我一直是带着这样沉重的心理负担进行创作的。因为母亲曾表示过，离世以后不想在人间留下任何痕迹，包括文字的、影像的，我未尊母命，此乃大不孝。上高中二年级时，我十六岁开始写《大宅门》，是写小说。那时候连"电视"俩字都没听说过，那会儿满脑子的《红楼梦》《战争与和平》《水浒传》《基督山恩仇记》，我想我也能写出这样的一部小说，绝不比他们差。母亲发现我天天熬夜写东西，哪有那么多作业好写？问我天天点灯熬油的整宿不睡，写什么？我说作业多，母亲以为我很用功。可高二时，我五门功课不及格，蹲班了，母亲怀疑了，那么用功怎么会蹲班？有一天放学回家，母亲脸色很不好，指着我的小说手稿问，你在写什么？我说小说。母亲说，你胡写什么？什么老爷太太小姐，抱狗的丫头。我急了，您怎么能偷看我的东西？"偷看"俩字，惹怒了母亲，偷看？母亲看儿子东西，叫偷看？我说不经我允许，您不能看。母亲更怒了，我就不许你写。我说写小说怎么了？母亲说，你胡写就不行，你把它都烧了。母亲从未向我发过怒，我不再吭声。没想到第二天回来，发现手稿不见了，是不是烧了我没看见，但我不再写了。

当时还没有什么创作思想之类，原则上倾向于批判现实主义。文风上崇尚曹雪芹和雨果，尤其崇尚陀思妥耶夫斯基。我受易卜生的《玩偶之家》和曹禺《北京人》影响很大，把老爷子写成了封建势力的代表，暴虐、残忍、流氓、恶棍，把母亲写成了封建制度的牺牲品，是被侮辱与被损害的妇女形象。那时母亲已是宅门中的掌门人，是不愿意触及少年那段历史的，大概觉得不光彩，门第、出身、地位在充满市侩势力的家族中是很残酷的。这件事在我后来的创作中形成了心理上一个巨大的负担。这是一件母亲十分忌讳和反对的大逆不道的事，也成了我的一块心病。可创作的欲望始终使我无法住手。

上大学以后我又动笔了，因为我把宅门的故事向我的恩师田风教授讲过很多，老师觉得是太好的素材了，叫我写成电影剧本。所以第二稿写的是电影文学剧本，只在学院写，是完全背着我母亲的，那时满脑子都是阶级斗争，揭露资产阶级丑恶的剥削本质，充满戾气。有关母亲的过往，这一稿中是没有的。其实我内心中的矛盾极其复杂，我不想也不愿意违背母命，我必须面对母亲的内心感受，避开这条故事线，我心中还是轻松解脱的。一九六四年运动来了，我成了"反革命"，并被勒令交出《大宅门》的手稿，并最终落实在我的定案罪行中，"为反动资本家树碑立传"。一九七九年落实政策时，我要求退回我的手稿，人事干部翻遍一麻袋档案材料，说没有。

一九七〇年在干校，我写第三稿，夜里偷偷地在被窝里打着手电筒写。还戴着"反革命"帽子的我，写这样的东西是新的罪行。这一稿其实是素材整理，把所有素材写成一个个的小故事，连顺序都没有，想到哪儿写到哪儿，一年多差不多写了厚厚的一个笔记本。运动又来了，我又被揪斗，一旦被查出素材稿就是知罪犯罪，于是把笔记本趁人不备扔火膛里烧了。一九七三年到了广西不予转正，属于监管使用。我没有拍片子的权利，我又写起了小说。有了家用不着偷偷摸摸的了，每写一章偷偷地在几个哥们儿中传看。长期积郁的怨恨早已耗没了，信仰也破碎了，充满了哀怨、灰败之气。几个朋友隔个把月看一章，看得兴起，等不及一章写完就要看。但只要写到母亲，我总是别别扭扭，欲进还退，怎么写都心虚。这种沉重的心理负担，严重地影响着我的创作，可我摆脱不掉。母亲的话，总在耳边响："我就不许你胡写。"

直到一九八〇年，写了有十几万字了，与妻子分居一年后闹离婚。法庭上分家时我什么都没要，净身出户，只要小说手稿，前妻说烧了。从十六岁到四十岁，多少年？二十四年。写了四稿，一字都没留下。我心灰意冷，彻底地失去了激情。先放一放。由于平反了恢复了工作，我要把失去的时间抢回来，从一九七六年到一九九五年的二十年间，我没休息过一天，包括春节等所有节假日、星期天，一共拍了八部电影，十五部电视剧，写了八个电视电影剧本。到了一九九五年达到了创作的巅峰期，最佳的创作状态，决定塌下心来光明正大排除一切干扰正儿八经地写《大宅门》了。估计要写十个月，为了这十个月，我准备了三年，从一九九〇年我就脱离体制单干了，十个月写《大宅门》，不干别的活，你吃什么？所以三年中我拍了四个戏，拿到了二十万酬金，保证不愁吃喝了，才可以踏踏实实写作。

一九九五年春节过后，我开始写《大宅门》。

每天七点起床，八时准时坐到书桌前写剧本。夜里十二点准时睡觉，不参与任何社会活动，不接见任何亲朋好友，冰箱里装满各种熟食，烧一大壶开水。我坚持了四个半月，完成了五十二集剧本《大宅门》（后改成四十集）。当时单位里什么分房、定级、涨工资、入政协，一律舍弃。此时母亲已于一九七八年去世了，从写作上应该没什么障碍了，按说也不该有什么顾忌了。当第三十集开始写到李香秀这个人物出现时，我心里就嘀咕起来，母亲当年的怒容历历在目，这个角色的原型就是我母亲。于是每场戏，每句词，每个动作我都字斟句酌、小心翼翼，绝不能让母亲挑出一丝一毫的毛病来。我把对母亲的怀念、敬仰、深深的爱都寄托在这个人物身上了。

后来网上有人评论说，因为李香秀这个人物写的就是作者本人的养母，所以塑造得特别完美。这话说得没错，这又是整个故事情节主线之一，前面又有二奶奶、黄春、白玉婷、杨九红一系列女性人物争奇斗艳，所以香秀这个人物塑造起来难度极大，至少得与前面的女性角色有一拼，我在每个细节上下的功夫也就特别大，我越写越兴奋，越来劲儿。当写到第四十集（原五十二集本）七爷与香秀定情一场时，我真的满意极了，得意极了。

这场戏一写完，我如释重负，终于把最难写最发怵的一场戏，如此精彩地完成了，把笔往桌上一扔，直起腰往椅背上一靠，长长地出了一口气。就在此时我右肋下面猛地一阵刺痛，我忙用手摁住，以为揉揉就好了，可不行，钻心地痛，好像是肝儿痛。我想站起来活动一下就好了，往起一站，痛得更厉害了，浑身冒冷汗。躺下也许会好点？我用拳头死顶住痛处，挣扎到床边，趴到床上。没用，疼得我满身大汗，衣服湿透，在床上翻滚了几下，已是疼痛难忍。心想坏了，肯定是哪出了大问题，必须去医院。那会儿还没有手机，我勉强够到床头柜上的座机打给我常年包车的一位司机师傅，是我当时在京最信任、最亲近的人了。打通了，我已经没力气说话了，只说了一句，小徐我不行了，就一撒手，把电话筒扔了。我忽然想起我的房门是从里面锁的，来了人也进不了门，我靠着墙蹭到门口，打开了门，挣扎着回到床边，上不去床了，坐到地上筋疲力尽。当时心里只有一个想法，死期到了。也就十几分钟，小徐师傅来了，一看就傻眼了。我说去医院。小徐师傅说，去医院可以，可我必须叫人来，郭导，您现在这个样我负不起这个责任。我明白。万一有个三长两短，连个见证都没有，谁也不愿顶这个雷。可我除了还在深圳工作的妻外，再无亲人。儿子远在非洲，小徐师傅只好打电话找了两个八竿子打不着的远房亲戚。还有一个人是《大宅门》剧本顾问，所谓顾问，我专门请了三个人，每星期天聚在一起，看我刚写完的两集剧本，并听我侃下两集的详细内容，然后谈感想，好看不好看？精彩不精彩？有一处一场不好看都不行，第一感觉对我至关重要。这位王先生跟了我五年，很有才，知识见闻广博，但笔头儿不灵，却有极高的鉴赏能力。他退休在家，生活较困难，跟着我在摄制组拍过两个戏，也拿一份酬金，闲来无事就聊《大宅门》。特别是对我母亲的态度，我全跟他说了，反复研究过李香秀这条线怎么写。他说没问题，这么写，就是老太太活着也不会反对，会高兴的。从写剧本开始，与王先生每星期日见一次面，已经有十多次了。这几年他和我走得最近，所以小徐师傅第一个想到了他。不一会儿三个人全来了，一看我的样子，也都感觉问题严重了，商量着送哪个医院，有没有熟人、后门什么的。一见到王先生，我突然警醒了，他们正要把我往楼下抬，我忽然摆摆手，叫他们别动。我对王先生说，刚刚写完一章你去看看，王先生忙走到书桌前去看，一朋友帮我熬了一锅小米粥，我哪里吃得下？当时的状态，咬着牙等死了。王先生是个绝顶聪明的人，看完剧本走到我跟前说，明白了，宝爷，把这一章删了吧，这是不叫写呀，要不然把整个这条线删了。我也明白了，说行了，别管我了。你们都走吧，大家都愣住了，这怎么行？去医院！怎么说他们都不放心走。我急了，用尽最后的力气吆喝道："走！快走！"大家吓住了。还是王先生明白，走吧，叫宝爷好好想想。临走时千叮咛万嘱咐说随时电话联系，有需要打电话，马上就过来，别锁门。全走了。我艰难地爬起来，打开橱柜，从相册里取出了我母亲年轻时的一张照片摆在床头，对着照片我盘腿而坐,用个茶杯死死顶着我的痛处跟我母亲聊上了:"妈,您这是想要我的命。怎么了?不叫我写是吧?我这段写得不好吗?我把您写得那么好那么美,凭什么不叫我写?我给您抹黑了吗?您不就是想要我的命吗?行。我今儿就跟了您去。咱们天上见,我巴不得,我又能见着您了。我还告诉您说,就这么写了。怎么着?就不删。怎么着?要我的命,我给您,就不删!就不删!"我愤怒地号叫着。真是不可思议,不疼了。我自己都傻了,不疼了。我放下茶杯,摸着刚才的痛处,就像什么都没发生过一样。电话响了,是王先生问怎么样了?我说没事了。王先生没听懂,没事了是什么意思?没事了就是不疼了。不疼了是什么意思?王先生还是没明白。我说我把老太太的照片请了出来,我跟我妈聊了会儿天儿,撒了个娇,老太太饶了我了。王先生说,明白了,呵呵。我把那锅小米粥全吃了,又坐到桌前写到了十二点。从此以后,二十五年,这样的病痛再没发生过。

迷信吗?

每年清明扫墓,我都要与母亲聊上一阵,聊天的第一个内容,固定的是《大宅门》的事儿,向母亲忏悔、认罪,请母亲原谅。于是电视上便有了那幅长跪不起的画面。

痒死你

母亲去世那年,正是我最拮据最困窘最无助的时候。打倒"四人帮"一年多了,我向中宣部、电影局、北京市委、电影学院都写了要求平反的信，可如石沉大海，一点回信都没有。那是一九七八年元旦在广西，几个北方的可以说得上话的老朋友都回家过年了，我与老婆孩子吃了年饭，早早睡了。第二天一早正收拾屋子，我的一个学生拿着一封电报找我，我一惊，"母病危速归"。但随即我又放松了，不可能，母亲一向身体很好，一定是北京那帮哥们儿想我了，给我个请假的理由骗我回北京过春节，二月初就春节了。我学生说这也太恶作剧了，一言提醒了我，过去也曾有过两回骗我回京的电报，或是老太太的房子出了问题，或落实政策的问题，再恶作剧不可能用"母病危"的理由骗我，我一下子心慌了。去厂里请假，已是忍不住地泪流满面。当然立马批准了，可我走不了，没钱买火车票，到北京的火车普快硬座也七十三块，我一个月工资才四十五块。我羞愧地向我的学生借了一百块钱，答应两年之内还清。第二天上午我心情忐忑地上了火车。到北京要坐两天两夜，最令人心痛的是在我上火车的时候，在我全然不知情的时候，母亲已在京去世了。生儿育女为的是养老送终，我既未尽孝，也未能守在床前送终。

到了北京以后，一些亲朋好友又演绎了一出令人作呕的丑剧，特别不愿意回忆那段日子，先揭过去。我没有钱给母亲办丧事，向"革命居民委员会"申请救助。因为在当年抄家时，同时也抄了存折，冻结在银行，他们批准我母亲扫大街，每月给十六块钱，就是从那存折中扣除的。其实母亲拿的是自己的钱，经街道办事处批准，给了二百元的丧葬费。就连这二百元也被亲戚勒索而去，还是没钱。又找朋友借了一百元，而且还要叫妻立即带儿子来京奔丧，又得借钱。两个人的火车票钱简直就是天文数字了，于是负债累累。母亲生前曾说过，死后要土葬，不愿火化，但在当时是完全不可能的。我又想起一九七六年周恩来去世时坚持火化，母亲曾十分感慨地说："周总理真聪明，火化好，省得他们以后去乱挖。"这话指的是当年赫鲁晓夫挖坟掘墓，烧了斯大林的遗体。我心中暗暗对母亲说：妈，咱们就学总理吧。话虽如此，可心痛得不行。我去买骨灰盒，一看分甲、乙、丙、丁四个等级，甲等一百八十元，我看都不敢看，乙等七十二元，再往下就不成样子了。我抱着骨灰盒走出来，仍心中愧疚，暗暗地说道：妈，咱买不起甲等的，只能买个乙等的，您老人家受委屈了。没什么丧葬仪式，没有什么悼念活动，我连一小块墓地都买不起。也不愿妻、儿和我回广西过凄凄惨惨的春节，便将妻、儿托付在一个朋友家。我一人抱着骨灰盒狼狈地逃离了北京。我想也好，就把骨灰盒供奉在家中，母子常相伴，妈妈也不寂寞。后来经济条件好了，也没想再安葬，就这样从北京到南宁，从南宁到深圳，又从深圳回北京，整整十五年，我们母子始终在一起生活。直到有一天出了一件奇异怪诞又叫人敬而生畏的事，才改变了这种状况。

一九九〇年我在南京拍电视剧《淮阴侯韩信》，二月十二日停机，十三日处理完组内事务，第二天也正好是春节的大年三十返回深圳过除夕。到了深圳已经是下午五六点钟，到家一看，由于常年在外辗转拍戏，冰箱里空空如也，米、面、果、蔬一概没有。这年怎么过？而且这十几年来，每逢清明、春节，只要不在外出差，我必要把母亲的骨灰盒请到桌案之上，供奉瓜果，焚香叩头，追思悼念。而现在既无香烛也无瓜果，只能干磕头了。我决定到外面找个餐厅，先解决吃饭问题。怎么也得弄顿饺子吃，过年嘛，然后再买香烛瓜果回来祭奠，可上街一看，所有的店铺全都关门歇业了。那时深圳人基本都是外来户，每过春节人全走光，就一个"空城计"了。走了三条街，连个行人都不见，只有不时传来的鞭炮声。这下坏了，甭说吃饺子，饺子皮都甭想，总不能饿着肚子过年吧？绝望之际转过街口竟然发现有一家餐馆还开着门，亮着灯，门面不大的一个二层小楼的港式餐厅。真是绝处逢生的感觉，我几乎是冲了进去，只见两个服务员正在打扫厅堂，听说我们要吃饭，非常抱歉地说，不好意思，打烊了。我说随便吃点什么都行。其中一个小伙子操着东北口音说，厨房里没人了，什么也做不了，我怎么对付都不行。这时从楼梯上走下一个人，三十来岁，西装革履，油头粉面，穿一件深灰色的风衣，手里提着一个拉杆箱，这是老板，问我们怎么回事。我忙说了我们的困境，老板很为难，说他马上要赶火车过关回香港过年了，实在帮不上忙。他一口的广普，说这两个服务员是留守看店的，也不会做什么，让我们再去别处看看。我说可深圳都没第二家了，实在不行，有什么原材料，卖点也成。老板愣了一下，便与东北那位服务员嘀嘀咕咕了一阵，说了些什么，然后跟我们说他要赶火车，叫我们和服务员商量，说完提着拉杆箱走了。东北人说老板吩咐了，把他们留守人员吃的饺子馅儿分出一些，再拿几斤面粉请你们回家自己做。香港老板真是大慈大悲的菩萨心肠。我和妻拿着一大盒饺子馅和一大袋白面回了家，居然吃上了三十晚上中国人万不可缺的饺子。可老太太怎么办？我只好把骨灰盒从书架上请下来放到书房的写字台上，恭恭敬敬地磕了三个头，说妈对不住了，儿子回来晚了，什么都买不着了，磕仨头，就算辞岁了，明儿我上街买香烛瓜果再给您补上。今儿只能这样了，对不住了老太太。

　　第二天中午又包了顿饺子吃，急忙与妻上街，买上供的用品。深圳的春节完全没有冬天的意思，走了有半个深圳，已是满头大汗，气喘吁吁，外套全脱了，只穿件衬衣，还不住地出汗。竟然没看见一家开门的香烛店和水果店，灰心丧气的，我们只好往回走。我对妻说，不行了，我快累瘫了，今儿就到这儿了，明儿再说。妻也累得不行了。走到鹿角街口，拐个弯就到家了。妻忽然指着远处说，那边好像有家店开着门，远远望去马路对面的一条小街里，确实隐隐约约有家小店开着门，货架货筐还突出在路边上。太远了，两三百米，可我已筋疲力尽，说走不动了，算了吧，先回家，明儿再说。妻也没再坚持，回到家我进了书房，给母亲磕了三个头拜年，说妈对不住，出去转了一大圈，还是没有一家店开门，什么都买不成，我明儿再去。我走出书房门便觉后背发痒，越挠越痒，忙叫妻帮忙，痒得不行了。妻一挠发现不对了，后背起了一片一片的红肿的包，叫妻用力挠，可这包越来越多，满后背全是，妻说不能再挠了，再挠就破了。我说破了就破了，我痒得钻心。妻说这是风疙瘩，皮肤过敏反应，忙去找药，翻箱倒柜地也找不到治过敏的药。不好了，红疙瘩开始蔓延，从后背到前胸，到脖子，到脸，挠不胜挠。更糟糕的是嘴，口腔里肿了，霎时两个嘴唇肿得像猪八戒一样，嘴巴里边怎么挠？死的心都有了。妻说去医院挂急诊，我忽然觉得什么地方不对了，忙说，你别理我。我急忙进了书房，关上了门，坐到了母亲的骨灰盒前："妈，我错了。我说瞎话骗了您。刚才街上我明明看见了一家店开着门，我一懒就没过去，回来就跟您撒了个谎，说没有一家店开门，您最恨说瞎话的人。我错了。您这是惩罚我，让我挠痒痒，咱换个法子成不成？别痒痒，您叫我疼，怎么疼我都认了。咱们别痒痒了成吗？这也太难受了，我真受不了了，儿子错了，再也不敢说瞎话了。"我叨叨了有二十分钟才走出书房。妻焦急地说，走吧去医院。我说不用了，好了。妻惊愕地问什么好了？我说不痒了，再看全身，前后胸、脖子、嘴，连一点红肿的痕迹都没有了。妻大惊，问这是出了什么事了？我把刚才与母亲说话的情景一说，妻不是惊讶，而是惊恐了，说要不是亲眼所见，说给谁谁都不信。我说老太太的脾气真大，一点不饶人。妻说这不行，真不行。自古道：人走以后入土为安，你总把老太太供在屋里，不安，永远也不会安。我以为说得极是。过了春节我与妻到北京做电视剧后期，我抱着母亲的骨灰盒回了北京，为母亲在昌平某陵园选好一块墓地，果然好风水。我依然记得母亲生前是要土葬的，我因为没有做到一直耿耿于怀。我想弥补一下，哪怕是形式上。我找到村民做了一个小型的棺木，可将骨灰盒置于棺木中下葬，取个土葬之意，定制了墓碑，先交了定金。没想到那时北京墓地管理还十分混乱，报纸上电视上频频发出公告，凡村落大队民办的陵园，一律取缔，均属非法圈地，定金也白交了。只好另选墓地，来到通惠陵园，把已做好的棺木、石碑拉了过来。墓碑人家有规定，只好重做，经协商允许了棺木下葬。这块地只有二十年使用权，到二〇一二年

孙子主祭,这是老太太最希望的

期满，我另选了一块最好的（最贵的）墓地重新安葬。幸运的是陵园有个仪仗队和一系列的安葬仪式，而且我们这是最后一家。此后这套仪式就取消了。最令人欣慰的是我儿子已从国外回京工作，由他来抱着老太太的骨灰盒，灵堂祭拜以后，仪仗队在哀乐伴奏下，一路正步行走到墓地，举行了隆重的安葬典礼。孙子主祭，这是老太太最希望的。有人说郭导演真孝顺，岂知我心中之悲痛，生前不孝，老人走了，再孝有什么用？心理上自我平衡一下而已。无论如何了却了一桩心事，至今三十年至少没再痒痒过。

也许母亲的在天之灵多少有了些许安慰，入土为安。

现世报

从艺几十年大小剧目编、导、演全算上，也有七十多部作品了。回忆每个作品的创作经过，都有一些有趣的故事可讲。今儿就说说一九八七年在山西拍电视剧《雪泥鸿爪》的事。这部戏由于有某些问题，审查时未能通过，被某首长一票否决。这部戏写一位佛教大师，在抗日战争时为保护一部"大藏经"而历尽艰险的故事，所以很多场景的拍摄均在寺庙之中。本剧的剧务主任是一个个子不高、长得敦敦实实的中年汉子，一副浓密的络腮胡子，个子矮却显得很雄壮，为人开朗、直率，干活从不惜力，安排工作周到细致。与这么个主任合作挺顺手的，可他有个毛病，不信神佛，是个彻底的唯物主义者。当然没什么不好，问题在于他可以不信，但不可不敬，不信就可以不敬吗？我以为不可以。每个人都有宗教信仰的自由，宗教信仰于人们是神圣的，是对生命的敬畏。进入他人的宗教领域，必须有同样的敬畏，那是对信仰宗教的人的尊敬，对于人权和信仰的尊重。我也不信鬼神，但绝不毁僧谤道，见僧必敬，入佛门必拜，因为我特别崇敬有宗教信仰的人，信仰必定是苦心修炼的结果，至少体现了一个人对人生有了一定程度的思考，你没有理由不尊敬他。

那天在天弘寺拍戏，共有三个工作日，是经有关部门各方面批准的，并对摄制组宣布了纪律。谁都知道所谓摄制组就是个临时机构，组成人员都是各路人马七拼八凑来的，互不相识，凑在一起拍戏，一拍完散摊子，各奔前程，找下个组去了。所以摄制组比较难管理，林子大了什么鸟都有，有些人素质极差，摄制组基本上是拍到哪儿祸害到哪儿，管摄制组叫蝗虫，这一点不过分。

八十年代还没有拍摄基地，都是实景拍，光我经历的就有四次被轰了出来。

进天弘寺之前，剧组正经专门开了个会，严肃纪律，连说话不许带脏字都包括在内。一进大殿，我先跪拜，并轻声祝告："对不起，拍佛门之事，不得不进寺庙打扰。得罪得罪了。"供桌前面有个"功德箱"，上面开了一个长条方口子，我恭敬地将一张十元钞票放了进去。随后组内好多人都上前跪拜，特别是所有女同胞全都拜了，一元的、五角的、五分硬币的，不管多少都有捐赠，主任忙着指挥搬摄影器材、照明器材、拉电线、铺移动轨道。他忽然发现地上有个五分硬币，肯定是布施的人没投准，掉在了"功德箱"外面，他捡了起来，故意抬起手晃了一下说：五分硬币，一盒火柴。

说完竟把硬币放到了衬衣口袋里。我真的很不高兴了，说别胡来，这是人家布施的钱。他不听，说怎么了？我就捡了。他当然不是为了占小便宜，谁也不会拿这五分钱当回事，可这根本不是钱的事。我说你这是大不敬，小心遭报应。主任嬉皮笑脸地说："我就不信，一盒火柴。"遇上这种人你有什么辙？由他去。万没想到，他转身向大殿外面走，大殿的门槛大概有两寸厚，一尺高。您一千度的近视也能看得清。这小子急着往外走，竟然一脚踢在门槛上，整个人腾空扑了出去，五体投地一个大狗吃屎重重地摔在殿前。我们都吓了一跳，忙过去扶他，只见他脸上擦破了一块皮，渗出血迹，卷起裤腿一看，两个膝盖，全磕出了血道子。这小子哭丧着脸坐起说，我操摔着我了。我十分解气地说：不许说脏话，活该，这就叫现世报。组里的人都起着哄笑他，报应！他瘸着腿找随组医生擦药去了。

隔了一天，也就是第三天，也是最后一天拍摄。进了大殿，这小子又发现了地上有一枚五分硬币，故伎重演，他捡起来又故意举手晃了一下说：硬币一枚，又一盒火柴。我说你忘了前天摔个大马趴了，他说，我就不信。说完又把硬币放到了上衣口袋里。

那天一直忙到天黑，快八点了，戏都拍完，准备隔天撤点，大家忙着往外搬东西装车。忽然组里一个小剧务手里拿着一封电报跑了进来说：主任，你的电报。主任忙打开一看，"母病危速归"，他愣了一下，哇的一声哭了起来，我们都同情地望着他，叫他赶快回去收拾一下坐晚班车回老家，他突然哭咧地看着我说："导演，我这是报应！"

剧务主任和我

心诚则灵

还是这个戏,《雪泥鸿爪》,景点转到了黄河渡口。

这是我有生以来第一次如此近且置身其中触碰黄河,从小向往的神圣的大河。尽管已经入冬,可太阳晒得还是暖洋洋的,光着脚在沙岸上走来走去,蹚着水花,我少有这么好的心情。景点只有一天的戏,明天一早就可以转点去五台山了。这场戏是表现三个八路军小战士为了护送大藏经在渡黄河时被河水卷走而牺牲的场面。这是一大段峡谷,两岸的山又高又陡,上午九点才有阳光照下来。下午四点,太阳一偏西,就被山崖挡住,光线不行了,也就拍不成了。今天戏不多,四点拍完是不成问题的。

我拍戏一向以进度精准、从不拖周期著称,何时筹拍,何时摄制,何时开机,何时转点,何时停机,几乎是零误差,每天保证八小时睡眠,从不拉晚熬夜,大多摄制组根本做不到,拖死你。进度快,并非粗制滥造,主要是导演要心中有数。一个镜头拍了十次,还吃不准能不能用,合不合格,您这个导演当个什么劲儿呢?所以很多人愿意跟我拍戏。摄制组人员流动性极大,无数人向我诉苦,现在进组拍戏,基本上就是服苦役,并非拍戏紧张。好嘛,天不亮就拉到现场,快吃午饭了,导演还在改剧本,吃完饭俩钟头,大腕明星还没起床,一天拍不了仨镜头,耗死你。

我拍戏几十年,只有一次例外。一九八六年快过春节了,来了紧急任务,中央电视台要个喜剧节目,贺新春,赶任务十天,连写本子开拍,到后期制作,连熬了几天几夜。一停机,组里五个人进了医院,医生说没大病,累的。那是累病的,不是熬病的,可大家都高兴,每人落了一笔酬金,回家过年了。正月初五,中央台播出。

说回来拍黄河渡口这天。出发前吃早饭,饭桌上一位演员说,导演,今儿你拍不完,我问为什么?他说日子不好,犯冲不吉利。我说不可能,今儿这点戏富富余余地拍得完。他说咱们打个赌,你拍得完,我买一箱啤酒十二瓶,我请客我掏钱。组里的人都起哄,就这么定了。

得先说说这位演员了,大家都管他叫雷大师。雷大师,方面大耳,面色红亮,嘴略阔,神态凝重而坚毅。在这个戏里演个和尚,所以剃了大光头。我始终觉得他可能有特异功能,逢事有预见,且一说一个准。八十年代在影视界他很火了一阵,各个摄制组都抢着请他,不管大小角色总要弄一个请他来演,其实是充当"拍摄顾问"。他在现场什么都能干,确实也能帮导演不少忙,什么景点的风水,开拍选的吉日良辰,行程选风调雨顺之日,拍特殊场面,趋吉避凶,甚至不看天气预报了,风、雪、雨、雹全去问他。

曾有一个摄制组出过一件令人震惊的事件,八十年代过来的影视人几乎无人不知。雷大师参加过无数摄制组,也就留下了许许多多传奇的故事。那天要拍一个爆破场面,一辆吉普车被炮弹击中,也没什么难度。烟火师在车上装好炸药,远处用遥控器一摁开关起爆,爆炸完成,也不牵涉演员的事。早上出工时,雷大师测算了一下,对他是个很不吉利的日子,又没他的戏,于是吃了早饭他就没去现场,又回屋休息了。可导演好像离不开他,要他去现场帮忙,到屋里叫他两次,他还是觉得缺乏安全感,以躲避为好,就谎称不舒服，干脆躺床上装病了。又怕导演再来，就悄悄换了个房间，到隔壁演员的床上睡下了。没想到导演很执着，终于叫服务员挨屋搜了一遍，还是把他弄到现场去了。一直拍到下午，要拍汽车爆炸。雷大师说，这一天心里总是隐隐约约地不踏实，干什么事儿心里都慌慌的。往车上装炸药包，还是个技术活，有一定的危险性。雷大师不放心，怕出错，亲自帮烟火师装好了炸药，只要把线头接好就可以了。五十米开外，一摁开关就可起爆。他下了车转过身刚要往回走，谁也没想到遥控器的开关竟然是开着的。车上烟火师把两个线头一接，起爆了。雷大师说，一声震耳欲聋的轰鸣，一股剧烈的气浪把他掀翻出去。醒来时已是趴在医院的病床上，烟火师被炸成了残疾，雷大师的后背留下了愈合后斑斑的伤痕，看着都瘆人。究竟没躲过这一劫。预测可以这么准。今儿拍黄河渡口一定拍完，我就想证明一下，他也有不准的时候。

　　一天拍下来顺利之极。到了下午三点半，只剩下了一个镜头，一个八路军小战士和两个小和尚为抢救"大藏经"被洪水卷走，没什么难度，也不用抠戏，手拿把攥地可以拍完了。

　　太阳还暖暖地照着，一切准备就绪，还有半个小时，可以拍了。我得意地嘲弄道：雷大师今儿晚上的啤酒，您就掏钱吧。可回头一看，两个演小和尚的群众演员留着长长的头发，我忙问怎么回事？头发怎么回事？化妆师说，闹了半天了，他们两个就是不剃，我一下子急了，快剃！你见过留着分头的和尚吗？那两个小青年捂着脑袋坚决不剃，怎么说都没用。眼看着太阳偏西了，吵闹了半天，那两个小青年才说，剃头要单给钱，我差点没哭出来。要钱你早说。

雷大师是个神人

多少？剃个头单给五角，这不耽误事吗？给他。这才匆忙把头剃光，太阳已经落到山尖上了。

我大喊开拍，谁知又出事了。演小战士的演员坚决不下水，怕被河水冲跑了。我说就在河边跑，又不去河中间，怎么会冲跑？小战士蹲在地上，耍赖不起来，而且他前面的戏都已经拍过了，想换演员都不成。我忙叫剧务主任先下水，给他做个样子。主任三下两下脱了衣服，下水向前走去，走出去二十多米，水才没到大腿根。我怒吼着：看见了吗？连他妈××都没没，你怕什么？游个十几米把头一缩下去，憋口气上来就行了。没想到小战士突然呜呜地哭了起来，说害怕，我不敢。我已经满口脏话地骂大街了。这时省话剧团的一位老哥们过来说，导演别骂人，他小，从来没下过水，你这一吓唬他更不行了，得想办法。最后找了三个会水的人，在二十米处拉开距离，成了一条保护线，小战士才勉强答应下水。

我快气疯了，再次大喊开拍。这时摄影师忽然对我说，导演拍不了了，光线不行了。抬头一看，妈的，太阳不见了，我气急败坏地吼着打"增益"，今天一定要拍完。摄影机打"增益"就是加大曝光度，也就一分钟，这个镜头终于拍完了，我筋疲力尽地松了一口气。

回到摄制组驻地，吃饭时走进食堂一看，一箱啤酒已摆在桌上，雷大师坐在桌前，指着啤酒说你赢了，今儿我请客。我得意地叫各桌来人领啤酒，每桌两瓶。正在乱哄哄分酒的当儿，摄影助理跑来了。我们摄制组有规定，每天收工以后，摄影师回来首先要回放今天拍的所有镜头，看看有没有问题。这位助理说，导演今儿拍的最后一个镜头不能用，打"增益"的画面质量很差，而且光也不接，我说凑合着用也不行？他说不行。摄影师说了，明儿得补拍。这不就等于今儿没拍完吗？雷大师起身把桌子一拍，导演！掏钱！

少废话，没什么可说的，这顿啤酒算我的了。

大哥

这"大哥"不是我的亲大哥（我有亲大哥，那又是一篇令人断肠的故事），可说起我们俩的兄弟情谊，那是任何形式的大哥也无法比拟的。从中学时代我叫他"大哥"，至今已经几十年了。

一九五五年上高中，我和大哥成了同班同学，由于作文课上我们两人的文章经常名列前茅而互相倾慕，成了很好的朋友。课余探讨文学问题成了我们初交时的友谊基础。我发现他才华横溢、学识渊博、思维敏锐、看法独特，而且"左"得出奇。我们的观点并不一致，经常争得面红耳赤，但很愉快。我始终觉得大哥的思维方式有问题，这在以后几十年的坎坷经历中得到了充分的验证。举个小例：当时我们的外语课是俄语，他拒绝学习。

在一次大考中，不到两分钟，他第一个交卷。他在卷头上自己画了个大大的零分，下面赫然写了两行大字：祖宗语言没学好，哪有闲情学俄文。我看见老师拿着他试卷的手直发抖，气得说不出话来。为此我和他争论了一个星期，告诉他学习一门外语对一个人的重要性。他勉强认输。以后我受师命，专门负责辅导他的外语。我

从中学时代我叫他"大哥",至今已经几十年了

们的关系又进了一步，接触得更多了。常言道，物以类聚，人以群分，在那个时代又有"亲不亲，阶级分"一说，怪就怪在我与大哥既非一类，也非一个阶级。无数人向我提过这个疑问：你们俩怎么会成了铁杆朋友？说不清，我至今也说不清。

我出身富家，在京城虽非首富，也是富甲一方，海内外驰名。我从小周围就聚集着一帮酒肉朋友，我是一个完全不知生活艰难的人。而大哥却出身贫寒，工人家庭，父母均是党员，兄妹五个，他是老大。

从我认识他那天起，他的一副深度近视眼镜（最劣质的一种）便在中间鼻梁处裹着厚厚的一层白胶布——显然中间是断的；打着补丁的学生服，从未见他换过；长方脸上总凝聚着一种思考的神情，眼睛不大却总是闪着咄咄逼人的光。他朋友很少，有，也交往不长，偏偏对我情有独钟。有时他会突然搂住我，咬我的脖颈或胳膊，我忍着疼一声不吭，每松开以后我的脖颈或胳膊上便留下青紫的印痕，很像后来人们所说的"同性恋"。班上的同学都怕他，有人喜欢看香港电影，有人学唱港片中的歌曲，都会遭到他暴风雨般的斥骂。他得了个外号叫"暴风雨"。只有对我例外，我可以平等地和他争论任何问题。

一次放学后我们争论着列夫·托尔斯泰的"人道主义"走出校门，他坚持那不是革命的人道主义。我辩不过他，对他所熟知的马列主义我一窍不通。忽然他停住了，我们竟不知不觉走到了他家门口。而我家的方向恰恰与他相反，我第一次走进他的家门。

那是一个肮脏而又破旧不堪的大杂院。我迈过污水走进他家的堂屋，简陋得叫人难以置信。他忙着倒水，我惊讶地东张西望。他拉开一个抽屉，脸色突然变了，向院里大吼了一声，那是叫他的小弟弟。那孩子跑了进来，也就五六岁模样，一望见敞开的抽屉脸色也顿时变了。大哥问他抽屉里的一头蒜哪儿去了，弟弟答曰吃了。大哥突然扬起手狠狠打了弟弟一个耳刮子，气急败坏地嚷道："爸爸晚上回来吃什么？！"我忙劝大哥，不就一头蒜吗，至于吗？大哥说这是爸爸晚饭唯一的菜，难道叫爸爸晚上干啃窝头吗？我当时的惊愕，很难用文字形容。

这是怎么了？在世上还有这样活着的人？从此我知道了，他一家七口只靠父亲一个人的四十几块工资过活；我知道了，他家七口人只有四床被子；我知道了，他渊博的知识全靠借书，他买不起一本书；我知道了，他家四个孩子都在上学，看不起一场电影和一场戏；我知道了……而那时的我，住在深宅大院，奴仆成群，我的藏书已有两万多册，我每星期至少看五场电影、三场戏，我每月在母亲那里支取四十块固定的零花钱。我思考了很多很多，甚至想到在经济上援助他，又立即打消了这个念头。据我对他的了解，他不会接受，事实证明我是对的。

一天放学后，我们又在争论什么问题，不知不觉走到了我家门口，我请他到家坐坐。进屋以后，他的惊愕不亚于我去他家。他说他这是第一次走进资本家的门。特别是满墙的书架，引起了他特别的关注。

我们聊到了天黑，母亲叫我们去饭厅吃饭，大哥说不吃。于是母亲叫仆人将饭端到我屋里来，大哥仍不吃。我以为他第一次来不大好意思，母亲走出以后我叫他边吃边聊。他突然说，我不吃资本家的饭！我感觉我的脸红了，我不再让。叫他喝茶，他又说，我不喝资本家的水！多亏我了解他，我不再废话，自己吃了起来。那顿饭很丰盛，是专门为大哥这位客人做的。我吃，他浏览书架。突然，他看见了书架上立着的一尊石膏雕塑维纳斯。他一把拿了下来，将维纳斯塞到了床下。当然，他走后我又把维纳斯恢复了原位，在当时我只笑了笑没说一句话。

那天我们谈到了深夜，谈起了我的家庭。他出乎意料地关注，且夹批夹议，夜里十二点我送他出门，边说边送，竟把他送到了他家门口。他又送我回来，又到我家门口。我再往回送，他又送回来。走到王府井十字路口，我们坐在街中心转盘上聊到清晨四点钟，说好谁也不许再送，分道扬镳。此后，叙说我的家史成了我们谈话的主要内容之一。他建议我一定要写成小说，公之于世，且说，此书不出他死不瞑目。他认为这是一部中国民族资产阶级的发家史，一部资本家的剥削史，一部中国近代史。

那天，他终于说出了他所以对我这么好，是因为看我是一个不可多得的人才，因此绝不叫我落入资产阶级之手，一定要把我拉入无产阶级的队伍，为无产阶级服务。他将为此不遗余力。

从一九五六年开始，我已在一些报纸杂志上写小文章。第一篇发表在《中国电影》上，是批评当时电影宣传画的资产阶级倾向。正逢暑假，三天后接到大哥来信，第一句是：好兄弟，我终于看到了中国电影地平线上的曙光。我吓了一跳，怎么就成了曙光？我把这封信和八元钱稿费夹在一起压在了书桌的玻璃板下。

这种关系的发展竟然惊动了双方的长辈。他了解了我母亲的身世以后，对我母亲充满了崇敬。这也很怪，无论如何我母亲是吃股息的资产阶级阔太太，且在北京诸多阔太太中颇具影响。也许因为是我的母亲吧！我母亲也对他印象极佳，说我的同学均属狐朋狗友，只有大哥有学问，有礼貌，是条汉子。

终于，我母亲决定去大哥家拜访，这在大哥家引起的震动是可想而知的。母亲准备了厚礼，被我阻拦了，母亲不解，我也无法解释，很不情愿地空着手进行了一次礼节性的拜访。总的来说，气氛很拘谨，这是一次几乎是京城首富的阔太太和几乎是赤贫家庭的两位老人的会晤。此后，我和大哥的关系发展到了如胶似漆、形影不离的地步，连老师都说我们二人是"焦不离孟，孟不离焦"。可在经济上依然如前，我们没在一起吃过一顿饭，喝过一次酒。

我藏书万卷，订了八种杂志、三份报纸，他从不借阅。他宁可去图书馆借书，顶着烈日站在操场的报栏前读报，还拿着一个小本做读报笔记，每天中午一个小时，整个高中从未间断。对世界大事，大哥永远分析得头头是道，而对国内形势大哥几乎偏颇到了令人难以容忍的地步。

经历了一九五七年反右、一九五八年"大跃进"，我越来越感到迷茫，这是在搞共产主义吗？大哥却对右派分子那样咬牙切齿地痛恨，对"三面红旗"又表现出那么疯狂的热情。我们建议回收废玻璃建一个勤工俭学的玻璃厂，搞半工半读，被老师斥为胡思乱想。大哥一怒之下贴了大字报，说老师打击革命群众积极性。我们又办起造纸厂，把好纸捣烂，用手工"抄"出一张张糟得连擦屁股都不能用的烂纸——因为轻轻一捅就破。这烂纸居然也放到了区教育成果展览会上，作为"敢想敢干，思想解放"的成绩。我和大哥又编排了一台小节目，组织演出了一场歌颂"三面红旗"的晚会，受到重视，并在东城区开了一次演出的现场会，出尽了风头。可我心里总不是滋味。

我和大哥的关系进入了一个新的阶段，我们只要见面就要争论，经常争得口干舌燥、筋疲力尽。但大哥有一样特好，无论我怎样反对"三面红旗"，他从不给我上纲上线扣政治帽子，他对我的热爱党热爱社会主义坚信不疑，认为我只不过是认识问题。有一天我们在争论了一个下午以后都忍不住有点儿急了，面红耳赤，拍桌子瞪眼，终于大哥指着我的鼻子恶狠狠地说："不争了。"他说："郭宝昌！在我们这一代一定要实现共产主义！咱们打个赌，假如共产主义在我们这一代不能实现，咱俩死后，做一个特殊形状的棺材，你躺在那儿，我跪着！"我也毫不示弱："大哥，在我们这一代如果实现了共产主义，你躺在那儿，我跪着！"那天出了校门谁也没送谁，各回各家。

中学的生活终于结束了，每个毕业生都面临着前途命运的抉择。大哥第一志愿似乎报的是北大哲学系。我由于从小喜好文艺，决定报考中央戏剧学院和北京电影学院。这遭到了大哥的坚决反对："你要干什么？整天去和那些资产阶级的少爷小姐们鬼混，你的雄心大志都跑到哪儿去了？"我奇怪了："怎么了？艺术院校就不是无产阶级开的吗？"大哥振振有词："祖国和人民有更重的担子交给你！"说实话，我真不知道祖国和人民有什么重担要交给我，我早已深知，我这样出身的人，功课再好也轮不到我去名牌大学。尽管我也参加了统考，第一志愿北大中文系，但我的必然结局最好也不过就是师范学院中文系罢了。这又很怪，这一专门培养教育人才的责任重大的学院，专门收罗出身不好的学生，像一个专门倒剩饭剩菜的泔水桶。

果然如我所料，我们文科班中六个出身不好的学生（包括我和后来当了北京市市长的李其炎）全都进了"泔水桶"。幸亏我同时考上了中央戏剧学院和北京电影学院。后来我才知道这两个学院为了招收我都费了很大的周折。我决定进电影学院。不管大哥对我怎样横眉冷对，我依然兴奋莫名，一头扎进各种电影、戏剧的理论书籍中，做着入学前的准备。

那时高考尚未发榜，大哥终于又登门了，他以一种充满了忧国忧民的精神对我说："宝昌，我想通了，你应该进电影学院，要把电影掌握在无产阶级手中，要占领这块阵地！电影的影响太大了，你不去谁去？"我这个大哥是不是太可爱了！他怎么这么纯、这么透！

大哥说他爸爸要见我。我来到他家中，他爸爸拿出一个红皮儿的笔记本给我，说是送给我考上大学的礼物。那笔记本很精致，当时至少要两三块钱才买得下来，这对于他们家是笔不小的开支。打开扉页，是老爷子写的几行字："宝昌贤侄：我是个粗人没有文化，用我的粗手写几个字——为工人拍电影，为农民拍电影，为士兵拍电影！"我不住地点着头，一句话也说不出。我想哭！

高考发榜了，大哥跑来给我送信儿，叫我猜他考上了什么学校。

我见他目光炯炯，两眼放光，一定是考上了名牌儿。"北大？"他摇摇头。"复旦？"他又摇头。我猜不出了。他掏出录取通知单塞给我，原来是北京政法学院。他根本没报考这个志愿。大哥激动，那种发自内心深处的激动："宝昌！你想想，为什么把我分到这儿？党需要我们这样的人掌权，党需要我们这样的人执法！我一接到通知书，我就全明白了。"大哥的话，我深信不疑。

一入大学我们见面的机会骤减，但书信往来不断。我一直保存着他的信，厚厚的一大摞。他的字很没水平，大方块儿字，笨拙得难看，但字里行间的革命激情，常常令我钦佩和羡慕。

随着三年严重困难的到来，我的激情猛退，我深知这"困难"有天灾，也有"人为"原因。而大哥在一封长信中只是痛快淋漓地把苏修骂了个狗血喷头，我已不愿再和大哥进行任何争论。有时一两个月才见一次面。他回家，电影学院是必经之路。我们宿舍临街，只要路过，他必大叫我的名字。我叫他上来，他拒绝，我匆忙推车出来与他会合一起回家。我问他为什么总是不进我们校门，他说他讨厌见我们学院那些资产阶级的少爷小姐。我说我就是资产阶级少爷，他说你不是！

一九六〇年夏是我二十岁生日，母亲为我举行生日宴会，宾客满棚，生日礼物堆满一床，我正在吃五喝六地痛饮，仆人说我大哥来了。我忙出迎，一起进了我的书房，大哥进屋直奔书架，愤愤地一把将"维纳斯"拿下，用力地扔到床下，然后从书包中恭恭敬敬、小心翼翼地拿出一尊毛主席的半身石膏像放到了书架上，转身就走。步伐之快使我不得不紧赶慢赶地送他出门，竟至连一句话也没来得及说。这是他送给我的生日礼物。

一个新的人生关卡立在面前：毕业分配。大哥的学业是四年制，我是五年制，因此他早我一年，他被分配到新疆伊犁。那时正值苏修挑起边境争端，那是一个充满了火药味儿的险地。分配表上无人填写这个地方，他第一个报了名，且没有和家里人商量。

学院党委叫他在毕业生大会上介绍一下自己的思想斗争过程以及如何向家里做的说服工作。他很愤怒："什么过程？我没斗争过！家里听说我要去，我妈说，这种地方咱们不去谁去？说服什么？没什么可介绍的！"就这么轻描淡写！只有我知道这些话的分量！我听到这个消息首先想到的不是去得太远，而是他那一身发硬了的破棉裤棉袄如何抵御边陲的寒冷，我必须帮助他，不管他怎么痛骂"资产阶级"！我说大哥，你这身行头到了新疆还不把你冻死？他说怕艰苦就不到那儿去！我说："你一个人活该。你总要带床被子褥子走吧，那你家里就得三个人盖一床被子。"他冲着我发了半天愣，低下头不说话了。我又说，你不要再给家里增加困难了。他说他要再想一想。

第二天他借了一辆自行车来了。我知道他一定会来。我把早已准备好的皮帽子、皮猴、皮手套、皮靴、被子、褥子、三十斤全国粮票、二十尺布票交给了他。他默默地将东西高高地捆在后货架上，只说了句："我走了！"使我最欣慰的是，他没有说一个"谢"字！当送他去火车站的时候，我无法抑制内心的痛楚。那天送他的人很多，除家里人外还有很多同学。我趁乱匆匆溜出站台，在北京站外广场上久久徘徊，我不能经受火车启动时那种类似生离死别的目光。还是溜了好，把眼泪流给自己。

大概是隔了四天，还是五天，我接到了大哥来自新疆的第一封信。不知怎么了，拆信时两手有些发抖，那是一封厚厚的写满了十几页纸的信。由于后来我把这封信作为大哥绝非"反党反社会主义"分子的铁证交给了电影学院党委，所以我记得非常清楚。这封信使大哥躲过一次灾难。

他在信中写道："亲爱的兄弟，走进我们的办公大楼，那真是满目疮痍！几乎所有的玻璃窗都被打碎。满地的碎玻璃、倒伏的文件柜、散落的文件、烧焦的窗木框，一片劫后的恐怖气氛。我，穿着你的皮猴、皮鞋，戴着你的皮帽、手套，感受着兄弟给我的温暖，我更清晰而具体地明白了党为什么把我送进政法学院。党为什么把我派到这个地方来？×你妈的苏修，我要和你血战到底！我在办公室一个人坐着，一直到天亮……"

那愤怒，那豪情，那凛然的正气，从纸面上，从那笨拙而又难看的大方块儿字中喷薄而出。早已麻木了革命激情的我，又一次被震撼了。那时的我，已对无休止的政治运动不满。那些干巴巴的口号、形而上学的标语、苍白无力的号召，早已激不起我丝毫的兴趣，而大哥的信还是震撼了我。

在我毕业的前夕，在伟大领袖"千万不要忘记阶级斗争"的号召下，我被一场文化界的整风运动席卷而成了劳改犯。在我交代问题时其中重要的一项是交代我与大哥的反动伙伴关系。没有人相信，大哥与我生死相交十年，竟然会不反动！放在别人身上我也不相信。

当时我已是四面楚歌，连许多揭发我的人也都难逃厄运：你既说郭宝昌向你散布了反动言论，那么你怎么表的态？反对了吗？没有，那么你也反动！反对了，那好，汇报了吗？揭发了吗？斗争了吗？没有，那你依然反动！过关吧小子！不扒你几层皮想蒙混过关？白日做梦！因此，我决不能交代一句我向大哥散布过什么反动言论。可谈何容易，整我的人都是高智商，是身经百战的整人老手，每每一针见血地揭露我的反动谎言，令人汗颜。

我差点儿把我和大哥关于"共产主义"的打赌交代出来，那可以证实大哥是坚定的无产阶级战士。话到嘴边我刹住了：大哥为什么不向有关部门举报揭发？岂不更连累大哥？于是我想到了那封信，大哥从新疆寄来的第一封信！在有关人员的监押下我回家取来了这封信。管用！他们不再追问大哥散布过什么反动言论了。

可问题又来了：物以类聚、人以群分，我这样一个浑身长满反骨的反动家伙怎么会和一个坚定的无产阶级战士成了莫逆之交？我交代我们的交往只局限在文学的争论、艺术的探讨，没有任何其他交往，大哥甚至不吃资本家的饭，不喝资本家的水，阶级阵线分明！又不对了，大哥那封信上明明写着穿着我的皮猴，戴着我的皮帽！这么大的漏洞居然被我忽视了，浑身是嘴也说不清了。大哥呀！你当时就该坚持"不吃资本家的饭，不喝资本家的水"的坚定的无产阶级立场，既然那么多年两个人盖一条被子都坚持过来了，三个人盖一条被子又有什么了不起？你终于没有经受住资产阶级的诱惑，中了糖衣炮弹！

我承认大哥在我死皮赖脸不得已的情况下勉强接受了外援。那么目的何在？我说自然是腐蚀拉拢。拉拢他干什么？世界上没有无缘无故的爱，也没有无缘无故的恨！要交代"缘故"！我也并非低智商，立即明白了他们想叫我交代什么，我说我早已看中了大哥是一个不可多得的人才，我要通过腐蚀拉拢把他从无产阶级的队伍中分化出来，充当我复辟资本主义的马前卒，只是由于他太革命了，以致十年间我未敢向他散布一句反动言论，这次送皮衣皮帽被子褥子是我反革命步骤的第一个缺口，可他的来信又使我复辟资本主义的梦想化为泡影！——于是结案。

这是他妈的怎么了？明明是大哥看我是个人才、不遗余力地要把我从资产阶级的营垒中拉入无产阶级的队伍里来，怎么反过来了？然而，办案人的合乎逻辑的推理一下子变成了不争的事实，严密得连我自己也不得不相信这是事实！我的案子株连了不下二十个人，只有大哥幸免于难。

此后我与大哥再无联系。我没脸联系，我被判三年进了劳改队，"文革"开始又被宣布为无期徒刑，四年后又被当作"活靶子"送到干校继续接受批斗。直到一九七一年初干校的人跑光了，只剩了五个人——四个表现极好的积极分子和我。

有一天早上，我刚起床，排长推门而进："郭宝昌，你还不回家赖在这儿干什么？"我一头雾水没有听懂。排长一脸严肃："难道还叫我给你一个人儿做饭吗？"这次我听懂了："这么说我可以走了？"排长似乎很生气地说了一句："你他妈早就该走！"摔门而去。我有生以来第一次感到了解放军的温暖，连忙收拾了简单的行李滚回北京。

这一年是我一生最轻闲的日子,既无事可做,又有同学每月把代领的工资送到家里。我结了婚。我几次想去大哥家看看都止住了,我这个身份去人家里不是给人家添堵吗!有一天中午,我和爱人穷极无聊地逛大街,看到同仁医院对面居然出现了一家小花店。怎么不"四旧"了?便进去看花。冷不防有人猛地一掌击在我的后颈上,打得我两眼直冒金星。是谁如此无理,回身正欲发作,发现站在我面前的竟是大哥。

八年了,他竟没变样。我介绍了我的爱人。我爱人说:"久仰久仰,宝昌没有一天不说到你。"大哥说:"净说我坏话了吧?"我爱人说:"没有,把你说得像神话传说中的人物,今天总算见到了。"于是一起到我家见了我母亲。我家早已被扫地出门,如今住在一间七平方米的简易房里,生活穷困。大哥神色有些黯然,然后又一起到了大哥家,依然大杂院,矮平房,但境况明显好转。

五个孩子均已工作,看来早已告别大蒜就窝头的日子了。只是老爸身体不好,他作为工宣队员进驻清华,一进校门就被学生一扎枪戳穿肺部,经抢救又活过来了,算拣了条命。大妹妹说话很冲:"活该!一个工人管人家大学生干嘛?你管得了吗?蹬鼻子上脸,给个棒槌就纫针(认真)!"我心想怎么这么说话?老爸却嘿嘿笑了:"我他妈贱骨头!"饭后(那顿饭真是很丰盛)大哥送我回家,到了家门口,我又送大哥回家,来回送到了深夜十二点,重温了中学时代的"十八相送"。当然谈话是从我进劳改队开始。大哥无论如何不相信我会成了"一小撮儿"。"你?进监狱?这怎么可能,我以为你早已经入了党,在电影界贡献才华呢!那么多的样板戏拍成了电影，我一直在找你的名字。我到你家找过你，可你家已下落不明。"我告诉他我信仰过，崇拜过，忏悔过，洗刷过。可大哥依然在关心着派性的发展，两派的谁是谁非，新疆的运动，领袖的最新指示，红色的江山怎样代代红……他还是那么"透"，那么纯。我真不知道，我们两个到底谁是悲剧。

我把我所知道的有关江青一伙的劣迹讲给他听，还有"文化大革命"的种种荒唐……我抑制不住地又向他散布"反动言论"了。我知道我恶习难改，无可救药，可我就是不愿意说假话。大哥听傻了。尽管是在深夜行人已很稀少的街上，大哥仍不安地东张西望。他把我拉到大街的中心，神色紧张地说："说吧，这儿没人听得见。你说的这些东西我一点儿都不知道。"我们站在街心聊到东方发白。

这时的大哥已不再是"不吃资本家的饭，不喝资本家的水"了。我俩或在他家吃饭，或到我家痛饮。大哥很有酒量。他也刚结婚不久，妻子是新疆的同事。由于常来常往，大哥也认识了我的很多朋友。

可能是我的人缘儿不错，每天来访的朋友不断。我计算过一次，最多一天竟有八批客人共二十一人次。屋子太小，我只好每天清晨起床先把床拆掉搬到院里，然后米缸、橱柜、小桌全部搬空，沿墙放一圈儿小板凳。深夜最后一批客人走后再全搬进来。

人来了，总要吃饭喝酒，这样每到月底，我们夫妻俩那点儿工资便显得捉襟见肘。终于，有一个月还差五天才发工资，我已经分文无有了。我不敢向母亲说，便悄悄地奔向了大哥家。晚上十点，他不在家。老爸问我有什么事，我说没事便匆匆离去，借钱的事没好意思开口。第二天清晨,我一边往外搬床板一边思考着上哪儿去趸摸俩钱把今天对付过去,总不能让客人啃窝头就大蒜吧!忽然大哥来了,他帮我搬完东西,把我拉到街上,眼中闪着狡黠的光:"昨天晚上找我去了?"我点点头。大哥:"没钱了吧?我替你算过,你们家三口人,可每天平均吃饭人数七至八人,你那俩工资够干什么的!"他把早已攥在手中的钱塞到我的衣袋里,还是那句话:"我走了。"我掏出钱一看是四十元。月初发了工资我立即还给了大哥,他二话没说顺手揣进兜里。第二天他又来了,给我母亲买了一大堆营养品,还给我爱人买了一块料子,总值四十元。这就是大哥!我也没有说一个"谢"字。

分配方案终于下来了,我被分配到广西,那里没有故事片厂,只有一个"大跃进"时盲目上马的省一级的新闻制片厂。这次轮到大哥送我去火车站了。晚上,站台上冷冷清清,车厢里几乎全是空的,只有我这节车厢前黑压压站满了送我的人,依次拥抱握手。我寻找大哥,却不见了。火车开动,我仍在寻找,直到远离站台我也没有发现他的身影。我想他大概也正在车站外的广场上徘徊,把眼泪流给自己吧。在我远离京城以后,大哥承担了照顾我母亲的责任。

八月份我爱人回京生小孩,住院、出院以至月子期间,全由大哥照顾。转过年来大哥返回新疆,我们偶有通信,均为家长里短。一九七六年打倒"四人帮",我接到大哥一封充满激情的信,此后再无音讯。一九七九年我回京平反到大哥家看老爸,据说大哥在新疆很忙,无法回京。

一九八〇年我再次来京参加我的电影处女作《神女峰的迷雾》的首映记者招待会，再去大哥家，真是晴天霹雳——大哥竟在新疆入狱已经三年多了。他一九七六年十一月被捕，判刑八年，罪名是"四人帮"的小爪牙，迫害革命干部，并有一条人命！

这简直太令人不可思议，太离谱儿，也太荒唐、太戏剧化了！我入狱尚可理解，我太"反动"了，大哥怎么了？这个根正苗红，对美帝、苏修以及各类的资产阶级恨之入骨，对共产主义无限忠诚的大哥，居然进了监狱！家里人说他是冤枉的，我开始了对大哥的营救。

当时我正筹备一部新片的拍摄，便委派我的一个极能干的心腹携巨款（我母亲已于一九七八年去世，留下遗产，并给我落实了政策，那笔钱在当时真是天文数字）去新疆捞我的大哥。我每天和我的心腹通一次电话，指挥他如何上蹿下跳，指挥他如何"腐蚀拉拢"干部，花多少钱都不要心疼。我那个心腹是位神通广大、呼风唤雨的人物，绝非等闲之辈。这次他栽了，除了安慰一下我大嫂，带着大哥年龄尚小的两个孩子吃吃饭、洗洗澡，留下一笔钱以外，一无所获地回到了北京。

据他说大哥在新疆民愤很大，作为一派的头头曾夺了市委的权。在大哥主持的一次批斗会上，尽管大哥没有动手，但确实打死了一个人。可据大嫂所述又完全不是这么回事。心腹劝我不要再努力了，没戏！我怎能死心，又通过一位朋友找到了当时最高人民法院的一位老领导。我侃了一个小时，大哥的弟弟又侃了一个小时，这位老领导靠在椅子上始终闭着眼睛静静地听，看到那副"冷漠"

的样子,我心里凉了半截。岂料,当我起身告辞时,老领导忽然睁开眼说:"我清楚了,我给新疆写封信。"我的心狂跳着走下楼,对引荐我的那位朋友说要不要送一份厚礼,朋友说千万别送,一送礼就全砸了,那时的党风硬是廉洁!

不知是因为大哥在狱中表现得好,还是因为大哥确实冤枉,或是那封信真的起了作用,一九八二年中,蹲了五年半大狱的大哥被提前释放、保外就医。我当时被判四年,他是大哥,当然应该比我长,多了一年半。我们哥俩扯平了。我早说过,大哥偏颇的思维方式,让自己屡屡地害了自己。

他以后的经历简直叫人欲笑无声、欲哭无泪,或曰哭笑不得。他一出狱,原单位便欢迎他回去,给他安排工作。大哥一口回绝,不行!说必须先给他平反,他才答应回去工作。单位又说你先回来工作,平反的事以后再说。他说不,不平反就不工作!听见了吗?倒好像人家是在求他,叫你回来工作就不错了,那是看得起你,给你面子,你还给脸不要脸!真他妈的,你工作不工作关人家什么屁事,请君自便!大哥成了无单位无工作的无业游民。

人总要活着,更何况还老婆孩子一大堆。大哥四处打小工,好在监狱里什么活儿都干过,一肚子学问早已一钱不值,只剩了两膀子力气。筛沙子、搬石头、上脚手架、扛水泥构件。首先得活着,什么美帝苏修只好先靠边儿站了。这一阶段他没和我进行过任何联系,我接到他的最后一封信还是他在狱中写的,说在狱中看了我拍的一部电影,大受好评,他自豪,听到别人的赞美声,他心想,这是我弟弟拍的!我再次得到他的消息,大概已是一九八四或一九八五年了，他被获准可以离开新疆回京就医。两个弟弟去火车站接他回家。老爸早已在大门外站了两个小时等他回来，就是不进屋。当老爸终于看见大哥的身影出现在胡同口时，竟然支撑不住跌坐在地上，痛哭失声。

我一得到信息立即向单位撒了个谎，匆匆登机飞到北京。劫后余生，我们兄弟又见面了。大哥完全没有那种历经坎坷后的颓败，双目炯炯，语锋依旧犀利，只是话比以前少了，经常是微笑着坐在小板凳上听别人聊天，偶尔插插话。我又提起中学时打赌的事，大哥像孩子一样笑了。他说他待不了多久还要返回新疆，一家宝石公司聘请他做法律顾问。我放了心。一切云雾散，一切似乎又走入了正常。他告诉我，知道我忙，没事不一定常写信，写不写信我们哥俩心里都互有对方。这话那么温馨，那么熨帖，那么平淡，那么回肠荡气！我只待了一个星期便匆匆返回深圳。他不久也回了新疆，此后几年真的没有通信。我拍片不断，进入了我一生最忙碌的阶段。但我经常想起大哥。

生活真是一团乱麻、一团迷雾，在它的千变万化之前，任何预言家都显得笨拙而可笑。一九九〇年我再次见到大哥，他还好好的，很正常。

那年我五十岁，且正闹离婚。大哥为我做五十大寿，那规格和排场实在有点出格儿。他又帮我出主意打离婚。我向他尽情地倾诉了我的苦闷，并把我这么多年做的好事坏事尽数地抖搂给他。这世界上我只有对他一人可以毫无保留地说出一切，他永远不会出卖我。

后来的大哥几乎完全变了一个人

他也谈及他的情况，他要做生意。做生意也还罢了，他说他已辞去法律顾问之职，而专门为宝石公司催讨债务，因为每催成一笔可以从中提成，获利可观。我问他催成几笔？曰一笔未成！我已感到不妙了，催债的差事最难当，且极具危险性，大哥不以为然，似乎很有雄心要闯一闯。这与他当年的"雄心"早已是南辕北辙了，但身处商业大潮的裹挟之中，还是可以理解的，可没想到大哥越走越远。不是我不明白，是这世界变化快！

　　一九九四年的秋天，大哥突然出现了。此时的大哥，几乎完全变了一个人，在他身上我已找不到原来大哥的影子了。

　　整个八十年代到九十年代初，中华大地发生了巨变，这变化使世人震惊、国人瞠目，一个时代的大变迁必然风起云涌，也必然泥沙俱下。小平同志一句"一部分人可以先富起来"，立即使穷的、富的、有本事的、没本事的、有文化的、没文化的、有后台的、没后台的……着实地忙活起来。"金钱"不再可憎，一只眼盯着钱，一只眼盯着先富起来的人。

　　钱，调动了人们的智慧，也调动了邪门歪道！我这位大哥似乎陷进去了，他似乎不是为了个人发财，而是要弄很多很多钱，拯救中华民族和全人类！这钱在哪儿呢？据大哥说，有位高人指示他到北京找一"银主"，当在这一年的八月中秋"接上头"。我觉得这明显是个陷阱，大哥却坚信不疑，并果然接上了头。

　　据说三个月之内这笔巨款便可到手。开始我只是当笑话听，我想大哥也不会太认真，三个月不是眨眼就到吗？到了，却连个一分的硬币都没见到。又说春节，可到了春节，仍然如是，又推到

"五一",又"十一"。据说由于"十一",海关放假,钱进不来。这已明显露出了破绽,似大哥这样优秀的人会看不出来吗?到现在我也闹不明白大哥的心理上究竟发生了什么样的变化?我解释不了!

以后发生的事便越来越不堪提及:与大哥接头的人称,这笔巨款若从海外进关须打通某些环节,需要钱!诚实的大哥开始了无休止的借贷,从家里到朋友,几乎借遍,说是两三个月内必还。您千万别以为大哥是骗子,他不是!我以我的人格和全部信誉担保!到一九九九年的时候,据我所知,他已负债至少八十万元,这些钱在大哥手中没有一笔超过两个小时。大哥苦守清贫,到了经常只能喝粥的地步。即便喝粥,这粥钱也是弟弟、妹妹支援的。大哥呢,依然信心十足,如此这般地演绎着马拉松式的"狼来了"的故事。这种故事顶多三次也就没人信了,可大哥把这故事已整整演绎了八年。二十一世纪了,二〇〇三年了,大哥依然在这条路上苦行僧似的奔波着。

我那聪慧睿智、博学多才的大哥哪儿去了?我的心无比沉重!

不是我不明白,这世界实在实在是变化太快、太快了!

大哥!我的好大哥!